ARTEMISA

ARTEMISA

ANDY WEIR

Traducción de Javier Guerrero
Galeradas revisadas por Antonio Torrubia

NOVA

Título original: *Artemis*
Traducción: Javier Guerrero
1.ª edición: febrero, 2018

©2017 by Andy Weir
©2017, de la presente edición en castellano para todo el mundo:
Sipan Barcelona Network S.L.
Travessera de Gràcia, 47-49. 08021 Barcelona
Sipan Barcelona Network S.L. es una empresa
del grupo Penguin Random House Grupo Editorial, S. A. U.
©2018, derechos de la presente edición en castellano:
Penguin Random House Grupo Editorial USA, LLC.
8950 SW 74th Ct. Suite 2010
Miami, FL 33156

Printed in USA
ISBN: 978-1-947783-17-1

Diseño de cubierta: Will Staehle
Imagen: Kovalto1 / Shutterstock

Para Michael Collins, Dick Gordon,
Jack Swigert, Stu Roosa, Al Worden,
Ken Mattingly y Ron Evans.
Porque a estos hombres nunca
se les valora suficiente.

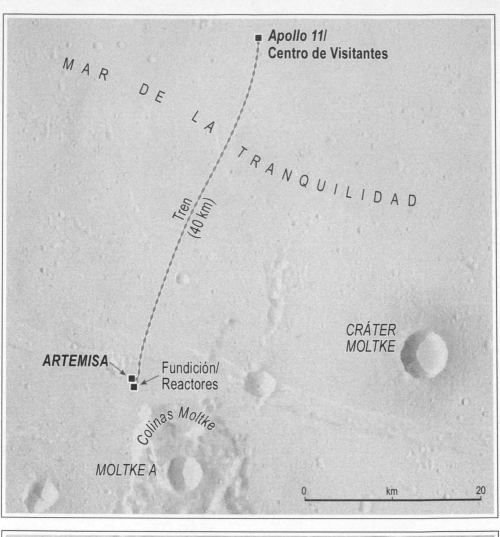

M A R   D E   L A   T R A N Q U I L I D A D

■ *Apollo 11/*
Centro de Visitantes

Tren
(40 km)

ARTEMISA

Fundición/
Reactores

*CRÁTER
MOLTKE*

Colinas Moltke

MOLTKE A

| 0 | km | 20 |

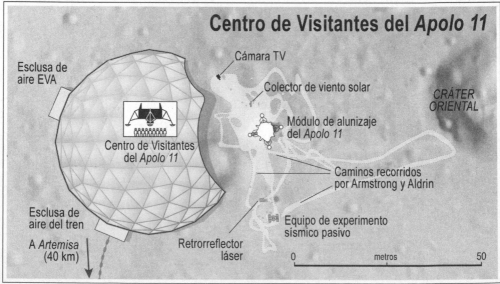

Centro de Visitantes del *Apolo 11*

Cámara TV

Esclusa de
aire EVA

Colector de viento solar

*CRÁTER
ORIENTAL*

Módulo de alunizaje
del *Apolo 11*

Centro de Visitantes
del *Apolo 11*

Caminos recorridos
por Armstrong y Aldrin

Esclusa de
aire del tren

Equipo de experimento
sísmico pasivo

A *Artemisa*
(40 km)

Retrorreflector
láser

| 0 | metros | 50 |

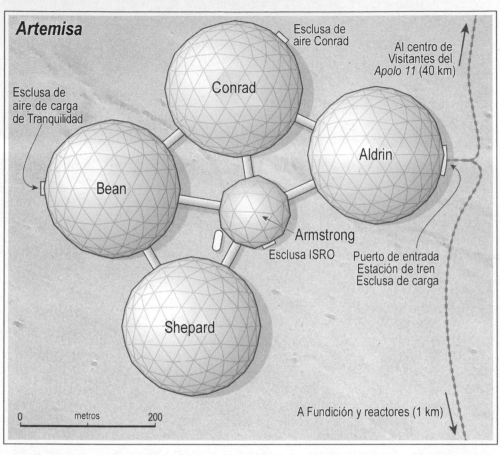

Artemisa

Esclusa de aire Conrad

Al centro de Visitantes del *Apolo 11* (40 km)

Conrad

Esclusa de aire de carga de Tranquilidad

Aldrin

Bean

Armstrong

Esclusa ISRO

Puerto de entrada
Estación de tren
Esclusa de carga

Shepard

0   metros   200

A Fundición y reactores (1 km)

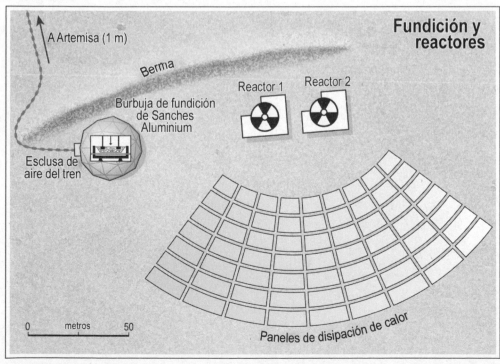

Fundición y reactores

A Artemisa (1 m)

Berma

Burbuja de fundición de Sanches Aluminium

Reactor 1   Reactor 2

Esclusa de aire del tren

0   metros   50

Paneles de disipación de calor

1

Reboté sobre el terreno gris y polvoriento hacia la enorme cúpula de la Burbuja Conrad. Su esclusa de aire, bordeada de luces rojas, se alzaba a una distancia inquietantemente lejana.

Es difícil correr con un centenar de kilos de material encima, incluso en la gravedad lunar. Aun así, te sorprendería la prisa que puedes darte cuando te juegas la vida.

Bob corría detrás de mí. Su voz sonó en la radio.

—¡Deja que conecte mis depósitos a tu traje!

—Solo conseguirás morir tú también.

—La fuga es enorme. —Resopló—. Veo el gas saliendo de tus depósitos.

—Gracias por los ánimos.

—Soy patrón EVA —dijo Bob—. Para ahora mismo y deja que pruebe una conexión cruzada.

—Negativo. —Seguí corriendo—. He oído un pum justo antes de la alarma de filtración. Fatiga de metales. Tiene que ser la junta de la válvula. Si te conectas pincharás tu tubo en un borde afilado.

—¡Estoy dispuesto a correr el riesgo!

—Yo no estoy dispuesta a dejarte —dije—. Confía en mí en esto, Bob. Conozco el metal.

Empecé a dar zancadas largas, incluso saltos. Sentía que me desplazaba como a cámara lenta, pero era la mejor manera de moverme con todo ese peso. El monitor de avisos de mi casco decía que la esclusa de aire estaba a cincuenta y dos metros de distancia. Miré la pantallita del brazo. Mi reserva de oxígeno se desplomó mientras observaba. Así que dejé de mirar.

Las zancadas largas dieron resultado. Estaba yendo a toda leche. Hasta dejé atrás a Bob, y él es el patrón de actividades extravehiculares con más talento de la Luna. Este es el truco: añade más impulso hacia delante cada vez que toques el suelo. Aunque eso también significa que cada salto es complicado. Si la cagas, te caes de morros y te deslizas por el suelo. Los trajes espaciales son resistentes, pero es mejor no triturarlos contra el regolito.

—¡Estás yendo demasiado deprisa! ¡Si tropiezas puedes partir la visera!

—Mejor que respirar el vacío —dije—. Me quedan unos diez segundos.

—Voy muy por detrás —dijo—. No me esperes.

No me di cuenta de lo deprisa que estaba yendo hasta que las placas triangulares de Conrad llenaron mi visión. Estaban creciendo con mucha rapidez.

—¡Mierda!

No había tiempo para frenar. Di un salto final y añadí una voltereta adelante. Lo sincronicé bien —más por suerte que por capacidad— e impacté en la pared con los pies. De acuerdo, Bob tenía razón. Estaba yendo demasiado deprisa.

Caí al suelo, pero conseguí levantarme y me agarré a la manivela de cierre de la escotilla.

Me zumbaron los oídos. Las alarmas atronaron en el interior de mi casco. El depósito estaba en las últimas y ya no podía contrarrestar más la filtración.

Empujé la escotilla y caí en el interior. Jadeé en busca de aire y se me nubló la visión. Cerré la escotilla de una patada, alcancé el depósito de emergencia y arranqué el regulador.

La parte superior del depósito salió volando y el aire anegó el compartimento. Salió demasiado deprisa, la mitad de él licuado en una bruma de partículas por el enfriamiento que se produce con la expansión rápida. Caí al suelo, al borde del desmayo.

Recuperé un poco el aliento y contuve las ganas de vomitar. No estaba ni mucho menos acostumbrada a semejante esfuerzo. Empecé a sentir un dolor de cabeza por privación de oxígeno que me acompañaría durante unas cuantas horas como mínimo. Me las había ingeniado para sufrir mal de altura en la Luna.

El silbido se convirtió en un goteo, luego terminó.

Bob llegó por fin a la escotilla. Lo vi mirar al interior a través de la ventanita redonda.

—¿Estatus? —preguntó por radio.

—Consciente —dije, jadeando.

—¿Puedes ponerte de pie? ¿O pido asistencia?

Bob no podía entrar sin matarme: yo estaba tumbada en la esclusa de aire con un traje defectuoso. Sin embargo, cualquiera de las dos mil personas que habitaban en el interior de la ciudad podía abrir la esclusa desde el otro lado y arrastrarme dentro.

—No hace falta.

Me puse a gatas, luego de pie. Me estabilicé contra el panel de control e inicié el proceso de limpieza. Propulsores de aire de alta presión descargaron sobre mí desde todos los ángulos. Revoloteó polvo lunar gris por toda la esclusa, pero enseguida fue absorbido por los filtros de ventilación de la pared.

Después de la limpieza, la puerta interior de la esclusa de aire se abrió automáticamente.

Entré en la antecámara, volví a cerrar y me derrumbé en un banco.

Bob llevó a cabo el ciclo de la esclusa de aire de la manera normal, sin la utilización dramática del depósito de emergencia (que ahora habría que sustituir, por cierto), solo el método habitual de bombas y válvulas. Después de su ciclo de limpieza, se reunió conmigo en la antecámara.

Ayudé a Bob a quitarse el casco y los guantes sin decir nada. Nunca tienes que dejar que alguien se quite el traje solo. Se puede hacer, claro, pero es un incordio. Hay una tradición en estas cosas. Bob me devolvió el favor.

—Bueno, vaya putada —dije cuando me levantó el casco.

—Casi te mueres. —Se desembarazó de su traje—. Deberías haber escuchado mis instrucciones.

Me retorcí para terminar de quitarme el traje y miré la parte de atrás. Señalé un trozo de metal recortado que había sido una válvula.

—Ha estallado la válvula. Lo que te he dicho. Fatiga de metales.

Bob miró la válvula y asintió.

—Vale. Tenías razón en rechazar la conexión cruzada. Bien hecho. Pero, aun así, esto no debería haber ocurrido. ¿De dónde demonios sacaste ese traje?

—Lo compré de segunda mano.

—¿Por qué compras un traje usado?

—Porque no podía pagar uno nuevo. Casi no tenía dinero suficiente para uno usado y sois tan capullos que no me dejaréis unirme al gremio hasta que tenga un traje.

—Deberías haber ahorrado para uno nuevo.

Bob Lewis es un antiguo marine de Estados Unidos que no se anda con tonterías. Más importante, es el preparador principal del gremio EVA. Responde ante el jefe del gremio, pero Bob y solo Bob determina tu aptitud para convertirte en miembro. Y si no eres miembro, no estás autorizado a hacer actividades extravehiculares en solitario ni a dirigir grupos de turistas en la superficie. Así funcionan los gremios. Cretinos.

—Bueno. ¿Qué tal lo he hecho?

Bob resopló.

—¿Estás de broma? Has suspendido el examen, Jazz. Has suspendido a lo bestia.

—¿Por qué? —pregunté—. He hecho todas las maniobras requeridas, he cumplido todas las tareas y he terminado la carrera de obstáculos en menos de siete minutos. Y, cuando ha ocurrido un problema casi fatal, he evitado poner en peligro a mi compañero y he llegado a salvo a la ciudad.

Bob abrió una taquilla y guardó sus guantes y casco.

—Tu traje es tu responsabilidad. Ha fallado. Eso significa que tú has fallado.

—¿Cómo puedes culparme por esa fuga? ¡Todo estaba bien cuando hemos salido!

—Esta profesión se basa en los resultados. La Luna es una vieja hija de puta. No le importa por qué falla tu traje. Simplemente te mata cuando te falla. Deberías haber inspeccionado mejor tu material. —Colgó el resto de su traje en su estante personalizado de la taquilla.

—¡Vamos, Bob!

—Jazz, casi te mueres. ¿Cómo voy a aprobarte? —Cerró la taquilla y empezó a marcharse—. Puedes volver a presentarte al examen dentro de seis meses.

Le cerré el paso.

—¡Es ridículo! ¿Por qué he de poner mi vida en espera por una regla arbitraria del gremio?

—Presta más atención a la inspección del equipo. —Me esquivó y salió a la antecámara—. Y paga lo que tengas que pagar para que te arreglen esa fuga.

Lo observé marcharse antes de derrumbarme en el banco.

—Joder.

Avancé a través del laberinto de pasillos de aluminio hasta mi casa. Al menos no era una larga caminata. Toda la ciudad tiene solo medio kilómetro de largo.

Vivo en Artemisa, la primera ciudad de la Luna (y hasta el momento la única). Está formada por cinco esferas enormes llamadas «burbujas». Están medio sepultadas, así que el aspecto de Artemisa coincide con la descripción de una ciudad lunar en los viejos libros de ciencia ficción: una serie de cúpulas. No puedes ver las partes que están bajo tierra.

La Burbuja Armstrong está en medio, rodeada por Aldrin, Conrad, Bean y Shepard. Las burbujas se conectan con sus vecinas por medio de túneles. Recuerdo que hice un modelo de Artemisa como trabajo manual en la escuela primaria. Muy simple: solo unas bolas y palitos. Tardé diez minutos.

Es caro llegar aquí y cuesta una fortuna vivir en Artemisa. Pero una ciudad no puede limitarse a turistas ricos y multimillonarios excéntricos. También necesita trabajadores. ¿No esperarás que don Ricachón III limpie su propio lavabo?

Yo formo parte de los pringados.

Vivo en Conrad –15, una zona fea que está quince plantas por debajo de la superficie, en la Burbuja Conrad. Si mi barrio fuera vino, los enólogos lo describirían como «lamentable en boca, con matices de fracaso y pobres decisiones vitales».

Recorrí la fila de puertas cuadradas casi pegadas hasta que llegué a la mía. La mía era una litera «inferior», al menos. Es más fácil entrar y salir. Pasé el gizmo sobre el cierre y la puerta se abrió. Me metí a gatas y cerré tras de mí.

Me tumbé en la cama y miré al techo, que estaba a menos de un metro de mi cara.

Técnicamente, es un «domicilio cápsula», pero todo el mundo los llama ataúdes. Es solo un camarote minúsculo con una puerta que puedo cerrar. El ataúd solo tiene un uso: dormir. Bueno, está bien, hay otro uso (que también implica estar en horizontal), pero ya me entiendes.

Tengo una cama y un estante. Nada más. Hay un cuarto de baño comunal al fondo del pasillo y duchas públicas no muy lejos. Mi ataúd no va a salir pronto en *Mejores casas y paisajes lunares*, pero es lo único que puedo permitirme.

Miré la hora en mi gizmo.

«Mieeeerda.»

No había tiempo para darle vueltas. El carguero de la KSC iba a alunizar esa tarde y tenía trabajo que hacer.

Para dejarlo claro: el sol no define «tarde» para nosotros. Solo tenemos un «mediodía» cada veintiocho días terrestres y no podemos verlo de todos modos. Cada burbuja cuenta con dos cascos de seis centímetros de grosor con un metro de roca aplastada entre ellos. Podrías disparar un obús a la ciudad y aun así no causarías ninguna fuga. La luz del sol, desde luego, no puede entrar.

Entonces, ¿qué usamos para controlar el paso del tiempo? La hora de Kenia. Era por la tarde en Nairobi, así que era por la tarde en Artemisa.

Estaba sudorosa y sucia por mi EVA casi mortal. No tenía tiempo para una ducha, pero al menos podía cambiarme. Me tumbé, me quité mi ropa refrigerante EVA y me puse el mono azul. Ajusté el cinturón, me senté con las piernas cruzadas y me até el pelo en una cola de caballo. Cogí mi gizmo y salí.

No tenemos calles en Artemisa. Tenemos pasillos. El metro cuadrado cuesta mucho dinero en la Luna y desde luego no van a desperdiciarlo en calles. Puedes tener un cochecito eléctrico o un escúter si quieres, pero los pasillos están diseñados para el tráfico peatonal. La gravedad es seis veces menor que en la Tierra. Caminar no requiere mucha energía.

Cuanto más cutre es el barrio, más estrechos son los pasillos. Los pasillos de los sótanos de Conrad son decididamente claustrofóbicos. Son justo lo bastante anchos para que se crucen dos personas si se ponen de costado.

Serpenteé entre los pasillos hacia el centro de la planta −15. No había ningún ascensor cerca, así que subí los peldaños de tres en tres. Las escaleras en esencia son como las escaleras de la Tierra, pequeños peldaños de veintiún centímetros de alto. Hace que los turistas se sientan más cómodos. En zonas donde no hay turistas, los peldaños tienen medio metro de alto. Ventajas de la gravedad lunar. El caso es que subí por los escalones de turistas hasta que alcance la planta de superficie. Subir quince plantas por la escalera probablemente suena horrible, pero no es gran cosa aquí. Ni siquiera estaba cansada.

En la planta de superficie es donde están todos los túneles de conexión con otras burbujas. Por supuesto, todas las tiendas, boutiques y otras trampas para turistas quieren estar allí para aprovecharse del tráfico peatonal. En Conrad, eso más que nada quiere decir restaurantes que venden mejunje a turistas que no pueden pagar comida de verdad.

Una pequeña multitud entró en el Conector Aldrin.

Es la única forma de llegar de Conrad a Aldrin (salvo dar toda la vuelta por Armstrong), así que es una avenida muy concurrida. Pasé junto a una enorme puerta circular de cierre automático por el camino. Si se produjera una fuga en el túnel, el aire que escaparía de Conrad obligaría a cerrar esa puerta. Todo el mundo se salvaría en Conrad. Si te encontraras en el túnel en ese momento, bueno, mala suerte.

—Vaya, si es Jazz Bashara —dijo un capullo a mi lado.

Actuaba como si fuéramos amigos. No lo éramos.

—Dale —dije. Seguí caminando.

Se dio prisa para darme alcance.

—Debe de estar a punto de llegar un carguero. Nada más consigue que te pongas de uniforme.

—Eh, ¿recuerdas cuando me importaba una mierda lo que tenías que decir? Oh, espera, fallo mío. Eso nunca ocurrió.

—He oído que has suspendido el examen EVA hoy. —Chascó la lengua en una falsa muestra de decepción—. Vaya putada. Yo aprobé a la primera, pero no todos pueden ser como yo, ¿no?

—Vete a la mierda.

—Sí, iba a decirte que los turistas pagan buena pasta por salir. Joder, voy ahora mismo al Centro de Visitantes a dar unos paseos. Juntaré dinero a paladas.

—Asegúrate de saltar en las rocas más afiladas cuando estés fuera.

—No —dijo—. La gente que ha aprobado el examen sabe que no hay que hacer eso.

—Era solo una diversión —dije como si tal cosa—. No es que los paseos espaciales sean un gran trabajo.

—Sí, tienes razón. Algún día espero ser una chica de reparto como tú.

—Porteadora —gruñí—. El término es porteadora.

Él se rio de un modo que me dio ganas de arrearle. Por suerte habíamos llegado a la Burbuja Aldrin. Le di un codazo para pasar por delante de él y meterme en el conector. La puerta de cierre automático de Aldrin estaba alerta, igual que la de Conrad. Me apresuré a adelantarme y di un brusco giro a la derecha para salir del campo de visión de Dale.

Aldrin es lo contrario a Conrad en todos los sentidos. Conrad está lleno de fontaneros, sopladores de cristal, trabajadores del metal, talleres de soldadores, talleres de reparaciones... y una larga lista. En cambio, Aldrin es un auténtico *resort*. Tiene hoteles, casinos, casas de putas, teatros e incluso un parque auténtico con hierba de verdad. Los turistas ricos de toda la Tierra vienen a pasar estancias de dos semanas.

Pasé a través del Arcade. No era la ruta más rápida al lugar al que iba, pero me gustaba la vista.

Nueva York tiene la Quinta Avenida, Londres tiene Bond Street y Artemisa tiene el Arcade. Las tiendas no se molestan en poner los precios. Si tienes que preguntarlo es que no te lo puedes permitir. El Ritz-Carlton de Artemisa ocupa una manzana entera y tiene cinco plantas hacia arriba y otras cinco hacia abajo. Una sola noche allí cuesta doce mil slugs, más de lo que gano en un mes como porteadora (aunque tengo otras fuentes de ingresos).

A pesar del coste de las vacaciones lunares, la demanda siempre excede la oferta. La gente de clase media de la Tierra se lo puede permitir como una experiencia de una vez en la vida con la financiación adecuada. Se quedan en hoteles más cutres, en burbujas más cutres como Conrad. Pero los ricos viajan cada año y se hospedan en hoteles bonitos. Y compran, vaya que sí.

Más que ningún otro sitio, Aldrin es el punto de entrada del dinero en Artemisa.

No había nada en el distrito comercial que estuviera a mi alcance. Pero algún día tendría dinero suficiente para sentirme como en casa allí. Ese era mi plan, al menos. Eché un vistazo más, luego di media vuelta y me dirigí al Puerto de Entrada.

Aldrin es la burbuja más cercana a la zona de alunizaje. La gente rica no quiere mancharse viajando a través de zonas pobres. Hay que llevarlos directamente a la parte bonita.

Caminé a grandes zancadas por la larga entrada en arco al puerto. El enorme complejo de la esclusa de aire es la segunda cámara más grande de la ciudad. (Solo el Parque Aldrin es más grande.) La sala zumbaba de actividad. Me deslicé entre trabajadores que fluían eficientemente de un lado a otro. En la ciudad, tienes que caminar despacio o tropiezas con los turistas. En cambio, el puerto es solo para profesionales. Todos conocemos el Paso Largo de Artemisa y podemos abrir gas.

En el lado norte del puerto, unos pocos pasajeros esperaban cerca de la esclusa del tren. La mayoría se dirigían a los reactores de la ciudad y a la fundición Sanches Aluminium, un kilómetro al sur de Artemisa. La fundición utiliza cantidades demenciales de calor y productos químicos sumamente asquerosos, de manera que todo el mundo está de acuerdo en que debería estar lejos. En cuanto a los reactores..., bueno..., son reactores nucleares. También nos gusta tenerlos lejos.

Dale apareció en el andén del tren. Iría al Centro de Visitantes del *Apolo 11*. A los turistas les encanta. El trayecto en tren de media hora ofrece vistas asombrosas de la superficie lunar y el Centro de Visitantes es un gran sitio para contemplar el escenario del primer alunizaje sin despresurizarse nunca. Y para aquellos que quieren aventurarse a salir para tener una vista mejor, Dale y otros patrones EVA están listos para guiarlos en una visita.

Justo delante de la esclusa del tren había una enorme bandera de Kenia. Debajo de esta se leían las palabras: «Está subiendo a bordo de la Plataforma Exterior Artemisa Kenia. Esta plataforma es propiedad de la Kenya Space Corporation. Se aplican las leyes marítimas.»

Lancé miradas como cuchillos a Dale. Él no se fijó. Maldición, una perfecta mirada de mala leche desperdiciada.

Verifiqué el programa de la zona de alunizaje en mi gizmo. No hay nave de carne hoy (así llamamos a las naves de pasajeros). Solo vienen una vez al mes, más o menos. Faltaban tres días para la siguiente. Gracias a Dios. No hay nada que incordie más que chicos con fondos fiduciarios buscando «chochito lunar».

Me dirigí al lado sur, donde la esclusa de aire de carga ya estaba lista. Podía contener diez mil metros cúbicos de carga en un único ciclo, pero acoplarla era un proceso lento. La cápsula había llegado horas antes. Los patrones EVA habían llevado toda la cápsula a la esclusa de aire y la habían sometido a una limpieza de aire a alta presión.

Hacemos todo lo que podemos para evitar que el polvo lunar entre en la ciudad. Cielos, ni siquiera me había saltado la limpieza después de mi aventura fallida con la válvula un rato antes. ¿Por qué pasar por tantas molestias? Porque respirar polvo lunar es extremadamente dañino. Está formado por rocas minúsculas y aquí no hay clima que las erosione. Cada mota es una pesadilla de alambre de púas esperando a desgarrarte los pulmones. Es mejor fumarte un paquete de cigarrillos de asbesto que respirar esa mierda.

Para cuando llegué a la esclusa de carga, la gigantesca puerta interior estaba abierta y habían empezado a descargar la cápsula. Me acerqué a Nakoshi, el jefe de estibadores. Estaba sentado detrás de su mesa de inspección, examinando el contenido de una caja de envío. Satisfecho al ver que no contenía contrabando, cerró la caja y le puso el sello con el símbolo de Artemisa, una A mayúscula con el lado derecho estilizado para que pareciera un arco y una flecha.

—Buenos días, señor Nakoshi —dije con alegría.

Él y mi padre habían sido colegas desde que yo era niña. Era como de la familia, como un tío querido.

—Ponte en contacto con los otros porteadores, mierdecilla.

Vale, tal vez más bien un primo lejano.

—Vamos, señor Nakoshi —lo adulé—, llevo semanas esperando este envío. Hablamos de esto.

—¿Has transferido el pago?

—¿Has sellado el paquete?

Mantuvo el contacto visual y metió la mano debajo de la mesa. Sacó una caja todavía cerrada y la deslizó hacia mí.

—No veo ningún sello —dije—. ¿Hemos de hacer las cosas así cada vez? Nos llevábamos bien. ¿Qué pasó?

—Creciste y te convertiste en un incordio.

Puso su gizmo encima de la caja.

—Y tenías mucho potencial. Lo desperdiciaste. Tres mil slugs.

—Quieres decir dos mil quinientos. Como acordamos.

Él negó con la cabeza.

—Tres mil. Rudy ha estado husmeando. Más riesgo significa más caro.

—Eso parece más un problema tuyo que mío —dije—. Acordamos dos mil quinientos.

—Hum —dijo—. Tal vez debería hacer una inspección detallada entonces. A ver si hay algo aquí que no debería estar...

Fruncí los labios. No era el momento de ponerme firme. Abrí el *software* bancario de mi gizmo e inicié la transferencia. Los gizmos hacen la misma magia que hacen los ordenadores para identificarse entre ellos y verificarse.

Nakoshi cogió su gizmo, verificó la página de confirmación y asintió con aprobación. Puso un sello en la caja.

—¿Qué hay, por cierto?

—Porno, sobre todo. Tu madre es la protagonista.

Resopló y continuó con sus inspecciones.

Y esa es la forma de entrar contrabando en Artemisa. Muy sencillo, en realidad. Lo único que hace falta es un funcionario corrupto al que conoces desde que tenías seis años. Llevar el contrabando a Artemisa..., bueno, es otra historia. Más sobre eso después.

Podría haber recogido un montón de paquetes más para entregar, pero ese era especial. Caminé hasta mi cochecito y salté al lado del conductor. No necesitaba estrictamente un cochecito —Artemisa no estaba preparada para vehículos—, pero me movía con más rapidez, y podía entregar más cosas de ese modo. Como me pagaban por entrega, merecía la inversión. Controlarlo es un incordio, pero es bueno para llevar cosas pesadas. Así que decidí que era macho. Lo llamé *Trigger*.

Pagaba una cuota mensual para guardar a *Trigger* en el puerto. ¿Dónde más lo podría guardar? Tengo menos espacio en casa que un preso en la Tierra. Puse en marcha a *Trigger*, no necesita llave ni nada. Solo un botón. ¿Por qué alguien iba a robar un cochecito? ¿Qué harías con él? ¿Venderlo? Nunca te saldrías con la tuya. Artemisa es una ciudad pequeña. Nadie roba nada. Bueno, está bien, hay algunos hurtos en las tiendas. Pero nadie se lleva cochecitos.

Salí del puerto motorizada.

Conduje a *Trigger* a través de los pasajes opulentos de la Burbuja Shepard. Estaba a años luz de mi barrio sórdido. En los pasillos de Shepard había paneles de madera y moqueta elegante que absorbía el ruido. Cada veinte metros colgaba un candelabro para dar luz. Al menos los candelabros no son ridículamente caros. Tenemos un montón de silicio en la Luna, así que el cristal se fabrica aquí. Pero, aun así, menuda petulancia.

Si piensas que hacer vacaciones en la Luna es caro, no quieras saber lo que cuesta vivir en la Burbuja Shepard. Aldrin está lleno de *resorts* y hoteles caros, pero Shepard es el lugar donde viven los artemisianos ricos.

Me dirigía a la propiedad de uno de los cabrones más ricos de la ciudad: Trond Landvik. Había ganado una fortuna en la industria de telecomunicaciones noruega. Su casa ocupaba una gran porción de la planta de superficie de Shepard; estúpidamente enorme, considerando que era solo para él, su hija y una criada. Pero, eh, era su dinero. Si quería tener una casa grande en la Luna, ¿quién era yo para juzgarlo? Yo solo le llevaba mierda ilegal cuando me la pedía.

Aparqué a *Trigger* al lado de la entrada de la propiedad (una de las entradas) y pulsé el timbre. La puerta corredera se abrió para revelar a una mujer rusa corpulenta. Irina llevaba con los Landvik desde el alba de los tiempos.

Me miró sin decir nada. Le devolví la mirada.

—Entrega —dije por fin.

Irina y yo habíamos interactuado infinidad de veces en el pasado, pero me hacía decir para qué venía cada vez que me presentaba en la puerta.

Resopló, se volvió y se metió en la casa. Esa fue mi invitación a entrar.

Puse cara sarcástica a la espalda de Irina mientras ella me conducía a través del vestíbulo de la mansión. Señaló al fondo del pasillo y tomó la dirección opuesta sin decir ni una palabra.

—¡Siempre es un placer, Irina! —grité tras ella.

Al otro lado del pasillo abovedado, encontré a Trond reclinado en un sofá, con chándal y una bata. Estaba charlando con un hombre asiático al que no había visto nunca.

—El caso es que el potencial para ganar dinero existe. —Me vio entrar y esbozó una amplia sonrisa—. ¡Jazz! ¡Siempre me alegro de verte!

El invitado de Trond tenía una caja abierta a su lado. Sonrió con educación y cerró la caja con torpeza. Por supuesto, ese gesto me picó la curiosidad cuando de otra manera no me habría importado una mierda.

—Yo también me alegro de verte —dije.

Dejé el contrabando en el sofá.

Trond hizo un gesto hacia el invitado.

—Te presento a Jin Chu, de Hong Kong. Jin, ella es Jazz Bashara, una chica local. Creció aquí, en la Luna.

Jin inclinó la cabeza con rapidez, luego habló con acento americano.

—Encantado, Jazz.

Me pilló con la guardia baja y supongo que se notó.

Trond rio.

—Sí, Jin es producto de escuelas privadas de clase alta de Estados Unidos. Hong Kong es un sitio mágico.

—Pero no tan mágico como Artemisa. —Jin sonrió—. Es mi primera visita a la Luna. Soy como un chico en una tienda de caramelos. Siempre me ha encantado la ciencia ficción. Crecí viendo *Star Trek*. Ahora puedo vivirlo.

—¿*Star Trek*? —dijo Trond—. ¿En serio? Eso tiene como cien años.

—Calidad es calidad —dijo Jin—. El tiempo es irrelevante. Nadie se mete con los lectores de Shakespeare.

—Bien dicho. Pero no hay ninguna chica cañón alienígena que seducir aquí. No puedes ser el capitán Kirk.

—En realidad —dijo Jin Chu levantando un dedo—, Kirk únicamente tuvo sexo con tres mujeres alienígenas en toda la serie clásica. Y ese número supone que se acostó con Elaan de Troyius, que era algo implícito, pero nunca se aclaró. Así que podrían ser solo dos.

Trond hizo una inclinación de súplica.

—No volveré a cuestionarte con nada relacionado con *Star Trek*. ¿Vas a ir al sitio del *Apolo 11* mientras estés aquí?

—Desde luego —dijo Jin—. He oído que hay salidas EVA. Debería hacer una, ¿no crees?

Intervine.

—No. Hay un perímetro de exclusión en torno a todo el sitio. El Salón Panorámico del Centro de Visitantes te acerca lo mismo.

—Oh, ya veo. Supongo que no tiene sentido entonces. Jódete, Dale.

—¿Alguien quiere té o café? —ofreció Trond.

—Sí, por favor —dijo Jin—. Café solo si es posible.

Yo me dejé caer en una silla cercana.

—Té negro para mí.

Trond saltó por encima de la espalda del sofá (no es tan excitante como parece, recuerda la gravedad que tenemos aquí). Se acercó al aparador y cogió un cesto de mimbre.

—Acabo de recibir un café turco de primera. Te encantará. —Estiró el cuello hacia mí—. Jazz, a ti también te gustará.

—El café es un té malo —dije—. El té negro es la única bebida caliente que vale la pena.

—A vosotros, los saudíes, os encanta el té negro —dijo Trond.

Sí, técnicamente soy ciudadana de Arabia Saudí, pero

llevo aquí desde los seis años. Heredé algunas actitudes y creencias de mi padre, pero no encajaría en ningún sitio de la Tierra ahora mismo. Soy artemisiana.

Trond se puso a preparar nuestras bebidas.

—Charlad entre vosotros, tardo un momento.

¿Por qué no pedírselo a Irina? No lo sé. No sé para qué demonios la tenía, sinceramente.

Jin apoyó el brazo en la caja misteriosa.

—He oído que Artemisa es un destino romántico popular. ¿Hay un montón de recién casados aquí?

—La verdad es que no —dije—. No pueden costeárselo. Pero tenemos parejas mayores que intentan animar las cosas en el dormitorio.

Jin parecía desconcertado.

—Gravedad —dije—. El sexo es totalmente diferente con una gravedad de un sexto de g. Es fantástico para las parejas que llevan mucho tiempo casadas. Tienen que redescubrir el sexo juntos, es todo como nuevo.

—No se me había ocurrido —dijo Jin.

—Hay montones de prostitutas en Aldrin, si quieres descubrir más.

—¡Oh! Ah, no. No es lo mío en absoluto.

No había esperado que una mujer le recomendara putas. Los terrícolas tienden a ser envarados con ese tema y nunca he entendido por qué. Es un servicio llevado a cabo a cambio de un pago. No hay para tanto.

Me encogí de hombros.

—Si cambias de idea, cobran unos dos mil slugs.

—No lo haré. —Se rio con nerviosismo y cambió de tema—. Por cierto... ¿por qué llaman slugs al dinero de Artemisa?

Puse los pies en la mesita de café.

—Es una vieja medida de masa anglosajona, pero con

un slug se paga la entrega de un gramo de carga desde la Tierra a Artemisa, cortesía de la KSC. Decimos que slug son las siglas de «Sube a la Luna Un Gramo».

—Técnicamente no es una moneda —dijo Trond desde el aparador—. No somos un país; no tenemos moneda. Los slugs son un servicio de crédito prepagado a la KSC. Pagas en dólares, euros, yenes, lo que sea, y a cambio consigues un límite de masa para enviar a Artemisa. No tienes que usarlo de una vez, así que mantienen un control de tu saldo. —Llevó la bandeja a la mesita de café—. Terminó siendo una buena unidad para comerciar. Ahora la KSC está funcionando como un banco. Nunca funcionaría algo así en la Tierra, pero no estamos en la Tierra.

Jin se estiró para coger su café. Al hacerlo, eché una mirada a la caja. Era blanca con un texto en negro que decía: MUESTRA ZAFO, SOLO PARA USO AUTORIZADO.

—Así que este sofá se importó de la Tierra —dijo Jin—. ¿Cuánto costó traerlo aquí?

—Ese pesa cuarenta y tres kilos —dijo Trond—. Así que el envío cuesta cuarenta y tres mil slugs.

—¿Cuánto gana una persona típica? —preguntó Jin—. Si no te importa que te lo pregunte.

Cogí mi té y dejé que el calor de la taza se filtrara en mis manos.

—Yo gano doce mil al mes como porteadora. Es un trabajo de sueldo bajo.

Jin sorbió su café y puso mala cara. Lo he visto antes. Los terrícolas odian nuestro café. La física dicta que sabe a rayos.

El aire de la Tierra tiene un veinte por ciento de oxígeno. El resto es material que los cuerpos humanos no necesitan como nitrógeno y argón. Así que el aire de Artemisa es oxígeno puro al veinte por ciento de la presión atmosférica de la Tierra. Eso nos da la cantidad de oxígeno precisa al tiempo que reduce la presión en los cascos. No es un concepto nuevo, se remonta a los días del *Apolo*. La cuestión es que cuanto menor es la presión más bajo es el punto de ebullición del agua. El agua hierve a 61 grados Celsius aquí, con lo cual el té o el café no pueden estar más calientes. Al parecer, es desagradablemente frío para la gente que no está acostumbrada.

Jin devolvió la taza a la mesa con discreción. No la cogería otra vez.

—¿Qué te trae a Artemisa? —pregunté.

Tamborileó con los dedos en la caja ZAFO.

—Hemos estado trabajando en un negocio durante meses. Finalmente, estamos cerrando el trato, así que quería reunirme en persona con el señor Landvik.

Trond se aposentó en su sofá y cogió la caja de contrabando.

—Te he dicho que me llames Trond.

—Trond pues —dijo Jin.

Trond desgarró el envoltorio del paquete y sacó una caja de madera oscura. La levantó a la luz y la miró desde varios ángulos. No me interesa mucho la estética, pero hasta yo me daba cuenta de que era un objeto hermoso. Grabados intrincados cubrían todas la superficie y tenía una etiqueta de buen gusto escrita en español.

—¿Qué tenemos aquí? —preguntó Jin.

Trond esbozó una sonrisa estúpida y abrió la caja. Dentro había veinticuatro cigarros, cada uno envuelto en papel.

—Puros dominicanos. La gente cree que los mejores son los cubanos, pero se equivocan. Los dominicanos se llevan la palma.

Cada mes entraba de contrabando una de esas cajas para él. Me encantaban los clientes habituales.

Trond señaló la puerta.

—Jazz, ¿te importaría cerrarla?

Me dirigí a la puerta. Una escotilla rigurosamente funcional se ocultaba detrás de los paneles de la pared. La cerré deslizándola y giré la manivela. Las escotillas son muy comunes en casas lujosas. Si la burbuja pierde presión, puedes cerrar la casa herméticamente y no morir. Alguna gente es tan paranoica que sella sus dormitorios por la noche, por si acaso. Es tirar el dinero, en mi opinión. Nunca ha habido una pérdida de presión en la historia de Artemisa.

—Tengo un sistema especial de filtración de aire aquí —explicó Trond—. El humo nunca sale de esta habitación.

Desenvolvió un cigarro, arrancó la punta de un mordisco y la escupió en un cenicero. Luego se puso el puro en la boca y lo encendió con un mechero dorado. Sopló varias veces y suspiró.

—Bueno... muy bueno.

Tendió la caja a Jin, que educadamente la rechazó. Luego me ofreció uno a mí.

—Claro. —Cogí uno y me lo guardé en el bolsillo del pecho—. Me lo fumaré después de comer.

Era mentira. Pero ¿cómo iba a rechazar algo así? Cuando podría sacar cien slugs por él.

Jin arrugó el entrecejo.

—Lo siento, pero... ¿los cigarros son contrabando?

—Ridículo, de verdad —dijo Trond—. ¡Tengo una habitación hermética! ¡Mi humo no molesta a nadie! Es una injusticia, te lo digo.

—Oh, eres un mentiroso. —Me volví a Jin—. Es fuego. Un incendio en Artemisa sería una pesadilla. No podemos salir. Los materiales inflamables son ilegales, a menos que haya una razón verdaderamente justificada para ellos. Lo último que queremos es a un montón de idiotas jugando con mecheros.

—Bueno... supongo que es eso.

Trond jugó con su mechero. Yo se lo había entrado de contrabando años atrás. Cada pocos meses necesitaba butano. Más dinero para mí.

Di otro sorbo de té caliente y saqué mi gizmo.

—¿Trond?

—Sí, por supuesto. —Sacó su propio gizmo y lo sostuvo junto al mío—. ¿Todavía cuatro mil slugs?

—Hum. Pero te lo aviso: tendré que subir a cuatro mil quinientos la próxima vez. Las cosas se han encarecido para mí recientemente.

—No hay problema —dijo.

Escribió mientras yo esperaba. Al cabo de un momento la verificación de la transferencia apareció en mi pantalla. La acepté y la transacción se completó.

—Muy bien —dije. Me volví hacia Jin—. Encantada de conocerte, Jin. Disfruta mientras estés por aquí.

—Gracias, lo haré.

—Pásalo bien, Jazz. —Trond sonrió.

Dejé a los dos hombres atrás dispuestos a continuar tramando. No sabía qué era, pero seguro que no era legal. Trond se dedicaba a toda clase de chanchullos, por eso me caía bien. Si había traído a un tipo hasta la Luna, había algo mucho más interesante en juego que un «negocio».

Doblé la esquina y salí a través del vestíbulo. Irina me dedicó una mirada desagradable cuando me fui. Le arrugué la nariz. Cerró la puerta detrás de mí sin decir adiós.

Estaba a punto de saltar a *Trigger* cuando sonó mi gizmo. Acababa de salirme un trabajo de porteadora. Tenía veteranía y proximidad, así que el sistema me lo ofreció a mí primero.

LUGAR DE RECOGIDA: AP-5250. MASA: ~100 KG. LOCALIZACIÓN DE ENTREGA: SIN ESPECIFICAR. PAGO 452 Ğ.

¡Guau! Cuatrocientos cincuenta y dos slugs. Poco más de una décima parte de lo que acababa de ganar con una caja de cigarros.

Acepté. Tenía que conseguir dinero de alguna forma.

Querido Kelvin Otieno:

Hola. Mi nombre es Jasmine Bashara. La gente me llama Jazz. Tengo nueve años. Vivo en Artemisa.

La señorita Teller es mi profesora. Es una buena maestra, aunque me quitó el gizmo cuando jugué con él en clase. Nos puso de deberes enviar mensajes de correo electrónico a chicos del complejo de la KSC en Kenia. Me dio tu dirección. ¿Hablas inglés? También hablo árabe. ¿Qué se habla en Kenia?

Me gustan los programas de televisión de Estados Unidos y mi comida favorita es el helado de jengibre. Pero por lo general como mejunje. Quiero tener un perro, pero no lo podemos pagar. He oído que la gente pobre puede tener perros en la Tierra. ¿Es verdad? ¿Tienes perro? Si tienes un perro, por favor, háblame de tu perro.

¿Hay rey en Kenia?

Mi padre es soldador. ¿Qué hace tu padre?

Querida Jazz Bashara:

Hola. Soy Kelvin y también tengo nueve años. Vivo con mi madre y mi padre. Tengo tres hermanas. Son estúpidas y las dos mayores me pegan. Pero estoy creciendo y algún día les pegaré yo. Es broma, los chicos nunca deberían pegar a las chicas.

Los kenianos hablan inglés y suajili. No tenemos rey. Tenemos un presidente, una Asamblea Nacional y un Senado. Los adultos los votan y ellos hacen las leyes.

Mi familia no tiene perro, pero tenemos dos gatos. Uno solo viene a comer, pero el otro es muy bonito y duerme todo el día en el sofá.

Mi padre es vigilante de seguridad en la KSC. Trabaja en la Puerta 14 y se asegura de que solo entren las personas autorizadas. Vivimos en un alojamiento asignado en el complejo y mi escuela también está en el complejo. Todo el mundo que trabaja en la KSC tiene escuela gratis para sus hijos. La KSC es muy generosa y estamos todos agradecidos.

Mi madre se queda en casa. Se ocupa de todos los niños. Es una buena madre.

Mi comida favorita son los perritos calientes. ¿Qué es mejunje? Nunca he oído hablar de eso.

Me encantan los programas de televisión de Estados Unidos. Sobre todo las telenovelas. Son muy emocionantes, aunque a mi madre no le gusta que las vea. Pero tenemos buena conexión a Internet, así que las miro cuando no me ve. Por favor no se lo cuentes. Ja, ja. ¿Qué hace tu madre?

¿Qué quieres ser cuando seas mayor? Yo quiero hacer cohetes. Ahora hago modelos de cohetes. Acabo de terminar un modelo de un KSC 209-B. Queda muy bonito en mi habitación. Quiero hacer cohetes de verdad algún día. Los otros niños quieren ser pilotos de los cohetes, pero yo no quiero hacer eso.

¿Eres blanca? He oído que en Artemisa todos son blancos. Hay muchos blancos aquí en el complejo. Vienen de todo el mundo a trabajar aquí.

Querido Kelvin:

Es una pena que no tengas perro. Espero que puedas hacer cohetes algún día. De verdad, no modelos.

El mejunje es comida para gente pobre. Son algas desecadas y extractos de aroma. Crecen aquí en Artemisa en cubas, porque la comida de la Tierra es cara. El mejunje es un asco. Se supone que los extractos de aroma han de tener buen gusto, pero solo hacen que sepa asqueroso de otra manera. Tengo que comerlo cada día. Lo odio.

No soy blanca. Soy árabe. Más o menos marrón claro. Solo la mitad de la gente de aquí es blanca. Mi madre vive en la Tierra, no sé dónde. Me abandonó cuando yo era un bebé. No la recuerdo.

Las telenovelas son aburridas. Pero está bien que te gusten cosas aburridas. Todavía podemos ser amigos.

¿Tienes patio en tu casa? ¿Puedes salir cuando quieras? Yo no podré salir hasta que cumpla dieciséis porque son las reglas para las EVA, las actividades extravehiculares. Algún día tendré mi licencia EVA y saldré todo lo que quiera y nadie podrá decirme que no.

Construir cohetes parece un buen trabajo. Espero que consigas ese trabajo.

Yo no quiero un trabajo. Cuando sea mayor, quiero ser rica.

2

Armstrong da asco. Es una vergüenza que a una parte de mierda de la ciudad le pongan el nombre de un tipo tan impresionante.

El tamborileo chirriante de maquinaria industrial supuraba de las paredes cuando guie a *Trigger* por pasillos viejos. Aunque las plantas de fabricación estaban a quince pisos de distancia, el sonido todavía se transportaba. Me acerqué al Centro de Soporte Vital y aparqué justo delante de la pesada puerta.

Soporte Vital es uno de los pocos sitios de la ciudad que tiene protocolos de seguridad auténticos. No quieres que entre cualquiera como si tal cosa. La puerta tenía un panel sobre el que podía mover el gizmo, pero por supuesto yo no estaba en la lista de personas autorizadas. A partir de ahí tuve que esperar.

La solicitud de recogida era por un paquete de aproximadamente cien kilos. No era un problema para mí. Puedo levantar el doble de peso sin sudar. No hay muchas chicas que puedan decir eso en la Tierra. Claro, tienen que superar una gravedad seis veces mayor, pero eso es problema suyo.

Aparte de la masa, la solicitud era vaga. Ninguna información sobre de qué se trataba ni adónde iba. Tendría que contármelo el cliente.

El Soporte Vital de Artemisa es único en la historia de los viajes espaciales. No procesan dióxido de carbono para reconvertirlo en oxígeno. Sí, tienen equipo para hacerlo y baterías que duran meses en caso de necesidad, pero cuentan con un suministro de oxígeno mucho más barato y virtualmente infinito de otra fuente: la industria del aluminio.

La fundición Sanches Aluminium, cerca de la ciudad, produce oxígeno al procesar mineral. En realidad, fundir es eso: eliminar el oxígeno para conseguir metal puro. La mayoría de la gente no lo sabe, pero hay una cantidad enorme de oxígeno en la Luna. Solo necesitas una barbaridad de energía para conseguirlo. Sanches produce tanto oxígeno como derivado que no únicamente hacen combustible de cohetes, sino que también suministran a la ciudad todo el aire respirable, y aun así terminan descargando el exceso.

Así que actualmente no sabemos qué hacer con tanto oxígeno. Soporte Vital regula el flujo, garantiza que el suministro que entra por la tubería de Sanches sea seguro y separa el CO_2 del aire consumido. También controlan la temperatura, presión y todo eso. Venden el CO_2 a granjas de mejunje, que lo usan para cultivar las algas que come la gente pobre. Siempre es cuestión de economía, ¿no?

—Hola, Bashara —llegó una voz familiar desde atrás.

Mierda.

Puse la más falsa de mis sonrisas y me volví.

—¡Rudy! No me dijeron que la recogida era para ti. ¡Si lo hubiera sabido, no habría venido!

Vale, no mentiré. Rudy DuBois es un tío que está bueno de verdad. Mide dos metros y es rubio como un sueño húmedo de Hitler. Abandonó la Real Policía Montada del Canadá hace diez años para ser jefe de seguridad de Artemisa, pero todavía lleva el uniforme canadiense todos los días. Y le sienta bien. Muy bien. No me gusta el tío, pero..., sabes..., si pudiera hacerlo sin consecuencias...

Él es quien representa la ley en la ciudad. Vale, claro, toda sociedad necesita leyes y alguien que las imponga. Pero Rudy tiende a excederse.

—No te preocupes —dijo, sacando su gizmo—. No tengo pruebas suficientes para demostrar que haces contrabando. Todavía.

—¿Contrabando? ¿Yo? Caramba, señor Correcto, tienes unas ideas muy extrañas.

Qué incordio. Viene a por mí desde un incidente que ocurrió cuando yo tenía diecisiete años. Por fortuna, no puede deportar gente. Solo la administradora de Artemisa tiene esa autoridad. Y ella no lo hará a menos que Rudy le dé pruebas convincentes. Tenemos algunos contrapoderes, pero no muchos.

Miré a mi alrededor.

—Bueno, ¿dónde está el paquete?

Rudy pasó su gizmo por encima del lector y la puerta ignífuga se abrió. El gizmo de Rudy era como una varita mágica. Podía abrir literalmente cualquier puerta de Artemisa.

—Sígueme.

Rudy y yo entramos en el complejo industrial. Los técnicos operaban el equipo mientras los ingenieros monitorizaban el enorme tablero de estatus que ocupaba una pared.

Con la excepción de Rudy y de mí, todos los de la sala eran vietnamitas. Así funcionan las cosas en Artemisa. Unas pocas personas que se conocen entre sí emigran, establecen un servicio de alguna clase, luego contratan a sus amigos. Y, por supuesto, contratan a gente que conocen. Tan viejo como ir a pie, en realidad.

Los trabajadores no nos hicieron caso cuando pasamos entre la maquinaria y un laberinto de tuberías de alta presión. El señor Đoàn observó desde su silla en el centro de la pared de estatus. Estableció contacto visual con Rudy y asintió lentamente.

Rudy se detuvo justo detrás de un hombre que limpiaba un depósito de aire. Le dio un golpecito en el hombro.

—¿Pham Binh?

Binh se volvió y gruñó. Su rostro curtido daba la impresión de tener un ceño permanente.

—Señor Binh. Su esposa, Tâm, ha visitado esta mañana a la doctora Roussel.

—Sí —dijo él—. Es torpe.

Rudy giró su gizmo. La pantalla mostró a una mujer con moretones en la cara.

—Según la doctora, tiene un ojo amoratado, un hematoma en la mejilla, dos costillas fisuradas y una conmoción.

—Es torpe.

Rudy me pasó el gizmo y golpeó a Binh de lleno en la cara.

En mi juventud delincuente había tenido algunos encontronazos con Rudy. Puedo decir que es un hijo de puta fuerte. Nunca me pegó ni nada. Pero una vez me sujetó con una mano mientras escribía en su gizmo con la otra. Intenté escaparme con todas mis fuerzas. Pero me agarraba como un tornillo de sargento. Todavía pienso en eso algunas noches.

Binh cayó al suelo. Trató de ponerse a gatas, pero no pudo. Cuando no puedes levantarte del suelo en la gravedad de la Luna quiere decir que estás muy mal.

Rudy se arrodilló y levantó la cabeza de Binh del suelo sujetándolo por los pelos.

—Vamos a ver... Sí, esa mejilla se está hinchando bien. Ahora en cuanto al ojo morado... —Le dio un golpe en el ojo al hombre apenas consciente y luego dejó que la cabeza le cayera al suelo.

Binh, ahora en posición fetal, gruñó.

—Basta...

Rudy se levantó y me cogió otra vez su gizmo. Lo sostuvo para que los dos pudiéramos verlo.

—Dos costillas fisuradas, ¿no? La cuarta y la quinta del lado izquierdo.

—Eso parece —coincidí.

Dio una patada en el costado al hombre caído. Binh trató de gritar pero le faltaba aire para hacerlo.

—Simplemente supondré que hay una conmoción como consecuencia de uno de esos puñetazos en la cabeza —dijo Rudy—. No querría llevar las cosas demasiado lejos.

Los otros técnicos se habían parado a observar el espectáculo. Varios de ellos estaban sonriendo. Đoàn, todavía en su silla, exhibía un leve atisbo de aprobación en la cara.

—Te explico cómo funcionará, Binh —dijo Rudy—. Lo que le ocurra a ella, te ocurre a ti a partir de ahora. ¿Entendido?

Binh jadeó en el suelo.

—¿Entendido? —preguntó Rudy, en voz más alta esta vez.

Binh asintió con vehemencia.

—Bien. —Sonrió. Se volvió hacia mí—. Este es tu paquete, Jazz. Aproximadamente cien kilos para entregar a la doctora Roussel. Cárgalo en la cuenta de los Servicios de Seguridad.

—Entendido —dije.

Así es como funciona la justicia por aquí. No tenemos cárceles ni multas. Si cometes un crimen grave te deportamos a la Tierra. Para todo lo demás está Rudy.

Después de esa entrega especial hice unas cuantas recogidas y entregas mundanas más. Sobre todo paquetes del puerto a direcciones particulares, pero también me tocó un contrato para llevar un montón de cajas de una residencia al puerto. Me encanta ayudar a la gente a mudarse. Normalmente dan buenas propinas. Ese día la mudanza era bastante modesta, una pareja joven que volvía a la Tierra.

La mujer estaba embarazada. No se puede gestar un bebé en la gravedad lunar: provoca defectos de nacimiento. Y tampoco puedes criar un bebé aquí. Es fatal para el desarrollo de huesos y músculos. Cuando yo vine aquí tenía seis años, era la edad mínima de residencia en ese momento. Desde entonces la han subido a doce. ¿Debería preocuparme?

Justo me estaba dirigiendo a la siguiente recogida cuando mi gizmo me chirrió. No era el tono de una llamada telefónica ni el bip de un mensaje, sino el grito de una alarma. Me lo saqué del bolsillo.

FUEGO: C12/3270 — CIERRE ACTIVADO. QUE RESPONDA TODO EL PERSONAL VOLUNTARIO CERCANO

—Mierda —dije.

Puse la marcha atrás en *Trigger* y retrocedí hasta que encontré un trozo de pasillo lo bastante ancho para dar un giro de ciento ochenta grados. Ya bien orientada, aceleré por las rampas.

—Jazz Bashara responde —dije a mi gizmo—. Posición actual Conrad 4.

El ordenador de seguridad central tomó nota de mi informe y mostró un mapa de Conrad. Yo era uno de los muchos puntos en ese mapa, todos convergiendo en C12/3270.

Artemisa no tiene departamento de bomberos. Tenemos voluntarios. Pero el humo y el fuego son tan letales que los voluntarios han de saber respirar con depósitos de aire. Así que todos los patrones y aprendices EVA son automáticamente voluntarios. Sí, hay una ironía ahí.

El fuego era en Conrad 12, ocho plantas por encima de mí.

Subí las rampas haciendo chirriar las ruedas hasta C12, luego aceleré por los pasillos hacia el tercer anillo. Desde ahí, tenía que encontrar el local que estaba aproximadamente a 270 grados del norte magnético. No tardé mucho: muchos patrones EVA ya habían convergido.

Una luz roja destellaba sobre la gruesa puerta que correspondía a esa dirección. El cartel de encima decía: FÁBRICA DE CRISTAL QUEENSLAND.

Bob estaba en la escena. Como miembro con más rango del gremio presente, el incendio era responsabilidad suya. Me saludó con la cabeza para reconocer mi presencia.

—Vale, escuchad —dijo—. Hemos tenido un incendio virulento dentro de la fábrica de cristal. Ha ardido todo el oxígeno disponible en la sala. Hay catorce personas dentro; todas han llegado a tiempo al refugio de aire. No hay heridos y el refugio está funcionando como es debido.

Se situó delante de la puerta.

—No podemos esperar a que la sala se enfríe como haríamos normalmente. Esta fábrica produce cristal mediante una reacción de silicio y oxígeno, así que hay grandes depósitos de oxígeno comprimido ahí dentro. Si esos depósitos estallan, la sala contendrá la explosión, pero la gente que hay dentro no tendrá ninguna oportunidad. Y si metemos oxígeno fresco dentro, todo estallará.

Nos indicó que nos apartáramos de la puerta para crear una zona despejada.

—Necesitamos una tienda aquí, fijada a la pared en torno al umbral. Necesitamos un túnel de acordeón inflable dentro de la tienda. Y necesitamos cuatro trabajadores de rescate.

La brigada de incendios, bien entrenada, se puso manos a la obra de inmediato. Construyeron una estructura de cubo con tuberías huecas. Después pegaron plástico a la pared alrededor de la puerta ignífuga, colocaron el plástico sobre la estructura y pegaron los bordes. Dejaron abierta la solapa posterior.

Metieron un túnel de acordeón en la tienda. No era una tarea menor; a diferencia de la tienda improvisada, los túneles inflables están hechos para contener la presión. Son gruesos y pesados, diseñados para rescatar gente de refugios de aire cuando hay un vacío absoluto en el exterior. Un poco exagerado para ese escenario, pero era el equipo que teníamos.

La tienda no era muy grande, y el túnel ocupaba la mayor parte del espacio interior. Así que Bob señaló a los cuatro voluntarios de menor tamaño.

—Sarah, Jazz, Arun y Marcy. Entrad.

Los cuatros dimos un paso adelante. Los otros nos pusieron depósitos de aire en la espalda, mascarillas de respiración en la cara y gafas sobre los ojos. Uno por uno probamos nuestro equipo y levantamos el pulgar.

Entramos juntos en la tienda. Apenas cabíamos. Bob colocó un cilindro metálico justo en el interior.

—El refugio de aire está en la pared occidental. Un total de catorce personas dentro.

—Recibido. Catorce —dijo Sarah.

Por ser patrona EVA con licencia completa y poseer la máxima antigüedad de los cuatro, era la líder de equipo de la tienda. Los otros voluntarios de la brigada de incendios cerraron con cinta la aleta de la tienda, salvo en una esquina, que dejaron ligeramente abierta.

Sarah abrió la válvula del cilindro y este roció la tienda con una niebla de dióxido de carbono. Es un proceso torpe para desplazar el oxígeno, pero no necesitábamos sacar hasta el último átomo. Solo necesitábamos rebajar el porcentaje lo más posible. Al cabo de un minuto, ajustó la válvula otra vez y la gente de fuera cerró la última esquina de la tienda.

Sarah palpó la puerta.

—Caliente —dijo.

Estábamos a punto de abrir una puerta en una sala que estaba deseando estallar. No íbamos a añadir oxígeno, pero seguía resultando inquietante.

Sarah marcó el código de apertura de emergencia en el panel de la puerta. Un código, sí. Una vez que saltan las alarmas de incendios, las puertas y conductos de ventilación se cierran herméticamente de inmediato. La gente de dentro no puede salir: tienen que meterse en un refugio de aire o mueren. ¿Parece riguroso? Bueno, no lo es. Un incendio que se extendiera por toda la ciudad sería mucho peor que la muerte de unas cuantas personas en una habitación cerrada. Artemisa no se anda con chiquitas con la seguridad contra incendios.

A órdenes de Sarah, la puerta se abrió y el calor interior llenó nuestra tienda. Yo rompí a sudar de inmediato.

—Joder —exclamó Arun.

El humo era denso en la fábrica. Algunos rincones brillaban de rojo con el calor. Si hubiera habido algo de oxígeno libre, desde luego habría estado en llamas. Distinguí a duras penas la forma del refugio de aire industrial en la pared del fondo.

Sarah no perdió tiempo.

—Jazz, ven conmigo delante. Arun y Marcy, os quedáis aquí y sujetáis la parte de atrás del inflable.

Me uní a Sarah. Ella agarró un lado de la apertura delantera del túnel y yo cogí el otro. Arun y Marcy hicieron lo mismo con la mitad posterior.

Sarah caminó hacia delante y yo mantuve su paso. El túnel estilo acordeón se extendió detrás de nosotros, con Arun y Marcy sosteniendo con firmeza la parte trasera.

La reacción de silicio con oxígeno genera una barbaridad de calor. De ahí la sala ignífuga. ¿Por qué no limitarse a fundir arena como hacen en la Tierra? Porque no tenemos arena en la Luna. Al menos, no la suficiente para que sea útil. Pero tenemos un montón de silicio y oxígeno, que son productos derivados de la industria del aluminio. Así que podemos fabricar todo el cristal que queramos. Solo hemos de hacerlo a lo bruto.

La cámara de reacción primaria estaba justo delante de nosotros. Tendríamos que pasar el túnel a su alrededor para alcanzar a los trabajadores atrapados.

—Probablemente está muy caliente —dije.

Sarah asintió y marcó el camino en un arco ancho. No queríamos que el calor agujereara nuestro túnel de rescate.

Alcanzamos la escotilla del refugio y di un golpecito en la ventanita redonda. Apareció la cara de un hombre con ojos lagrimosos y la tez cubierta de ceniza. Seguramente era el encargado, que habría sido el último en entrar en el refugio. Me hizo una señal con los pulgares hacia arriba y le devolví el gesto.

Sarah y yo nos metimos en el túnel y sujetamos el aro en torno a la escotilla del refugio. Al menos, eso fue fácil. El túnel se diseñó con ese propósito. Todavía en la tienda, Arun y Marcy presionaron su extremo del túnel contra el plástico y lo fijaron con cinta. Habíamos creado una ruta de escape para los trabajadores, pero estaba llena del aire irrespirable de la sala.

—¿Listos para soltar? —preguntó Sarah.

—¡Sellado y listo! —gritó Arun.

Los voluntarios que estaban fuera cortaron una rendija en el plástico. Se filtró humo del túnel en el pasillo, pero la brigada ya tenía ventiladores y filtros listos para reducir su extensión.

—¡Tienda abierta! ¡Soltad! —gritó Arun.

Sarah y yo cruzamos una mirada para confirmar que las dos estábamos preparadas. Al unísono, respiramos profundamente y abrimos las salidas de nuestros depósitos de aire. El gas que escapaba empujó el humo por el túnel y hacia el pasillo. Pronto, el túnel tuvo aire «respirable» dentro. Conrad 12 olería a ceniza durante días.

Las dos tosimos cuando probamos el aire, pero no era demasiado malo. No tenía que ser agradable. Bastaba con que no fuera tóxico. Satisfecha al saber que aquello no mataría a los trabajadores, Sarah giró la manivela de la escotilla del refugio del aire.

Los trabajadores, hay que reconocérselo, salieron en una fila rápida y controlada. Mi respeto por Queensland subió un peldaño. Mantenían a sus empleados bien preparados para situaciones de emergencia.

—¡Uno! ¡Dos! ¡Tres!... —Sarah contó a cada persona que pasaba. Yo también llevé la cuenta para confirmarlo.

Una vez que llegué a catorce, grité:

—¡Catorce! ¡Confirmado!

Ella miró al interior del refugio.

—¡Refugio vacío!

Hice lo mismo.

—¡Refugio vacío! ¡Confirmado!

Seguimos por el túnel a los trabajadores que tosían y se atragantaban hasta que nos pusimos todos a salvo.

—Buen trabajo —nos felicitó Bob.

Otros voluntarios ya estaban colocando máscaras de oxígeno a los empleados chamuscados.

—Jazz, tenemos tres heridos leves: quemaduras de segundo grado. Llévalos con la doctora Roussel. El resto, meted la tienda y el túnel en la sala y volved a cerrar la puerta ignífuga.

Por segunda vez ese día, *Trigger* y yo servimos como ambulancia.

Al final, los depósitos de oxígeno no estallaron. Aun así, la fábrica de cristal Queensland estaba destruida. Una pena: siempre habían sido firmes en la seguridad contra incendios. Nunca habían tenido ni una sola infracción. Mala suerte, supongo. Ahora tendrían que reconstruir desde cero.

Aun así, su refugio de aire bien mantenido y los ejercicios de simulación regulares habían salvado muchas vidas. Las fábricas podían reconstruirse. Las personas, no. Era una victoria.

Esa noche, fui a mi bareto favorito: Hartnell's Pub.

Me senté en mi sitio habitual: el segundo taburete desde el final de la barra. El primero había sido para Dale, pero esos días habían pasado.

Hartnell's era un antro. No había música. Ni pista de baile. Solo una barra y unas cuantas mesas desniveladas. La única concesión al ambiente era la espuma de absorción de ruido en las paredes. Billy sabía muy bien lo que valoraban sus clientes: alcohol y silencio. La atmósfera era completamente asexual. Nadie ligaba en Hartnell's. Si buscabas ligar, ibas a un club nocturno de Aldrin. Hartnell's era para beber. Y podías beber lo que quisieras, siempre y cuando fuera cerveza.

Me encantaba el bar. En parte porque Billy era un camarero agradable, pero sobre todo porque era el bar más cercano a mi ataúd.

—Buenas, amor —dijo Billy—. He oído que ha habido un incendio hoy. Y que has estado allí.

—En Queensland —dije—. Soy bajita, así que me han nombrado voluntaria. La fábrica, siniestro total, pero hemos sacado a todos a salvo.

—Bien, te mereces una cerveza, pues.

Sirvió un vaso de mi cerveza alemana favorita reconstituida. Los turistas dicen que sabe fatal, pero es la única cerveza que he conocido y a mí me gusta. Algún día compraré una cerveza alemana intacta para ver lo que me pierdo. La puso delante de mí.

—Gracias por tu servicio, amor.

—Eh, no diré que no. —Cogí la cerveza gratis y di un trago. Buena y fría—. ¡Gracias!

Billy asintió en reconocimiento y fue al otro extremo de la barra para servir a otro cliente.

Abrí un navegador web en mi Gizmo y busqué ZAFO. Era una conjugación del verbo *zafar* en español. De alguna manera dudaba que el señor Jin, de Hong Kong, trajera algo con un nombre español. Además ZAFO estaba todo en mayúsculas. Seguramente eran unas siglas. Pero ¿de qué?

Fuera lo que fuese, no conseguí encontrar ninguna mención en línea. Eso significaba que era un secreto. Ahora sí que me moría de ganas de saber qué era. Resulta que soy muy cotilla. Pero justo en ese momento, no tenía por dónde continuar, así que lo dejé mentalmente de lado.

Tenía la mala costumbre de comprobar mi cuenta bancaria cada día, como si mirarla compulsivamente fuera a hacerla crecer. Pero el *software* bancario no estaba interesado en mis sueños. Me dio la funesta noticia.

Mi saldo neto equivalía más o menos a un 2,5 por ciento de mi objetivo de 416.922 slugs. Eso era lo que quería. Eso era lo que necesitaba. Nada era más importante.

Si pudiera entrar en el maldito gremio EVA, conseguiría buenos ingresos a partir de entonces. Los paseos daban mucho dinero. Ocho clientes por paseo a 1.500 ğ cada uno. Eso son 12.000 ğ por paseo. Bueno, 10.800 después de pagar el 10 por ciento al gremio.

Solo podía guiar dos paseos por semana, una limitación impuesta por el gremio. Son cautos sobre la exposición a la radiación de sus miembros.

Ganaría más de 85.000 ğ al mes. Y eso solo con los paseos. También trataría de conseguir un empleo como pastora de sonda. Llaman así a los patrones EVA que llevan las sondas a la esclusa de carga y las descargan. De ese modo tendría acceso a los envíos antes de que Nakoshi los inspeccionara. Podría sacar el contrabando allí mismo o apartarlo para recuperarlo después con una EVA a hurtadillas a medianoche. Lo que funcionara mejor. La cuestión es que podría prescindir de Nakoshi por completo.

Seguiría viviendo como una pobre hasta que hubiera ahorrado el dinero que necesitaba. Contando con los gastos vitales, probablemente podría lograrlo en seis meses. Tal vez cinco.

En mi situación, con mi salario de porteadora y el contrabando, tardaría más o menos una eternidad.

Maldición, ojalá hubiera aprobado ese maldito examen.

Una vez que ahorrara los 416.922 ğ, seguiría ganando un montón de dinero. Podría costearme una buena casa. Mi ataúd de mierda solo costaba ocho mil al mes, pero ni siquiera podía ponerme de pie allí. Y quería mi propio cuarto de baño. Eso no parece gran cosa, pero lo es. Me di cuenta de eso más o menos la centésima vez que tuve que caminar por un pasillo público en camisón para hacer un pis de medianoche.

Por cincuenta mil al mes —dentro del margen de lo que estaría ganando— podría tener un condominio en la Burbuja Bean. Una casa bonita, con sala de estar, dormitorio, cuarto de baño y su propia ducha. Nada más comunal. Hasta podría encontrar un sitio con rincón para cocinar. No una cocina, eso sería estúpidamente caro. Tienen que estar en sus propias salas ignífugas. Pero un fuego de un rincón de cocina permitía alcanzar 80 grados Celsius y podría tener un microondas de 500 vatios.

Negué con la cabeza. Algún día, tal vez.

Supongo que mi expresión dolorida fue visible incluso desde el extremo de la barra. Billy se acercó.

—Vaya, Jazz. ¿Por qué estás tan triste?

—Dinero —dije—. Nunca hay suficiente dinero.

—Ni que lo digas, amor. —Se inclinó hacia mí—. Bueno… ¿Recuerdas cuando contraté tus servicios para conseguir un poco de etanol puro?

—Claro —dije.

En una concesión a la naturaleza humana básica, Artemisa permite el licor aunque sea inflamable. Pero ponen el límite en el etanol puro, que es increíblemente inflamable. Yo lo entraba de contrabando a la manera habitual y solo le cargaba un 20 por ciento de sobreprecio a Billy. Es mi tasa para amigos y familia.

Miró a izquierda y derecha. Un par de habituales se ocupaban de sus asuntos. Aparte de eso estábamos solos.

—Quiero mostrarte algo.

Buscó debajo de la barra y sacó una botella que contenía un líquido marrón. Vertió un poco en un vaso de chupito.

—Toma. Echa un trago.

Olí el alcohol desde un metro de distancia.

—¿Qué es?

—Whisky de malta Bowmore. De quince años. Pruébalo, la casa invita.

Nunca rechazo una bebida gratis. Eché un trago.

Escupí de asco. Aquello sabía como el culo de Satán en llamas.

—Eh —dijo—. ¿No está bueno?

Tosí y me sequé la boca.

—Eso no es whisky.

Miró la botella con ceño.

—Eh. Tengo un tipo en la Tierra que hierve los líquidos y me manda el extracto. Lo reconstituí con agua y etanol. Debería ser exactamente lo mismo.

—Pues no lo es —dije con voz ronca.

—Hay que acostumbrarse al sabor del whisky...

—Billy, he tragado cosas mejores que salen de la gente.

—Joder. —Apartó la botella—. Seguiré trabajando en eso.

Tragué cerveza para quitarme el gusto.

Sonó mi gizmo. Un mensaje de Trond.

«¿Estás libre esta noche? ¿Puedes pasar por mi casa?»

Buf. Estaba empezando con mis cervezas nocturnas.

«Es tarde. ¿No puede esperar?»

«Mejor si lo resolvemos hoy.»

«Acabo de sentarme a cenar...»

«Puedes beber después. Esto merece tu tiempo, te lo prometo.»

Listillo.

—Parece que tengo que irme —le dije a Billy.

—Tómate otra —dijo—. ¡Solo te has tomado una pinta!

—El deber me llama. —Le entregué mi gizmo.

Se lo llevó a la registradora.

—Una pinta. Nunca te había cobrado tan poco.

—No haré un hábito de eso.

Pasó mi gizmo sobre la registradora y me lo devolvió. La transacción estaba hecha (hacía tiempo que había configurado mi cuenta para aceptar Hartnell's como punto de compra que no requería verificación). Me guardé el gizmo en el bolsillo y salí. Los otros clientes no dijeron adiós, ni siquiera me saludaron con la mirada. Me encanta Hartnell's.

Irina abrió la puerta y me miró ceñuda como si acabara de mearme en su *borsch*. Como de costumbre, no me dejaría pasar sin que dijera a qué venía.

—Hola, soy Jazz Bashara —dije—. Nos hemos visto más de un centenar de veces. Estoy aquí para ver a Trond por su invitación.

Ella me condujo hasta la entrada al comedor. El olor de comida deliciosa flotaba en el aire. Algo de carne, pensé. ¿Rosbif? Una extraña *delicatessen* cuando la vaca más cercana está a 400.000 kilómetros de distancia.

Me asomé y vi a Trond tomando licor en un vaso ancho. Llevaba su bata habitual y charlaba con alguien al otro lado de la mesa. No podía ver quién.

Su hija Lene estaba sentada a su lado. Observaba a su padre con fascinación embelesada. La mayoría de adolescentes de dieciséis años odian a sus padres. Yo fui un enorme grano en el culo para el mío a esa edad (hoy en día solo soy una decepción general). En cambio, Lene miraba a Trond como si él hubiera colocado la Tierra en el cielo.

Me vio y me saludó con excitación.

—¡Jazz! ¡Hola!

Trond hizo un gesto hacia mí.

—¡Jazz! Ven, ven. ¿Conoces a la administradora?

Entré y, joder, la administradora Ngugi estaba allí. Simplemente estaba allí. Entretenida en la mesa.

Fidelis Ngugi es, dicho simplemente, la razón de que Artemisa exista. Cuando era ministra de Economía de Kenia, creó de la nada toda la industria espacial del país. Kenia tenía un recurso natural —y solo uno— para ofrecer a las compañías espaciales: el ecuador. Las naves espaciales lanzadas desde el ecuador aprovechaban al máximo la rotación de la Tierra para ahorrar combustible. Pero Ngugi se dio cuenta de que podían ofrecer algo más: política. Las naciones occidentales hundían las compañías espaciales en secretismo. Ngugi dijo:

—A la mierda. ¿Y si no lo hacemos?

Estoy parafraseando aquí.

Solo Dios sabe cómo convenció a cincuenta corporaciones de treinta y cuatro países para que volcaran miles de millones de dólares para crear la KSC, pero lo hizo. Y se aseguró de que Kenia aprobaba recortes de impuestos y leyes especiales para la nueva megacorporación.

¿Qué es eso?, dirás tú. ¿Favorecer a una sola compañía con leyes especiales no es justo? Cuéntaselo a la Compañía de las Indias Orientales. Esto no es un jardín de infancia, es economía global.

Y, no te lo imaginarías, cuando la KSC tuvo que elegir a alguien para que dirigiera Artemisa por ellos, y eligieron... a Fidelis Ngugi. Así se hacen las cosas. Ella sacó dinero de la nada, creó una industria enorme en un país que era tercermundista y se asignó un puesto como gobernante de la Luna. Llevaba más de veinte años gobernando Artemisa.

El *dhuku* tradicional de Ngugi era el contrapunto a su vestido de corte occidental. Se levantó con educación, caminó hacia mí y dijo:

—Hola, querida.

Su inglés con acento suajili salía con tanta suavidad de su boca que quise adoptarla como mi abuela de inmediato.

—Ja... Jasmine —tartamudeé—. Soy Jasmine Bashara.

—Lo sé —dijo ella.

¿Qué?

La administradora sonrió.

—Nos hemos visto antes. Contraté a tu padre para que instalara un refugio de aire de emergencia en mi casa. Él te trajo. Fue cuando la oficina de administración estaba en la Burbuja Armstrong.

—Vaya... No recuerdo nada de eso.

—Eras muy pequeña. Una niña adorable pendiente de cada palabra de su padre. ¿Cómo está Ammar?

Parpadeé un par de veces.

—Eh... papá está bien. Gracias. No lo veo mucho. Él tiene su tienda y yo tengo mi trabajo.

—Tu padre es un buen hombre —dijo ella—. Un hombre de negocios honesto y un gran trabajador. Uno de los mejores soldadores de la ciudad, también. Es una lástima que discutierais.

—Espere, ¿cómo sabe que...?

—Lene, ha sido maravilloso verte otra vez. Estás muy crecida.

—Gracias, administradora —dijo Lene radiante.

—Y Trond, gracias por una cena deliciosa —dijo.

—Cuando quiera, administradora. —Trond se levantó.

No podía creer que fuera en bata. Había cenado con la persona más importante de la Luna e iba en bata. Entonces estrechó la mano de Ngugi como si fueran iguales.

—Gracias por venir.

Irina apareció y acompañó a Ngugi a la salida. ¿Había un atisbo de admiración en el semblante hosco de la rusa? Supongo que incluso Irina tenía sus límites. No puedes odiar a todo el mundo.

—Joder, tío —le dije a Trond.

—Está bien, ¿eh? —Trond se volvió hacia su hija—. Muy bien, calabacita, es hora de que te escabullas. Jazz y yo tenemos negocios de los que hablar.

Lene gruñó del modo en que solo puede hacerlo una adolescente.

—Siempre me echas cuando las cosas se ponen interesantes.

—No tengas tanta prisa. Pronto serás una mujer de negocios encarnizada.

—Igual que mi padre. —Sonrió.

Se estiró para recoger las muletas del suelo. Eran de las que sujetan la parte superior del brazo. Se las colocó con facilidad y se puso en vertical. Le colgaban las piernas. Besó a Trond en la mejilla y luego salió caminando con las muletas sin que sus pies tocaran el suelo.

El accidente de coche que mató a su madre había paralizado a Lene de por vida. Trond tenía dinero a espuertas, pero nada podía comprar la capacidad de caminar de su hija. ¿O sí? En la Tierra, Lene estaría confinada en una silla de ruedas. En cambio, en la Luna, podía moverse con facilidad en muletas.

Así que contrató a un vicepresidente para que controlara la mayoría de sus compañías y se trasladó a Artemisa. Y de este modo, Lene Landvik pudo caminar otra vez.

—Chau, Jazz —dijo al salir.

—Chau, nena.

Trond movió su copa en círculos.

—Siéntate.

La mesa del comedor era enorme, así que elegí una silla situada a un par de espacios de distancia de Trond.

—¿Qué hay en el vaso?

—Whisky. ¿Quieres un poco?

—Probarlo —dije.

Deslizó el vaso hacia mí. Tomé un sorbo.

—Ah, sí... —dije—. Es mejor.

—No sabía que eras una chica de whisky —dijo.

—Normalmente, no. Pero he probado una aproximación espantosa antes, y necesitaba un recordatorio de lo que se suponía que debía ser. —Le devolví el vaso.

—Quédatclo. —Fuc al aparador de licores, vertió una segunda copa, y regresó a su asiento.

—Entonces, ¿por qué ha estado aquí la administradora? —pregunté.

Trond puso los pies en la mesa y se recostó en su silla.

—Espero comprar Sanches Aluminium y quería su bendición. Le parece bien.

—¿Por qué quieres una compañía de aluminio?

—Porque me gusta construir negocios. —Se pavoneó teatralmente—. Es lo mío.

—Pero ¿aluminio? Quiero decir... ¿No es un aburrimiento? Tengo la impresión de que está encallado como industria.

—Lo está —dijo Trond—. No es como en los viejos tiempos, cuando el aluminio era el rey: cada burbuja requirió cuarenta mil toneladas de aluminio para su construcción. Pero ahora la población se ha estancado y no construimos burbujas nuevas. Francamente, debería haber quebrado hace mucho tiempo si no fuera por su producción de combustible monopropelente. E incluso eso apenas da beneficios.

—Parece que has perdido el tren del chollo. ¿Por qué meterte en eso ahora?

—Creo que puedo hacerlo inmensamente provechoso otra vez.

—¿Cómo?

—No es asunto tuyo.

Levanté las manos.

—¡Qué susceptible! Bueno, quieres hacer aluminio. ¿Por qué no fundar tu propia empresa?

Resopló.

—No es tan sencillo. Es imposible competir con Sanches. Literalmente imposible. ¿Qué sabes de la producción de aluminio?

—Casi nada —admití.

Me recosté en mi silla. Trond parecía con ganas de charlar esa noche. Mejor dejarle que se lo sacara de dentro. Y, oye, mientras fuera hablando yo tenía licor del bueno.

—Primero recogen mineral de anortita. Eso es fácil. Lo único que han de hacer es elegir las rocas adecuadas. Tienen excavadoras automáticas que funcionan día y noche. Luego funden el mineral con un proceso químico y de electrolisis que consume una barbaridad de electricidad. Y quiero decir una barbaridad. Sanches Aluminium usa el ochenta por ciento de la producción de los reactores de la ciudad.

—¿El ochenta por ciento?

Nunca había pensado en eso antes, pero dos reactores nucleares de 27 megavatios era un poquito exagerado para una ciudad de dos mil personas.

—Sí, pero la parte interesante es cómo la pagan.

Sacó una roca del bolsillo. No había mucho que mirar, solo un bulto gris y recortado como todas las demás rocas lunares que había visto. Me la lanzó.

—Toma. Un poco de anortita.

—Sí, una roca. —La pesqué del aire cuando se acercaba—. Gracias.

—Está hecha de aluminio, oxígeno, silicio y calcio. La fusión la separa en esos componentes básicos. Ellos venden el aluminio, de eso se trata. Y venden el silicio a fabricantes de cristal y el calcio a electricistas por casi nada, sobre todo para sacárselo de encima. Pero hay un derivado que es increíblemente útil: oxígeno.

—Sí, es lo que respiramos. Lo sé.

—Sí, pero ¿sabías que Sanches consigue electricidad gratis a cambio de ese oxígeno?

Me había pillado.

—¿En serio?

—Sí. Es un contrato que se remonta a los primeros días de Artemisa. Sanches produce nuestro aire, así que Artemisa le da a Sanches toda la energía que quieren: completamente gratis.

—¿No tienen que pagar factura de electricidad? ¿Nunca?

—Mientras sigan produciendo oxígeno para la ciudad, así será. Y la electricidad es la parte más cara del proceso de fundición. Simplemente no hay forma de que yo pueda competir. No es justo.

—Oh, pobre multimillonario —me burlé.

—Sí, sí, los ricos son malos, bla, bla, bla.

Vacié mi vaso.

—Gracias por el whisky. ¿Por qué estoy aquí?

Inclinó la cabeza y me miró. ¿Estaba eligiendo sus palabras cuidadosamente? Trond nunca hacía eso.

—He oído que has suspendido tu examen EVA.

Gruñí.

—¿Lo sabe toda la ciudad? ¿Os reunís y habláis de mí cuando no estoy o qué pasa?

—Es una ciudad pequeña, Jazz. Estoy atento a lo que ocurre.

Deslicé mi vaso hacia él.

—Si vamos a hablar de mis fracasos, quiero otro whisky.

Me pasó su vaso lleno.

—Quiero contratarte. Y pienso pagarte un montón.

Me espabilé.

—Bien, ¿por qué no has empezado por ahí? ¿Qué quieres que te entre de contrabando? ¿Algo grande?

Se inclinó adelante.

—No se trata de contrabando. Es una operación completamente diferente. Ni siquiera sé si está en tu zona de confort. Siempre has sido honesta, al menos conmigo. ¿Me das tu palabra de que esto quedará entre nosotros? ¿Aunque rechaces el trabajo?

—Por supuesto.

Una cosa había aprendido de mi padre: cumple siempre tus tratos. Él trabajaba dentro de la ley y yo no, pero el principio era el mismo. La gente estará más dispuesta a confiar en un criminal fiable que en un hombre de negocios turbio.

—Ese contrato de energía por oxígeno es lo único que se interpone entre la industria del aluminio y yo. Si Sanches deja de suministrar oxígeno, incumplirá el contrato. Entonces yo intervendré y me ofreceré a asumirlo. El mismo trato: oxígeno gratis por energía gratis.

—¿De dónde sacarías el oxígeno? —pregunté—. Tú no tienes una fundición.

—Ninguna regla dice que tenga que fundirse. A la ciudad le da igual de dónde salga el oxígeno, siempre que llegue. —Puso los dedos en campana—. Durante los últimos cuatro meses he estado acumulando oxígeno y almacenándolo. Tengo suficiente para abastecer las necesidades de toda la ciudad durante un año.

Alcé una ceja.

—No puedes coger el oxígeno de la ciudad y quedártelo. Eso es monumentalmente ilegal.

Movió la mano con desdén.

—Por favor. No soy idiota. Compré el oxígeno legalmente. Tengo contratos en marcha con Sanches para entregas regulares.

—¿Estás comprando oxígeno a Sanches para poder quitarle a Sanches el contrato de oxígeno?

Sonrió.

—Producen tanto oxígeno que la ciudad entera no respira suficientemente rápido. Lo venden barato al que lo quiera. Yo lo he comprado poco a poco, a lo largo del tiempo, a través de varios negocios tapadera para que nadie supiera que lo estoy acumulando.

Me pellizqué la barbilla.

—El oxígeno es la definición misma de inflamable. ¿Cómo has conseguido que la ciudad te deje almacenar tanto?

—No lo he conseguido. He construido depósitos enormes fuera de la Burbuja Armstrong. Están en el triángulo formado por los túneles de conexión de Armstrong, Bean y Shepard. Totalmente a salvo de turistas idiotas, y si algo va mal, simplemente lo filtrarán al vacío. Están conectados con los sistemas de Soporte Vital, pero están separados por una válvula física exterior. No puede pasarle nada malo a la ciudad.

—Eh. —Giré mi vaso en la mesa—. Quieres que detenga la producción de oxígeno de Sanches.

—Sí. —Se levantó de la silla y caminó hasta el aparador de licores. Esta vez eligió una botella de ron—. La ciudad querrá una resolución rápida y yo conseguiré el contrato. Una vez que eso ocurra, ni siquiera tendré que construir mi propia fundición. Sanches verá la futilidad de fabricar aluminio sin energía gratis y me la venderá directamente.

Se sirvió otra copa y regresó a la mesa. Ahí, abrió un panel que reveló una serie de controles.

Las luces de la sala se atenuaron y una pantalla de proyección cobró vida en la pared del fondo.

—¿Eres un supervillano o algo así? —Hice un gesto hacia la pantalla—. Quiero decir, venga ya.

—¿Te gusta? Acabo de instalarla.

La pantalla mostró una imagen satelital de nuestra zona local en Mare Tranquillitatis. Artemisa era una pequeña mancha de círculos brillantemente iluminados por la luz del sol.

—Estamos en las tierras bajas —dijo Trond—. Hay un montón de olivino e ilmenita. Son minerales fantásticos para producir hierro, pero si quieres aluminio necesitas anortita. Es rara por aquí, pero en las tierras altas está lleno. Así que las excavadoras de Sanches operan en las colinas Moltke, tres kilómetros al sur de aquí.

Encendió el puntero láser de su gizmo y señaló una región al sur de la ciudad.

—Las excavadoras son casi completamente autónomas. Solo se comunican con el centro de control para pedir instrucciones si se quedan encalladas o no saben qué hacer a continuación. Son una parte esencial de las operaciones de la compañía, están todas en un sitio y están completamente sin custodiar.

—Vale —dije—. Ya veo adónde va esto...

—Sí —dijo—. Quiero que sabotees esas excavadoras. Cárgatelas todas a la vez. Y asegúrate de que no se pueden reparar. Sanches tardará al menos un mes en conseguir que le envíen suministros desde la Tierra. Durante ese tiempo no conseguirán más anortita. Si no hay anortita, no hay producción de oxígeno. Si no hay producción de oxígeno, yo gano.

Crucé los brazos.

—No sé si estoy dispuesta a hacer esto, Trond. Sanches tiene como un centenar de empleados. No quiero que la gente pierda su trabajo.

—No te preocupes por eso —dijo Trond—. Quiero comprar la empresa, no arruinarla. Todo el mundo mantendrá su empleo.

—Vale, no sé nada de excavadoras.

Sus dedos volaron sobre los controles y la proyección cambió a una imagen de una excavadora. Parecía algo de un catálogo.

—Las excavadoras son Toyota Tsukuruma. Tengo cuatro en mi almacén, listas para usar.

Vaya. Está bien. Algo del tamaño de una excavadora tendría que enviarse por piezas y montarse aquí. Además, tendría que hacerse en secreto para que nadie planteara preguntas incómodas como: «Dime, Trond, ¿por qué tu compañía está montando excavadoras?» Había puesto a su gente en eso hacía mucho tiempo.

Debió de ver los engranajes girando en mi cabeza.

—Sí, llevo un tiempo trabajando en esto. Da igual, te invito a examinar mis excavadoras todo el tiempo que quieras. Todo en secreto, por supuesto.

Me levanté de la silla y caminé hasta la pantalla. Tío, esa excavadora era una bestia.

—Así que mi problema es encontrar una debilidad en estas cosas. No soy ingeniera.

—Son vehículos automatizados sin ninguna característica de seguridad. Tú eres lista, estoy seguro de que se te ocurrirá algo.

—Vale, pero ¿qué pasa si me pillan?

—¿Jazz qué? —dijo teatralmente—. ¿La chica de reparto? Apenas la conozco. ¿Por qué iba a hacer algo así? Estoy desconcertado.

—Ya entiendo.

—Solo estoy siendo honesto. Parte del trato es tu palabra de que no me delatarás si te pillan.

—¿Por qué yo? ¿Qué te hace pensar que puedo hacer esto?

—Jazz, soy un hombre de negocios —dijo—. Todo mi trabajo consiste en explotar recursos poco utilizados. Tú eres un enorme recurso poco utilizado.

Se levantó y caminó al aparador a por otra copa.

—Podrías haber sido cualquier cosa. ¿No querías ser soldadora? No hay problema. Podrías haber sido científica. Ingeniera. Política. Empresaria. Cualquier cosa. Pero eres una porteadora.

Torcí el gesto.

—No te estoy juzgando —dijo—. Solo analizo. Eres realmente lista y quieres dinero. Necesito a alguien que sea realmente listo y tengo dinero. ¿Te interesa?

—Hum... —Me tomé un momento para pensar. ¿Era posible?

Necesitaba acceso a una esclusa de aire. Hay solo cuatro esclusas de aire en toda la ciudad y tienes que ser miembro del gremio EVA con licencia para usarlas: sus paneles de control verifican tu gizmo.

Luego había un trayecto de tres kilómetros hasta las colinas Moltke. ¿Cómo lo haría? ¿Caminando? Y una vez que estuviera allí ¿qué haría? Las excavadoras tendrían cámaras y filmarían todo en un arco de 360 grados con fines de navegación. ¿Cómo las sabotearía sin que me localizaran?

Además, olía la mentira en el aire. Trond había sido reticente y evasivo respecto a sus razones para meterse en el aluminio. Pero era mi cuello el que estaba en juego si algo iba mal, no el suyo. Y si me pillaban me deportarían a la Tierra. Probablemente ni siquiera podría aguantarme de pie en la Tierra, mucho menos vivir allí. Llevo en la gravedad lunar desde que tenía seis años.

No. Yo era contrabandista, no saboteadora. Y algo olía mal en todo aquel asunto.

—Lo siento, pero no es lo mío —dije—. Tendrás que encontrar a otra persona.

—Te pagaré un millón de slugs.

—Trato hecho.

Hola, Kelvin:

¿Qué te cuentas? No he sabido nada de ti en unos días. ¿Entraste en el club de ajedrez?

¿Qué clase de club de ajedrez juvenil tiene requisitos de ingreso, por cierto? ¿Tantas solicitudes tienen que han de rechazar a algunos? ¿A los que no les gustan mucho los tableros? ¿Les faltan mesas?

Mi escuela está intentando ponerme en clases de superdotados. Otra vez. Mi padre quiere que vaya, pero ¿para qué? Probablemente solo seré soldadora. No necesito cálculo diferencial para unir piezas de metal. Uf...

Bueno, ¿qué pasó con Charisse? ¿Le pediste para salir? ¿O hablaste con ella? ¿O le indicaste de alguna manera que existes? ¿O sigues con tu brillante plan de evitarla a toda costa?

Jazz:

Lo siento, he estado ocupado con extraescolares últimamente. Sí, entré en el club de ajedrez. Jugué varias partidas para establecer mi nivel y me calificaron en 1124. No está muy bien, pero estoy estudiando y practicando para ser mejor. Juego todos los días contra el ordenador y ahora también jugaré contra gente.

¿Por qué no quieres participar en las clases superiores? El éxito académico es una gran manera de honrar a tus padres. Deberías pensarlo. Estoy seguro de que tu padre estaría muy orgulloso. A mis padres les encantaría si yo pudiera entrar en clases avanzadas. Pero las mates son difíciles. Voy aprobando, pero es difícil.

Tengo determinación, eso sí. Quiero hacer cohetes, y no puedes hacerlos sin mates.

No, no he hablado con Charisse. Estoy seguro de que no se interesaría por un chico como yo. A las chicas les gustan los chicos grandes y fuertes que pegan a otros chicos. Yo no soy nada de eso. Si hablara con ella, solo me humillaría.

Kelvin:

Tío.

No sé de dónde sacas la información sobre las chicas pero TE EQUIVOCAS. A las chicas nos gustan los chicos majos que nos hacen reír. NO nos gustan los chicos que se meten en peleas y no nos gustan los chicos estúpidos. Confía en mí en esto. Soy una chica.

Mi padre me tiene ayudándole en el taller. Puedo hacer sola las cosas más sencillas. Me paga, y eso está bien. Pero ya no me da asignación ahora que tengo ingresos. Así que estoy trabajando por poco más de lo que tenía antes gratis. No estoy segura de que me guste ese plan, pero bueno.

Mi padre está teniendo problemas con el gremio de soldadores. Por aquí, puedes ir por libre o formar parte del gremio. Y al gremio no le gustan los independientes. Mi padre no tiene problemas con los gremios en general, pero dice que el gremio de soldadores es una mafia. Supongo que están en manos del crimen organizado saudí. ¿Por qué saudí? No lo sé. Casi todos los soldadores son saudíes. Nosotros somos la gente que terminó controlando la industria de las soldaduras.

La cuestión es que el gremio obliga a la gente a afiliarse con tácticas de mierda. No es como en las películas que te amenazan o algo. Solo son rumores. Sueltan historias de que no eres honrado y trabajas mal. Cosas así. Pero mi padre pasó toda su vida ganándose una reputación profesional. Los rumores falsos le rebotan. Ninguno de sus clientes se lo cree.

¡Vamos, papá!

Jazz:

Es una pena eso del gremio de soldadores. No hay sindicatos ni gremios aquí en la KSC. Es una zona administrativa especial y las leyes normales que amparan a los sindicatos no se aplican. La KSC tiene mucho poder en el gobierno keniano. Hay muchas leyes especiales para ellos. Pero la KSC es una bendición para todos nosotros y merecen un trato especial. Sin ellos seríamos pobres como otros países africanos.

¿Alguna vez has pensado en vivir en la Tierra? Estoy seguro de que serías científica o ingeniera y ganarías un montón de dinero. Eres ciudadana de Arabia Saudí, ¿no? Tienen un montón de empresas. Un montón de trabajos para gente lista.

Kelvin:

No. No quiero vivir en la Tierra. Soy una chica de la Luna. Además, sería un problema médico enorme. Llevo aquí más de media vida, así que mi cuerpo está acostumbrado a una sexta parte de tu gravedad. Antes de que pudiera ir a la Tierra tendría que hacer un montón de ejercicio y tomar unas pastillas especiales para estimular el crecimiento de músculo y hueso. Luego tendría que pasar horas en la centrifugadora cada día... Buf. No, gracias.

Habla con Charisse, gallina.

3

Me escabullí por un enorme corredor en Aldrin –7. No tenía que esconderme en esa hora infame, no había nadie a la vista.

Las cinco de la mañana era un concepto más bien teórico para mí. Sabía que existía, pero rara vez lo observaba. Ni quería hacerlo. Pero esa mañana era diferente. Trond insistió en el secreto, así que tuvimos que encontrarnos antes del horario laboral normal.

Había una sucesión de puertas de granero cada veinte metros. Los locales allí eran escasos y grandes, un testamento del mucho dinero que tenían a su disposición esas empresas. El taller de la empresa de Trond estaba identificado solo con un cartel que decía A-7/4030 – LANDVIK INDUSTRIES.

Llamé a la puerta. Al cabo de un segundo, esta se abrió parcialmente. Trond asomó la cabeza y miró a ambos lados del pasillo.

—¿Te han seguido?

—Por supuesto —dije—. Los he llevado directamente a ti. Resulta que no soy muy brillante.

—Listilla.

—Tontín.

—Pasa. —Me hizo un gesto para que entrara.

Entré y cerré la puerta de inmediato. No sabía si pensaba que eso era sigiloso o qué. Pero, eh, me estaba pagando un millón de slugs. Podía jugar a 007 si él quería.

El taller era en realidad un garaje. Un garaje enorme. En serio, mataría por tener ese espacio. Construiría una casita en un rincón y luego, no sé, ¿instalaría hierba artificial en el resto? Cuatro excavadoras idénticas, cada una en su lugar, llenaban la sala.

Me acerqué a la excavadora más cercana y la miré.

—Guau.

—Sí —dijo Trond—. No te das cuenta de lo grande que es hasta que ves una de cerca.

—¿Cómo las metiste en la ciudad sin que nadie se enterara?

—No fue fácil —dijo Trond—. Las hice enviar aquí por piezas. Solo la gente de más confianza lo sabe. Reuní un equipo de siete mecánicos que saben tener la boca cerrada.

Examiné el taller oscuro.

—¿Hay alguien más aquí?

—Claro que no. No quiero que nadie sepa que te he contratado.

—Vaya.

La excavadora medía cuatro metros de alto, cinco metros de ancho y diez metros de largo. El chasis estaba bañado de material reflectante para reducir el calentamiento provocado por el sol. Cada una de las bestias de seis ruedas medía metro y medio de ancho. El grueso de la máquina era una cuba enorme, vacía. Un potente mecanismo hidráulico en la parte delantera y una bisagra en la parte de atrás accionaban el volquete.

La parte delantera de la excavadora tenía una pala articulada. No había ningún compartimento de pasajero, por supuesto. Las excavadoras estaban automatizadas, aunque podían controlarse remotamente en caso de necesidad. Una caja metálica cerrada ocupaba el lugar donde podías esperar una cabina de mando. Tenía el logo de Toyota junto con la palabra «Tsukuruma» en una tipografía elegante.

La excavadora estaba rodeada de carritos de herramientas y equipo de mantenimiento que los trabajadores habían dejado allí al terminar su turno.

—Vale —dije, asimilando la escena—. Esto va a ser un reto.

—¿Cuál es el problema? —Trond se acercó a una de las ruedas y se apoyó en ella—. Es solo un robot, no tiene ninguna defensa. Su única inteligencia artificial es para desplazarse. Estoy seguro de que a ti y a un buen depósito de acetileno se os ocurrirá algo.

—Esto es un tanque, Trond. No va a ser fácil de destruir. —Caminé un poco en torno a la excavadora y me acerqué a mirar la parte inferior del chasis—. Y tiene cámaras por todas partes.

—Por supuesto que sí —dijo Trond—. Las necesita para orientarse.

—Envía un vídeo a sus controladores —dije—. Una vez que se desconecte, los controladores repasarán las imágenes para ver qué ocurrió. Me verán.

—Pues cubre cualquier marca de identificación en tu traje espacial —dijo Trond—. No hay problema.

—Oh, sí hay un problema. Llamarán a los patrones EVA para preguntar qué demonios está pasando y entonces los patrones EVA me vendrán a buscar. No sabrán quién soy, pero pueden arrastrar mi culo a la ciudad y vivir un momento de *Scooby Doo* cuando me quiten el casco.

Trond rodeó la excavadora para ponerse a mi lado.

—Ya te entiendo.

Me pasé las manos por el pelo. No me había duchado esa mañana. Me sentía como un montón de grasa que hubieran sumergido en una cuba asquerosa.

—Tengo que pensar en algo que tenga efecto retardado. Para que ocurra cuando yo ya esté otra vez en la ciudad.

—Y no olvides que tienes que destrozarlas del todo. Si queda algo que se pueda reparar, los equipos de Sanches las tendrán en marcha en cuestión de días.

—Sí, lo sé. —Me pellizqué la barbilla—. ¿Dónde está la batería?

—En el compartimento delantero. La caja con el logo de Toyota.

Encontré una caja de fusibles cerca del compartimento delantero. Dentro estaban los interruptores principales para proteger la electrónica de subidas o bajadas de tensión. Valía la pena fijarse.

Me incliné sobre un armario de herramientas cercano.

—Cuando están llenas, ¿se llevan el material a la fundición?

—Sí. —Trond cogió una llave inglesa y la lanzó al aire. Se elevó hacia el techo.

—¿Y luego qué? ¿Vacían su carga y vuelven a Moltke?

—Después de recargar.

Pasé la mano por el metal brillante y reflectante de la cuba.

—¿Qué potencia tiene la batería?

—Dos coma cuatro megavatios hora.

—¡Guau! —Me volví hacia él—. Podría soldar en arco con esa potencia.

Trond se encogió de hombros.

—Acarrear un centenar de toneladas de rocas requiere energía.

Me metí debajo de la excavadora.

—¿Cómo gestiona la disipación de calor? ¿Cera que cambia de estado?

—Ni idea.

Cuando estás en el vacío, disipar el calor es un problema. No hay aire que se lo lleve. Y cuando tienes potencia eléctrica, cada julio de energía en última instancia se convierte en calor. Puede deberse a resistencia eléctrica, fricción en partes móviles o reacciones químicas en la misma batería que libera la energía. Pero, en definitiva, todo termina en forma de calor.

Artemisa tiene un sistema de refrigeración complejo que lleva el calor a paneles térmicos situados cerca del complejo reactor. Están en la sombra y poco a poco irradian la energía como luz infrarroja. Pero las excavadoras tenían que ser autosuficientes.

Después de buscar un poco, encontré lo que quería. La válvula del sistema de disipación de calor. Reconocí el modelo de inmediato: mi padre y yo habíamos colocado muchas como esa en el pasado al reparar *rovers*.

—Sí. Es cera —dije.

Vi que se acercaban los pies de Trond.

—¿Qué significa eso? —preguntó.

—Los armazones de batería y motor están encajados en un depósito de cera sólida. Fundir cera requiere mucha energía, así que es allí adonde va el calor. La cera está rodeada por tuberías de refrigeración. Cuando la excavadora vuelve para recargarse, bombean agua fría en esas tuberías para enfriar otra vez la cera y extraen el agua recién calentada. Después enfrían el agua poco a poco mientras la excavadora vuelve a funcionar.

—Entonces, ¿puedes hacer que las excavadoras se recalienten? —me preguntó—. ¿Ese es tu plan?

—No es tan sencillo. Hay mecanismos de seguridad para

impedir el recalentamiento. Las excavadoras se apagarían hasta que se enfriaran. Los ingenieros de Sanches arreglarían el problema de inmediato. Tengo una idea distinta.

Me escurrí de debajo de la excavadora, me levanté y estiré la espalda. Después subí al lateral y me dejé caer en la cuba. Mi voz resonó mientras hablaba.

—¿Alguna cámara puede enfocar aquí?

—¿Por qué? —preguntó—. ¡Oh! ¡Vas a conducir una excavadora a las colinas Moltke!

—Trond, ¿las cámaras pueden enfocar aquí?

—No. Su propósito es la navegación. Están dirigidas al exterior. Eh, ¿cómo saldrás de la ciudad? No tienes privilegios de esclusa de aire.

—No te preocupes por eso.

Trepé para salir de la cuba y caí cuatro metros al suelo. Me acerqué una silla, la giré y me puse a horcajadas. Apoyé la barbilla en la palma de mi mano y me sumí en la reflexión.

Trond se acercó con sigilo.

—¿Entonces?

—Estoy pensando —dije.

—¿Las mujeres saben lo sexis que están cuando se sientan así?

—Claro.

—Lo sabía.

—Estoy tratando de concentrarme.

—Lo siento.

Miré la excavadora durante varios minutos. Trond caminó de un lado a otro y jugueteó con las herramientas. Era un genio empresarial, pero tenía la paciencia de un niño de diez años.

—Vale —dije al fin—. Tengo un plan.

—¿Sí? —Trond dejó caer un destornillador y se acercó—. Cuenta.

Negué con la cabeza.

—No te preocupes por los detalles.

—Me gustan los detalles.

—Una dama tiene que guardar sus secretos. —Me levanté—. Pero destruiré por completo sus excavadoras.

—Eso quería oír.

—Muy bien —dije—. Me voy a casa. Necesito una ducha.

—Sí —dijo Trond—. La necesitas de verdad.

Una vez que volví a mi ataúd, me quité la ropa más deprisa que un borracho en una cita de final de curso. Me puse una bata y salí a las duchas. Hasta pagué los 200 ǧ extras para empaparme en una bañera. Me sentí bien.

Pasé el día haciendo entregas como de costumbre. No quería que algún capullo perceptivo se fijara en un cambio en mi rutina justo antes de que se cometiera un sabotaje enorme. Solo un día normal. Trabajé hasta alrededor de las cuatro de la tarde.

Fui a casa, me tumbé (no es que pueda estar de pie) e hice un poco de investigación. Envidio una cosa de la gente de la Tierra: tienen una conexión a Internet mucho más rápida. Tenemos una red local en Artemisa que viene bien para transacciones de slugs y correo electrónico, pero cuando se trata de búsquedas web, todos los servidores están en la Tierra. Y eso significa un mínimo absoluto de cuatro segundos por cada petición. La velocidad de la luz no es tan alta como me gustaría.

Tomé tanto té que tuve que correr al cuarto de baño comunitario cada veinte minutos. Después de horas de trabajo, llegué a una conclusión: realmente quería mi propio cuarto de baño.

Pero al final tenía un plan. Y como todos los buenos planes, requería a un ucraniano loco.

Llevé a *Trigger* al Centro de Investigación de la ESA y aparqué en el pasillo estrecho.

Las agencias espaciales de todo el mundo fueron las primeras en alquilar locales en Artemisa. En los viejos tiempos, las mejores propiedades inmobiliarias de la ciudad estaban en Armstrong Planta. Desde entonces, se construyeron cuatro burbujas más, pero las agencias espaciales se quedaron en Armstrong. Su diseño, que había sido vanguardista, estaba desfasado dos décadas.

Salté de *Trigger* y fui a los laboratorios. La primera estancia, una minúscula sala de recepción, me hizo retroceder a los días en que la propiedad inmobiliaria estaba mucho más limitada. Cuatro pasillos partían en ángulos extraños. Algunas de las puertas no podían abrirse si se abrían otras. El aborto ergonómico era el resultado de diecisiete gobiernos diseñando un laboratorio mediante una comisión conjunta. Pasé por la puerta central, recorrí el pasillo casi hasta el final y entré en el laboratorio de microelectrónica.

Martin Svoboda se inclinó sobre un microscopio y estiró el brazo para coger el café con aire ausente. Su mano pasó por encima de tres matraces de ácido letal antes de alcanzar la taza y echar un trago. Juro que ese idiota se matará algún día.

La Agencia Espacial Europea lo destinó a Artemisa hace cuatro años para que estudiara métodos de producción microelectrónica. Al parecer, la Luna ofrece algunas ventajas únicas en ese campo. El laboratorio de la ESA es un puesto muy codiciado, así que tiene que ser bueno en su trabajo.

—Svoboda —dije.

Nada. No me había visto entrar y no me oyó hablar. Él es así.

Le di una palmada en la nuca y se apartó del microscopio. Sonrió como un niño que ve a una tía querida.

—¡Oh! ¡Hola, Jazz! ¿Qué pasa?

Me senté en un taburete de laboratorio frente a él.

—Necesito un poco de ciencia chiflada.

—¡Bien! —Giró su taburete para verme—. ¿Qué puedo hacer?

—Necesito electrónica. —Saqué un esquema de mi bolsillo y se lo entregué—. Esto. O algo parecido.

—¿Papel? —Sostuvo el esquema como si fuera una tira de muestra de orina—. ¿Lo has escrito en papel?

—No sé cómo usar esas aplicaciones de dibujo —dije—. Solo... ¿Qué opinas?

Desplegó el papel y miró con ceño mis garabatos. Svoboda era el mejor ingeniero electrónico de la ciudad. Algo así no debería ser un reto para él.

Puso el dibujo de costado.

—¿Lo has dibujado con la mano izquierda o algo?

—No soy artista, ¿vale?

Se pellizcó la barbilla.

—Calidad artística aparte, esto es un diseño elegante. ¿Lo has copiado de alguna parte?

—No, ¿por qué? ¿Algo va mal?

Levantó la ceja.

—Es solo... Está muy bien hecho.

—¿Gracias?

—No sabía que tuvieras tanto talento.

Me encogí de hombros.

—He encontrado tutoriales de electrónica en línea y he trabajado a partir de ahí.

—¿Lo has aprendido sola? —Volvió a mirar al esquema—. ¿Cuánto tiempo has tardado?

—Casi toda la tarde.

—¿Has aprendido esto hoy? Serías una gran científica...

—Basta. —Levanté la mano—. No quiero oírlo. ¿Puedes hacerlo o no?

—Claro, claro —dijo—. ¿Para cuándo lo necesitas?

—Cuanto antes lo tenga, mejor.

Tiró los esquemas a la mesa del laboratorio.

—Puedo tenértelo para mañana.

—Genial. —Salté del taburete y agité mi gizmo—. ¿Cuánto?

Vaciló, nunca es una buena señal durante las negociaciones.

Había hecho trabajos extraños para mí durante años, sobre todo quitando chips antipiratería de artículos electrónicos de contrabando. Normalmente cobraba 2.000 ğ por ese trabajo *freelance*. ¿Por qué era diferente esta vez?

—¿Dos mil slugs? —propuse.

—Hum —dijo—. ¿Considerarías un intercambio?

—Claro. —Aparté mi gizmo—. ¿Necesitas que te entre algo?

—No.

—Ya veo.

Maldita sea, soy contrabandista. ¿Por qué la gente no paraba de pedirme otras mierdas?

Se levantó e hizo un gesto para que lo siguiera. Fui con él al rincón del fondo de su laboratorio, donde hacía su trabajo no oficial. ¿Por qué comprarte tu propio equipo cuando te lo pagan los contribuyentes europeos?

—¡Mira! —Hice un gesto hacia la mesa.

El elemento del centro no era gran cosa. Solo una pequeña caja de plástico claro con algo dentro. Miré con más atención.

—¿Esto es un condón?

—¡Sí! —dijo con orgullo—. Mi último invento.

—Los chinos te han ganado por siete siglos.

—¡No es un condón cotidiano! —Deslizó un cilindro del tamaño de un termo hacia mí. Tenía un cable de corriente y una tapa con bisagra—. Viene con esto.

Abrí la tapa. Pequeños agujeros en el interior adornaban las paredes y un cilindro de metal redondeado se alzaba montado en el fondo.

—Hum. Vale...

—Puedo ganar dinero vendiendo estos *kits* por tres mil slugs cada uno.

—Los condones solo cuestan cincuenta slugs. ¿Por qué alguien iba a comprar esto?

Sonrió.

—¡Es reutilizable!

Parpadeé.

—¿Te estás quedando conmigo?

—¡Para nada! Está hecho de un material fino pero duradero. Sirve para centenares de usos. —Señaló la parte metálica redondeada del dispositivo—. Después de cada uso, das la vuelta al condón y lo pones en este cilindro...

—¿Eh?

—Luego enciendes el limpiador. Hay un ciclo de limpieza líquida y luego se calienta a alta temperatura durante diez minutos. Después está esterilizado y listo para utilizar otra vez...

—Oh, Dios, no.

—Probablemente podrías vaciarlo y enjuagarlo antes...

—¡Basta! —dije—. ¿Por qué iba a querer nadie algo así?

—Porque ahorra dinero a largo plazo, y es menos propenso al fallo que un condón normal.

Le lancé mi mirada más escéptica.

—Haz el cálculo —dijo—. Los condones normales cuestan demasiado. Nadie los fabrica aquí, no hay materias primas para hacer látex. Pero mi producto aguantará doscientos usos, mínimo. Eso son diez mil slugs de ahorro.

—Eh... —Ahora estaba hablando mi idioma—. Vale, tal vez no es tan descabellado después de todo. Pero no tengo dinero para invertir ahora mismo...

—Oh, no estoy buscando inversores. Necesito alguien que lo pruebe.

—¿Y crees que yo tengo la polla para hacerlo?

Puso los ojos en blanco.

—Necesito saber cómo lo siente la mujer.

—No voy a acostarme contigo.

—¡No, no! —Hizo una mueca—. Solo quiero que lo uses la próxima vez que tengas sexo. Luego me cuentas cómo afectó a tu experiencia.

—¿Por qué no te tiras a una chica y se lo preguntas?

Se miró los zapatos.

—No tengo novia y soy fatal con las mujeres.

—¡Hay burdeles en todo Aldrin! Perfil alto, perfil bajo, lo que quieras.

—Eso no sirve. —Cruzó los brazos—. Necesito datos de una mujer que tenga sexo por diversión. La mujer tiene que ser sexualmente experta, y tú decididamente lo eres...

—Ten cuidado...

—Y es probable que tengas sexo en un futuro inmediato. Lo cual, otra vez...

—Elige tus siguientes palabras con cuidado.

Hizo una pausa.

—Bueno, ya ves lo que estoy buscando.

Gruñí.

—¿No puedo pagarte simplemente dos mil slugs?

—No necesito el dinero. Necesito experimentación.

Miré el condón. Parecía bastante normal.

—Entonces, ¿es eficaz? ¿Estás seguro de que no se romperá ni nada?

—Desde luego que no. He pasado una batería de tests. Estiramiento, presión, fricción, lo que quieras.

Una idea inquietante saltó en mi cabeza.

—Espera. ¿Has usado este?

—No, pero no importaría si lo hubiera hecho. El proceso de limpieza lo deja estéril.

—¿Estás brome...? —Me detuve y tomé aire. Entonces, de la manera más calmada posible, dije—: Importaría, Svoboda. Tal vez no biológicamente, pero sí psicológicamente.

Se encogió de hombros.

Deliberé un momento, pero por fin dije:

—Vale, trato hecho. Pero no te prometo que salga y me acueste.

—Claro, claro —dijo—. Solo... cuando... la próxima vez que surja de manera natural, ¿sabes?

—Sí, está bien.

—¡Excelente! —Cogió la caja del condón y el dispositivo de limpieza y me lo entregó—. Llámame si tienes alguna pregunta.

Cogí los elementos con cautela. No es mi momento del que me siento más orgullosa, pero hablando desde un punto de vista lógico no había nada malo en ello. Solo estaba haciendo una prueba de producto, ¿no? No es raro, ¿no?

¿No?

Empecé a marcharme. Entonces me detuve y me volví hacia él.

—Eh... ¿Alguna vez has oído hablar de algo llamado ZAFO?

—No. ¿Debería?

—No, olvídalo. Pasaré mañana por la tarde a recoger el dispositivo.

—Es mi día libre. ¿Quieres que nos veamos en el parque? Digamos a las tres de la tarde.

—Me irá bien —dije.

—¿Puedo preguntar para qué es esto?

—No.

—Vale. Hasta mañana.

Conrad –6.

Llevé a *Trigger* por los conocidos pasillos y traté de no hacer caso de la sensación de tener un agujero en el estómago. Conocía cada pasillo retorcido, cada tienda y cada arañazo en cada pared. Podía cerrar los ojos y decir dónde estaba solo por los ecos y el sonido de fondo.

Doblé la esquina del pasillo de los artesanos. Los mejores comerciantes de la ciudad trabajan allí, pero no hay carteles parpadeantes ni anuncios. No necesitan captar clientes. Consiguen sus negocios por su reputación.

Aparqué delante del C-6/3028, salí y dudé en la puerta. Me volví en un momento de cobardía, pero me armé de valor y llamé al timbre.

Un hombre de rostro curtido abrió la puerta. Lucía una barba bien recortada y llevaba un *taqiyá* blanco (pañuelo para cubrirse la cabeza). Me miró en silencio un momento, luego dijo:

—Vaya.

—Buenas noches, padre —dije en árabe.

—¿Te has metido en un lío?

—No.

—¿Necesitas dinero?

—No, padre. Ahora soy independiente.

Puso ceño.

—Entonces, ¿por qué has venido?

—¿Una hija no puede visitar a su padre simplemente para honrarlo?

—Ahórrate las mentiras —dijo en inglés—. ¿Qué quieres?

—Necesito pedirte material de soldar.

—Interesante. —Dejó la puerta abierta y entró en el taller. Era lo más parecido a una invitación que iba a recibir.

No había cambiado mucho con los años. El taller ignífugo estaba repleto, y hacía calor, como en todos. Mi padre organizaba con meticulosidad el equipo que colgaba en las paredes. Una mesa de trabajo dominaba un rincón de la sala junto a una colección de máscaras de soldador.

—Pasa —dijo.

Lo seguí a través de la puerta trasera a la residencia. La minúscula sala de estar era un palacio comparado con mi humilde cloaca.

La casa de mi padre tenía dos literas de ataúd en una pared. Era muy común entre los artemisianos de clase baja. No es tan bonito como un dormitorio, pero permite intimidad, y eso está bien. Crecí en esa casa. Hice... cosas en esa litera.

Él tenía un rincón de cocina con una hornalla de fuego real. Una de las pocas ventajas de vivir en una habitación ignífuga. Mucho mejor que un microondas. Podrías pensar que fuego real significaría comida sabrosa, pero te equivocarías. Mi padre se esforzaba, pero mejunje es mejunje. No puedes hacer muchas cosas con algas.

Me fijé en un gran cambio. A lo largo de la pared del fondo había una plancha metálica de un metro de ancho de suelo a techo; ni siquiera se acercaba a una posición vertical. Calculé de 20 a 30 grados de desvío.

Señalé la nueva incorporación.

—¿Qué demonios es eso?

Mi padre miró hacia allí.

—Es una idea que se me ocurrió hace un tiempo.

—¿Para qué es?

—Descúbrelo.

¡Agh! Si tuviera un slug por cada vez que me había dicho eso en mi vida... Nunca me daba una respuesta directa; todo tenía que ser una maldita experiencia de aprendizaje.

Cruzó los brazos y me observó como siempre hacía durante esos pequeños concursos.

Me acerqué y toqué la hoja. Muy robusta, por supuesto. Nunca hacía nada de cualquier manera.

—¿Plancha de aluminio de dos milímetros?

—Correcto.

—Así que no necesita soportar fuerza lateral... —Pasé un dedo por la intersección de la plancha y la pared. Noté pequeños bultos cada veinte centímetros—. ¿Puntos de soldadura? No es propio de ti.

Se encogió de hombros.

—Podría ser una idea estúpida.

Dos ganchos sobresalían de la parte superior de la plancha, a solo unos centímetros del techo.

—Vas a colgar algo de ahí.

—Correcto. Pero ¿qué?

Lo miré de abajo arriba.

—Este ángulo extraño es la clave... ¿Puedes prestarme un transportador?

—Te ahorraré el problema —dijo—. Está a veintidós coma nueve grados de la vertical.

—Eh... —dije—. La longitud de Artemisa es veintidós coma nueve... Ah. Vale, lo entiendo. —Me volví a mirarlo—. Es para las oraciones.

—Correcto —dijo—. Lo llamo el muro de oración.

La Luna siempre apunta la misma cara hacia la Tierra. Así pues, aunque estamos en órbita, desde nuestro punto de vista la Tierra no se mueve. Bueno, técnicamente tiembla un poco por la libración lunar, pero que tu cabecita no se preocupe por eso. La cuestión es: la Tierra está fija en el cielo. Rota en su lugar y pasa por fases, pero no se mueve.

La rampa señalaba a la Tierra para que mi padre pudiera estar orientado a la Meca mientras rezaba. Aquí la mayoría de los musulmanes solo se orientan al oeste: es lo que mi padre había hecho toda su vida.

—¿Cómo lo usarás? —pregunté—. ¿Con correas especiales? Quiero decir, es casi vertical.

—No seas ridícula. —Puso ambas manos en el muro de oraciones y se inclinó en él—. Así. Simple y fácil. Y mantiene más la alquibla que orientarse al oeste en la Luna.

—Parece estúpido, papá. Los musulmanes de Australia no hacen un agujero ni se tumban boca abajo. ¿Crees que Mahoma se va a impresionar?

—Eh —dijo con brusquedad—, si no vas a practicar el islam, no se te ocurra hablar del Profeta.

—Vale, vale —dije. Señalé los ganchos—. ¿Para qué son?

—Adivínalo.

—Agh —dije. Entonces, a regañadientes, añadí—: ¿Para colgar una alfombra de oración?

—Correcto. —Caminó hasta la mesa situada al lado del rincón de cocina y se sentó en una de las sillas—. No quiero hacer agujeros en mi alfombra de plegaria habitual, así que he pedido otra de la Tierra. Llegará en unas semanas.

Me senté en la otra silla, donde había tomado infinidad de comidas a lo largo de mi vida.

—¿Tienes un número de manifiesto de embarque? Puedo arreglarlo para que llegué más deprisa...

—No, gracias.

—Papá, no hay nada ilegal en tirar de algunos hilos para...

—No, gracias —dijo, un poco más alto esta vez—. No discutamos.

Apreté los dientes, pero me mantuve en silencio. Momento para cambiar de tema.

—Una pregunta rara: ¿alguna vez has oído hablar de algo llamado ZAFO?

—Levantó una ceja.

—¿No era una antigua lesbiana griega?

—No, la lesbiana era Safo.

—Oh. Entonces, no. ¿Qué es?

—Ni idea —dije—. Solo algo que vi al pasar y me dio curiosidad.

—Siempre has sido curiosa. También eres buena encontrando respuestas. Tal vez deberías dedicar tu genio a trabajar en algo útil para variar.

—Papá... —dije con un atisbo de advertencia en mi voz.

—Bien. —Cruzó los brazos—. ¿Así que necesitas material de soldadura?

—Sí.

—La última vez que tuviste acceso a mi equipo no fue muy bien.

Me tensé. Traté de no perder el contacto visual, pero no pude evitarlo. Miré al suelo.

Adoptó un tono más suave.

—Lo siento. Ha sido injusto.

—No, no lo ha sido —dije.

Tuvimos un silencio incómodo; habíamos dominado ese arte a lo largo de los años.

—Bueno... —dijo con torpeza—. Entonces... ¿qué necesitas?

Me despejé la cabeza. No tenía tiempo para la culpa persistente.

—Necesito un soplete, un par de depósitos de acetileno, otro de oxígeno y una máscara.

—¿Y neón? —preguntó.

Hice una mueca.

—Sí, claro, neón, por supuesto.

—Te estás oxidando —dijo.

No necesitaba neón. Pero no podía contarle eso.

Cuando sueldas aluminio, necesitas inundarlo con un gas no reactivo para impedir que la superficie se oxide. En la Tierra se usa argón, porque es muy abundante. Pero no tenemos gases nobles en la Luna, así que nos los mandan desde la Tierra. Y el neón pesa la mitad que el argón, así que es lo que usamos. A mí no me importaba, porque yo iba a trabajar en el vacío. No hay oxígeno para oxidar el metal. Pero no quería que supiera eso. Además, estaría cortando acero, no aluminio. Pero una vez más, no había ninguna razón para compartir eso con mi padre.

—Entonces, ¿para qué es? —preguntó.

—Voy a instalar un refugio de aire a una amiga.

Le había mentido a mi padre más veces de las que podía contar, sobre todo cuando era adolescente. Pero cada vez —cada maldita vez— se me hacía un nudo en el estómago.

—¿Por qué tu amiga no contrata a un soldador?

—Lo ha hecho. Me ha contratado a mí.

—Ah, ¿eres soldadora ahora? —Ensanchó los ojos teatralmente—. Después de años de decirme que no querías dedicarte a eso.

Suspiré.

—Papá. Solo es una amiga que quiere un refugio de aire en su dormitorio. Casi no le voy a cobrar.

Los refugios de aire residenciales eran comunes, sobre todo entre inmigrantes recientes. Los recién llegados tendían a ponerse paranoicos con toda la cuestión del «vacío exterior letal». Es irracional —el casco de Artemisa es extremadamente seguro—, pero el miedo no responde a la lógica. En la práctica, los refugios de aire personales enseguida se convierten en armarios.

—¿Cuál es la parte ilegal? —preguntó mi padre.

Le lancé una mirada dolida.

—¿Por qué supones que hay...?

—¿Cuál es la parte ilegal? —repitió.

—Su apartamento está en Armstrong, contra el casco interno. Tengo que soldar el refugio directamente al casco. La ciudad exige toda clase de inspecciones extras si sueldas algo al casco interno y ella no puede pagarlo.

—Hum —dijo—. Burocracia absurda. Ni siquiera el aficionado más torpe podría dañar una plancha de aluminio de seis centímetros.

—Lo sé, ¿verdad? —dije.

Cruzó los brazos y puso ceño.

—El maldito Ayuntamiento interponiéndose en los negocios...

—Reza.

—Está bien. Llévate lo que quieras. Pero tienes que pagarme el acetileno y el neón.

—Sí, por supuesto.

—¿Estás bien? Pareces un poco pálida.

Estaba a punto de vomitar. Mentir a mi padre me transportó a mi adolescencia. Y deja que te cuente: no hay nadie a quien odie más que a la Jazz Bashara adolescente. Esa zorra estúpida tomó todas las malas decisiones que una zorra estúpida podía tomar. Es responsable de dónde estoy hoy.

—Estoy bien. Solo un poco cansada.

Querida Jazz:

Me regalaron un gran póster de *Roosa* para mi cumpleaños. ¡Qué pasada de nave! ¡Es el crucero espacial más grande que se ha construido! ¡Puede llevar hasta doscientos pasajeros! Estoy aprendiendo todo de esa nave. Estoy un poco obsesionado, pero ¿a quién le importa? Es divertido.

¡La nave es una maravilla! Tiene gravedad centrípeta completa, con un radio lo bastante grande para que nadie se maree. ¡Hasta ayuda a la gente a adaptarse a la gravedad lunar! Reduce gradualmente la velocidad de rotación durante el viaje de siete días a la Luna. Así que cuando la gente sube a bordo, las cubiertas de pasajeros están a 1 g y cuando llegan a la luna están a 1/6 g. Al volver hacen lo contrario para que la gente se acostumbre a 1 g otra vez. ¿No es una pasada?

Aunque todavía no entiendo lo de «órbita cíclica Uphoff-Crouch». Entiendo que es una órbita balística que viene y va entre la Tierra y la Luna, pero es muy raro. Es como... Empieza en la Tierra, luego está en la Luna siete días después, luego salta lejos del plano Tierra-Luna y vuelve a la Luna catorce días después... en algún lugar simplemente se asienta en una órbita elíptica alrededor de la Tierra durante un par de semanas... No lo entiendo. Y no lo intentaré. La cuestión es que es una nave increíble.

Algún día, cuando sea un diseñador de cohetes rico, iré a visitar Artemisa. Podremos tomar un té.

Eh, cuando tú y tu padre os trasladasteis a Artemisa, ¿fuisteis en *Roosa*?

¿Qué tal, Kelvin?

No, el *Roosa* todavía no se había construido cuando nos trasladamos aquí. Llegamos en el *Collins*, el único crucero espacial que existía entonces. Fue hace diez años (yo solo tenía seis), así que no recuerdo todos los detalles. Pero recuerdo que no teníamos gravedad artificial. Era gravedad cero en todas partes. ¡Me lo pasé de miedo rebotando por ahí!

Me diste curiosidad sobre eso de la órbita, así que lo busqué. Parece bastante claro. La nave pasa por un ciclo en el que cada paso tarda siete días: Tierra -> Luna -> (espacio profundo fuera del plano Tierra-Luna) -> Luna -> Tierra → (espacio profundo en el plano Tierra-Luna). Y lo repite una y otra vez. Si la Luna se quedara quieta podrían ir y volver, pero describe una órbita en torno a la Tierra una vez al mes, y eso complica un montón el ciclo.

Miré los cálculos que explican el funcionamiento de las órbitas y luego comprobé sus números otra vez contra esas ecuaciones. Fue muy sencillo, puedes hacerlo mentalmente.

Querida Jazz:

Tal vez tú puedas hacerlo mentalmente. Daría cualquier cosa por ser tan listo como tú, pero no lo soy. Está bien. En cambio, yo trabajo un montón, y tú eres lo más vago que hay.

Hola, Kelvin:

¡Cómo te atreves a llamarme vaga! Se me ha ocurrido una respuesta brutal, pero, bah, no estoy motivada.

Eh, necesito consejo. Edgar y yo vamos a quedar por cuarta vez. Hemos estado dándonos el lote (solo besos, nada más). Quiero ir más allá, pero no quiero ir demasiado deprisa. No estoy preparada para que nos desnudemos todavía. ¿Alguna recomendación?

Hola, Jazz:
Tetas.

Hola, Kelvin:
¿En serio? ¿Tan sencillo?

Hola, Jazz:
Sí.

4

A la mañana siguiente me desperté desnuda en una cama lujosa y cómoda.

No, no había nadie conmigo. No seas malpensado. Solo quería probar cómo sería la vida una vez que recibiera ese millón de slugs.

Estiré los brazos y arqueé la espalda. ¡Qué noche de sueño fantástica!

A diferencia de mi ataúd de mierda, esa habitación tenía un aislamiento acústico excelente. No había vecinos que me despertaran discutiendo a gritos o con sexo ruidoso. Ninguna conversación estridente que se filtrara desde el pasillo. Nada de idiotas borrachos tropezando con las paredes.

¡Y la cama! ¡Podía tumbarme en horizontal y todavía cabía! Además, las sábanas y mantas eran más suaves que el terciopelo. El tacto de la ropa de cama en mi piel era mejor que el de mi propio pijama.

La habitación cuesta 2.000 ğ por noche. Cuando Trond me pague, tendré una cama como esa en mi propio apartamento insonorizado.

Miré mi gizmo. ¿Las once de la mañana? Vaya, ¡sí que había dormido!

Me deslicé para salir de las sábanas calientes y caminé

hasta el cuarto de baño, el cuarto de baño privado. Nada de batas, nada de tipos mirándome por el pasillo, solo yo y mi vejiga camino de vaciarse en paz.

Pasé por mi ritual matinal, incluida una ducha extra larga. Una ducha privada, otra cosa para mi lista de futuras comodidades. El agua es cara en Artemisa, pero no es que la tiremos. Es un circuito cerrado, así que por lo que en realidad pagas es por la purificación del agua. La habitación de hotel tenía una ducha de agua gris reutilizable. Los primeros veinte litros eran agua fresca (eso duraba unos tres minutos). Después, recalentaba tu agua utilizada y te la devolvía. Puedes quedarte todo el tiempo que quieras y solo usas veinte litros. Nota importante: no mees en una ducha de agua gris reutilizada.

Me puse un albornoz increíblemente cómodo y me envolví el pelo haciendo un turbante con la toalla.

Hora de trabajar en el siguiente paso de mi plan maligno. Esta vez no necesitaría hacer ninguna investigación. Solo necesitaba pensar. Me tumbé otra vez en la Cama que Jazz Nunca Querría Dejar y dejé vagar mi mente.

El problema: ¿cómo iba a salir de la ciudad?

Las esclusas de aire no obedecerán órdenes de gente que no forma parte del gremio EVA. Hay una buena razón para eso. Lo último que quieres es que un capullo sin preparación ande jugueteando con los controles de las esclusas de aire. Una esclusa de aire mal utilizada es una forma rápida y eficaz de matar a todo el mundo en una burbuja.

Así pues, para usar el panel de control de una esclusa de aire, has de pasar tu gizmo por encima. El sistema verifica que formas parte del gremio. Es un plan a prueba de idiotas muy eficaz. Pero nada a prueba de idiotas puede superar a un idiota decidido. Hay un defecto en el sistema.

Por razones de seguridad, las esclusas de aire no tienen

seguridad en sus puertas exteriores. Si llevas un traje espacial con fugas y estás tratando de ponerte a salvo, lo último que quieres ver es VERIFICANDO AUTORIZACIÓN. Solo necesitaba que alguien operara los controles desde fuera. Alguien... o algo.

Salí de la habitación de hotel porque me llamaron de la recepción para decirme que tenía que marcharme o me cobrarían otra noche. Después conduje a *Trigger* hasta Armstrong -4. O, como lo llamaban los locales, la Pequeña Hungría. Los húngaros eran propietarios de todos los talleres metalúrgicos. Igual que los vietnamitas trabajaban en los de Soporte Vital y los saudíes en las soldaduras.

Aparqué al lado del taller de la amiga de mi padre Zsóka Stróbl, cuyo apellido al parecer se remontaba a una época con una terrible hambruna de vocales. Era una especialista en depósitos bajo presión. Cuando mi padre conseguía un contrato para instalar un refugio de aire, normalmente se lo compraba a Zsóka. Fabricaba productos de alta calidad y para mi padre la calidad lo es todo.

Aparqué a *Trigger* y llamé a la puerta. Zsóka abrió una rendija, asomó un ojo y habló con un acento muy marcado.

—¿Qué quieres?

Me señalé.

—Soy yo, señora Stróbl. Jazz Bashara.

—Eres hija de Ammar Bashara —dijo—. Buen hombre. Eras niña bonita. Ahora eres mala.

—Vale..., mire, quiero hablar con usted de algo...

—No estás casada y te acuestas con muchos hombres.

—Sí, soy un poco puta.

Su hijo, István, se había tirado a más tipos que yo en toda mi vida. Contuve el impulso de decírselo.

—Solo necesito que me preste algo un par de días. Estoy dispuesta a pagarle mil slugs.

Abrió la puerta un poco más.

—¿Que te preste qué?

—Su RIC.

Zsóka había participado en la construcción de las burbujas Bean y Shepard. La construcción de burbujas es un trabajo infernal (y bien pagado).

Ella y decenas de otros trabajadores metalúrgicos habían fabricado los triángulos ligeramente curvados que se apilaban en una estructura para formar el casco. Los patrones EVA unieron las piezas y añadieron suficientes remaches para formar un cierre a presión de mierda, con filtraciones. Entonces Soporte Vital mantuvo la burbuja alimentada con aire suficiente para contrarrestar las fugas mientras los soldadores realizaban los cierres verdaderos desde dentro. Recuerdo que mi padre ganó mucho dinero con esos trabajos.

Los trabajadores del metal éticos como Zsóka inspeccionaban regularmente su trabajo. Pero ¿cómo examinas el exterior del casco sin ser un patrón EVA preparado y con licencia? Con un robot de inspección de casco. RIC.

En realidad, solo son cochecitos de control remoto con pinzas en lugar de ruedas. Los cascos exteriores de Artemisa están llenos de asideros para garantizar el acceso para el mantenimiento. Un RIC usa esos asideros para llegar adonde quiera. Parece ineficiente, ¿eh? Bueno, es la única forma de trepar por el lateral de una burbuja. El aluminio no es magnético, las ventosas de succión y las hélices no funcionan en el vacío y un motor de cohete sería ridículamente caro.

—¿Por qué quieres RIC? —preguntó ella.

Había preparado una mentira de antemano.

—La válvula de escape del Shepard tiene una fuga. La instaló mi padre. Quiere que compruebe la soldadura.

Mantener Artemisa a una presión constante es complicado. Si la gente usa más energía de la habitual, la ciudad se sobrepresuriza ligeramente. ¿Por qué? La energía se convierte en calor, lo cual incrementa la temperatura del aire, y eso hace que suba la presión. Normalmente, Soporte Vital extrae aire del sistema para compensar. Pero ¿y si no funciona?

Así que, como medida de seguridad, la ciudad tiene válvulas de escape en cada burbuja. Si la presión aumenta demasiado, se abrirán y dejarán salir el aire hasta que la presión se normalice.

—Tu padre nunca hace mala soldadura. Tiene que ser otro problema.

—Lo sé y usted lo sabe, pero hemos de descartarlo.

Ella reflexionó.

—¿Cuánto tiempo lo necesitas?

—Solo un par de días.

—¿Mil slugs?

Saqué mi gizmo.

—Sí. Y pagaré por anticipado.

—Espera. —Cerró la puerta.

Al cabo de un minuto, Zsóka abrió la puerta otra vez y me pasó una caja. Miré el interior para asegurarme de que todo estaba allí.

El chisme mecánico medía treinta centímetros. Sus cuatro pinzas de movimiento estaban plegadas en su posición de almacenamiento y el brazo articulado formaba un 7 a lo largo de la parte superior del robot. Ese brazo contaba con una cámara de alta definición en el extremo y activadores para agarrar y soltar. Perfecto para empujar cosas y grabar los resultados: justo lo que necesitas cuando inspeccionas un casco de forma remota. Y también lo que necesitaba yo para mi plan perverso.

Zsóka me entregó el mando a distancia: un pequeño dispositivo brillante con botones y mandos situados en torno a una pantalla de vídeo.

—¿Sabes usarlo?

—Leí el manual en línea.

Puso ceño.

—Si rompes, pagas reparación.

—Esto es solo entre usted y yo, ¿no? —Pasé el dedo sobre la pantalla de mi gizmo—. El gremio de soldadores siempre está buscando excusas para hablar mal de mi padre. No quiero darles munición.

—Ammar es un buen hombre. Buen soldador. No contaré.

—Entonces, ¿tenemos un trato?

Sacó su gizmo.

—Sí.

Emití la transferencia de fondos y ella aceptó.

—Devuelves. Dos días. —Regresó a su taller y cerró la puerta.

Sí, era cascarrabias y pensaba que yo era una guapa tonta. Pero ¿sabes qué? Ojalá todo el mundo fuera como ella. Nada de charla, nada de mentiras, nada de simulación de amistad. Solo bienes y servicios a cambio de dinero. El socio de negocios perfecto.

Hice algunas compras en la Burbuja Bean. Era más caro de lo que quería, pero necesitaba ropa especializada. Artemisa tiene una pequeña población musulmana (incluido mi padre), así que hay unas pocas tiendas que les dan servicio. Encontré un vestido largo color habano con un patrón bordado con estilo. Era adecuado hasta para la chica musulmana más conservadora. También compré un *niqab* verde oscuro. Pensé en marrón o negro, pero el verde oscuro y el color habano combinaban muy bien. Solo porque estuviera planeando un golpe, no quería decir que no pudiera estar guapa al hacerlo.

Vale, ya puedes dejar de simular que sabes qué es un *niqab*. Es un pañuelo tradicional islámico que cubre la parte inferior de la cara. Combinado con un *hiyab* para cubrirme el pelo, solo mis ojos eran visibles. Una gran forma de llevar una máscara sin levantar sospechas.

A continuación, tenía que conseguir un gizmo nuevo. No podía usar el mío, porque dejaría una pista digital de todas las movidas ilegales que estaba a punto de hacer. Me imaginaba a Rudy revisando los registros de mi gizmo y preparando mi acusación. No, gracias. La vida es un incordio cuando tienes un poli constantemente mordiéndote el culo. Necesitaba una identidad falsa.

Por suerte para mí es fácil preparar una identidad falsa aquí. Sobre todo porque a nadie le importa quién eres. Aquí las cosas están preparadas para impedir el robo de identidad, no los alias. Si intentaras robar la identidad de una persona real fracasarías miserablemente. En cuanto tu víctima lo descubriera lo denunciaría y Rudy usaría tu gizmo para localizarte. ¿Adónde huirías? ¿Al exterior? Espero que sepas aguantar la respiración.

Me conecté y convertí unos pocos cientos de slugs en euros. Después usé esos euros para comprar slugs a la KSC a nombre de Nuha Neyem. Solo necesité diez minutos de actividad en Internet. Habría sido más rápido todavía si estuviera en la Tierra, pero tenemos ese tiempo de *ping* de cuatro segundos aquí.

Paré en casa y dejé mi gizmo. Hora de convertirme en Nuha Neyem.

Fui al Artemis Hyatt, un pequeño hotel en Bean 6 con

poco encanto, pero precios razonables. Vieron una buena oportunidad de negocio con gente ordinaria que hace las vacaciones de su vida. Solo había estado allí una vez, en una cita con un turista. La habitación era bastante agradable, pero no soy el mejor juez. Eché un buen vistazo al techo.

Todo el hotel era un largo pasillo. La «recepción» se reducía a un quiosco del tamaño de un armario con un solo empleado. No lo reconocí, lo cual estaba bien. Eso significaba que él no me reconocería.

—Saludos —dije con un marcado acento árabe. Entre eso y mi ropa tradicional, toda yo gritaba turista.

—Bienvenida al Artemis Hyatt —dijo.

—Necesito gizmo.

Estaba acostumbrado a conversaciones en un inglés rudimentario.

—¿Gizmo? ¿Necesita un gizmo?

—Gizmo —asentí—. Necesito.

Imaginé su proceso mental. Podía intentar averiguar en qué reserva estaba, pero, como mujer saudí, estaría bajo el nombre de mi marido. Eso necesitaría un montón de pantomima y mala comunicación para que funcionara. Era más fácil limitarse a para preparar un gizmo para mí. Al hotel no le cuesta nada.

—¿Nombre? —preguntó.

No quería parecer demasiado ansiosa. Lo miré con confusión.

Se dio un golpecito en el pecho.

—Norton. Norton Spinelli. —Entonces me señaló a mí—. ¿Nombre?

—Ah —dije. Me di un golpecito en mi propio pecho—. Nuha Neyem.

Lo escribió en su ordenador. Sí, había una cuenta para Nuha Neyem, y nadie la había relacionado con un gizmo.

Todo cuadraba. Sacó un gizmo gastado de debajo del mostrador. Era un modelo antiguo, con las palabras PROPIEDAD DEL ARTEMIS HYATT grabadas en la parte posterior. Tecleó un poco y lo dejó todo configurado. Luego me entregó el gizmo y dijo:

—¡Bienvenida a Artemisa!

—Gracias —dije con una sonrisa—. Gracias muchas. Luna muy emocionante.

Tenía una identidad falsa. Hora de la Fase Dos.

Abrí la aplicación de mapas en mi nuevo gizmo y simulé navegar con él. No necesitaba un mapa para moverme por Artemisa, evidentemente, pero todo formaba parte de mi papel de turista. Caminé de manera ineficiente por la ciudad hasta el Puerto de Entrada. Llevaba un bolso grande, por supuesto. ¿Qué mujer turista no llevaría uno?

Ahora a por la parte complicada.

Todo el mundo me conocía en el puerto. Estaba allí a diario y mi personalidad chispeante resultaba difícil de olvidar. No es lo ideal cuando estás intentando pasar desapercibida. Pero ya no era Jazz Bashara. Era Nuha Neyem, turista saudí.

Me dirigí a la zona de espera junto a la esclusa del tren y me uní a un grupo de turistas. Todos los asientos estaban ocupados y había decenas de personas más alrededor. Varias familias tenían niños insoportables rebotando en las paredes. En este caso lo de rebotar en las paredes no es una metáfora. La gravedad lunar es lo peor que les ha ocurrido a los padres.

—¡Qué guay! —dijo una rubia estúpida a su novio de fondo de fideicomiso—. ¿Es un tren creciente o un tren menguante?

Uf. Solo los turistas hacían esas bromas estúpidas.

Por cierto, tampoco nos hace gracia que nos llamen

«alunados» ni que digan que Artemisa es la «Ciudad del Espacio». No estamos en el espacio, estamos en la Luna. Quiero decir, técnicamente estamos en el espacio, pero también lo está Londres.

Digresión.

El tren llegó por fin. Simulé estar embelesada por su aproximación como todos los demás. Era un único vagón, no los largos trenes a los que están acostumbrados en la Tierra. Frenó junto al amarre y avanzó lentamente hasta que se conectó. Después de un *clic* y un *cloc*, la escotilla de entrada redonda se abrió para revelar al revisor.

¡Mierda! ¡Era Raj! ¡No tenía que estar ahí! Debía de haber cambiado el turno con alguien.

Raj y yo crecimos juntos. Fuimos a las mismas escuelas. Fuimos adolescentes juntos. No éramos amigos íntimos ni mucho menos, pero nos habíamos visto casi todos los días durante la mayor parte de nuestras vidas. Mi vestido y mi *hiyab* podrían no ser un disfraz suficiente.

Raj salió por la escotilla y se ajustó el uniforme: un estúpido estilo del siglo XIX, traje azul marino con botones de bronce y gorra de revisor. Gente mareada que regresaba del sitio del *Apolo 11* salió del tren. Muchos de ellos llevaban recuerdos del Centro de Visitantes: módulos lunares grabados en rocas locales, insignias de misión de *Apolo 11*, etcétera.

Una vez que todos se apearon, Raj habló en voz clara y alta:

—Este es el tren de las catorce treinta y cuatro al *Apolo 11*. Todos a bordo.

Sacó una máquina manual de taladrar billetes, todo muy *vintage*. Por supuesto, no había billetes de papel que taladrar. Era solo la decoración que rodeaba un terminal de pago electrónico.

Me ajusté un poco más el *niqab* y caminé encorvada. Tal vez si cambiara mi lenguaje corporal no sería tan reconocible. Los pasajeros desfilaron junto a Raj, pasaron sus gizmos por encima de la máquina y accedieron al tren a través de una antecámara.

Raj se aseguró de que solo había una persona en la antecámara al mismo tiempo. Fue tiquismiquis con eso, sobre todo interponiéndose en el paso de la gente. Era más fácil que explicar: «Si hay un fallo de presión se cerrará la puerta de la antecámara. La ciudad seguirá a salvo, pero tú morirás.»

Cuando me llegó el turno, bajé la mirada para evitar el contacto visual. Mi Gizmo sonó y apareció un mensaje de texto:

CIUDAD DE ARTEMISA: TARIFA TREN 75 G

Raj no se fijó en mí. Solté un suspiro de alivio y subí al tren.

Todos los asientos estaban ocupados y yo estaba preparada para viajar de pie todo el trayecto, pero entonces un tipo negro alto me vio y se levantó. Dijo algo en francés y señaló su asiento. ¡Un auténtico caballero! Le hice una reverencia y me senté. Apoyé el bolso en mi regazo.

Una vez que subió el último pasajero, Raj entró y cerró las dos puertas de la antecámara por el camino. Se situó en la parte delantera del tren y habló por el intercomunicador. «¡Bienvenidos al Lunar Express! Este es el servicio de las catorce treinta y cuatro al Centro de Visitantes *Apolo 11*. La hora de llegada programada son las quince dieciesiete. Por favor, mantengan las manos y los pies dentro del vehículo en todo momento.»

Las risas se extendieron entre los pasajeros. Era un chiste estúpido, pero oro de comedia para los turistas.

El tren arrancó. Con suavidad. Nada de rocas, nada de agitación, nada por el estilo. Funcionaba con un motor eléctrico (obviamente) y las vías nunca tenían que enfrentarse al efecto de alabeo del clima. Además, no tenían mucho peso, en comparación con las vías de la Tierra.

Cada fila de asientos contaba con una ventana de ojo de buey. Los pasajeros se turnaban ansiosamente para mirar el paisaje apagado y rocoso. ¿Por qué les entusiasmaba tanto? Eran un montón de rocas grises. ¿A quién le importaba?

Una estadounidense del Medio Oeste desaliñada rio en su ventanilla y se volvió hacia mí.

—¿No es asombroso? ¡Estamos en la luna!

—*Ma'alesh, ana ma'aref Englizy* —dije, encogiéndome de hombros.

Ella se volvió hacia otro pasajero.

—¿No es asombroso? ¡Estamos en la Luna!

Nada como una barrera idiomática para conseguir que la gente te deje en paz.

Abrí un *webzine* árabe de cotilleo en mi gizmo. Solo quería una excusa para mantener la cabeza baja. Por fortuna, Raj estaba manejando los controles y mirando a otro lado.

Para cuando llegamos, lo sabía todo sobre el último escándalo de la familia real saudí. El príncipe coronado había engañado a sus mujeres. Dos de ellas habían solicitado el divorcio bajo la ley islámica del *Jula*, pero las otras dos se quedaban con él. Estaba a mitad de leer la cita de la reina sobre la situación cuando el tren se detuvo.

Los sonidos familiares del procedimiento de embarque resonaron a través del vagón y Raj gritó:

—Final de línea.

Caminó hasta la puerta y la abrió.

—Centro de Visitantes *Apolo 11*. Que tengan una estancia excelente.

Todos bajamos del tren y nos encontramos en una tienda de regalos. Algunos turistas se detuvieron allí, pero la mayoría de nosotros continuamos hasta el Salón Panorámico. Todo ese lado del centro tenía ventanas de suelo a techo que daban al sitio de alunizaje.

Un guía con las uñas impecables saludó a la multitud cuando nos acercamos al cristal. Rehuí la mirada. Otra persona más que conocía. «Maldición, es un incordio cometer delitos en una ciudad pequeña.»

Günter Eichel había emigrado a Artemisa diez años antes con su hermanastra Ilsa. Llegaron porque en Alemania estaban condenados al ostracismo por ser pareja. Sí, en serio. Por eso emigraron. No nos importa la vida sexual de la gente, siempre que todo el mundo sea un adulto que consiente. (Aunque algunos tipos estiran la definición de «adulto».)

La cuestión es que él y yo no éramos amigos ni nada. Mi disfraz serviría.

Günter esperó a que la gente se juntara antes de empezar con su presentación.

—Bienvenidos a Base Tranquilidad. Vamos al cristal, hay un montón de sitio para todos.

Avanzamos y nos situamos en una fila horizontal contra las ventanas gigantes. El *lander* se hallaba donde había estado durante el último siglo, junto con paquetes experimentales que los astronautas de los viejos tiempos habían dejado.

—Puede que se hayan fijado en que las ventanas del Salón Panorámico siguen una forma extraña —dijo Günter—. ¿Por qué no un semicírculo o una línea recta? Bueno, tenemos la regla de que no se permite nada a menos de diez metros de cualquier parte del lugar de alunizaje del *Apolo*. La definición de cualquier parte incluye el *lander*, equipo, herramientas, la placa conmemorativa e incluso las huellas que dejaron los astronautas. El Salón Panorámico está construido de manera que la ventana está siempre justo a diez metros de la parte más cercana del sitio. Disponen de libertad para pasear por el salón y observar desde ángulos diferentes.

Algunos de los turistas ya habían caminado por el muro serpentino. Pero con la sugerencia de Günter, varios más empezaron la senda.

—Si están nerviosos por el hecho de que solo un panel de cristal los separa del vacío, no lo estén. Estas ventanas tienen un grosor de veintitrés centímetros para protegerles de la radiación. Eso tiene el efecto secundario de que hace que sea la parte más fuerte del casco del Centro de Visitantes. Y, estoy orgulloso de señalarlo, el cristal se fabricó aquí mismo, en la Luna. Se añadió una pequeña cantidad de polvo de regolito para oscurecerlo. De lo contrario, la luz solar del exterior sería cegadora.

Hizo un gesto hacia el sitio de alunizaje.

—El *Eagle*, llamado así porque el águila es el ave nacional de Estados Unidos, alunizó el 20 de julio de 1969. Lo que ven aquí es el módulo de descenso del *Eagle*. Los astronautas Neil Armstrong y Buzz Aldrin llevaron el módulo de ascenso otra vez a la órbita lunar al final de su misión.

Los turistas se apretujaron contra las ventanas, embelesados con lo que veían. Eché un largo vistazo. Eh, no estoy hecha de piedra. Amo mi ciudad y su historia. El *Eagle* es una parte muy importante de eso.

—Cada misión *Apolo* plantó una bandera estadounidense —dijo Günter—. Entonces, ¿dónde está? Bueno, cuando el módulo de ascenso despegó, el humo de escape derribó la pobre bandera. Luego, el polvo levantado la cubrió.

Si miran con atención al suelo, justo a la izquierda del *Eagle*, podrán ver un pequeño trozo blanco. Es el único trozo de la bandera que sigue visible.

La multitud murmuró y todos empezaron a señalarse el trozo blanco unos a otros.

—Para misiones posteriores, aprendieron a colocar las banderas más alejadas.

Brotó una risita de la multitud.

—Una nota al margen interesante: todas las otras banderas han estado expuestas a luz solar sin filtrar durante días lunares durante más de un siglo. Están completamente blancas ahora. Pero la bandera de la Base de Tranquilidad está bajo una fina capa de regolito. Así que probablemente sigue teniendo el mismo aspecto que en 1969. Por supuesto, a nadie se le permite entrar o modificar el lugar de alunizaje para echar un vistazo.

Entrelazó las manos a su espalda.

—Esperamos que disfruten de la historia y la belleza de Base Tranquilidad. Si tienen alguna duda, no duden en preguntarme.

Detrás de la multitud, Bob Lewis y otros dos patrones EVA se levantaron junto a una puerta con la etiqueta ÁREA DE PREPARACIÓN EVA.

Günter hizo un gesto hacia el trío.

—Ofrecemos actividades extravehiculares guiadas a aquellos que estén interesados. Es una experiencia asombrosa que les permite ver el sitio desde ángulos que el Salón Panorámico no puede proporcionar.

Normalmente, Dale estaría entre sus colegas, pero era sábado. Era un judío devoto e iba a la única sinagoga de Artemisa, la Congregación Beth Chalutzim.

Un pequeño grupo se reunió en torno a los patrones EVA mientras el resto de los turistas (más pobres) se quedaban junto a la ventana. Me mezclé con el grupo que iba a participar en el paseo lunar, tratando de colocarme en medio. No quería estar demasiado cerca de Bob.

Los patrones nos dividieron en tres grupos de ocho. Terminé con Bob. Maldición.

Cada maestro se llevó a su grupo aparte y explicó lo básico de cómo funcionaban las cosas. Me mantuve en la parte de atrás de mi grupo y oculté los ojos.

—De acuerdo, escuchen —dijo Bob—. Yo llevaré un traje espacial completo mientras que ustedes utilizarán lo que llamo «bolas de hámster». No están autorizados a llevar ningún elemento afilado, porque pincharían la bola y morirían. Nada de bromas. Caminarán, no correrán. No darán saltos ni se embestirán unos a otros. —Lanzó una mirada fulminante a un par de adolescentes del grupo—. Hay una valla de un metro en torno a la zona de alunizaje para protegerla de ustedes. La valla marca el límite de diez metros más allá del cual nadie puede pasar. No intenten saltar la valla. Si lo hacen, terminaré el EVA y serán deportados a la Tierra.

Hizo una pausa un momento para dejar que lo asimilaran.

—Cuando estén fuera, seguirán mis instrucciones al instante y sin cuestionarlas. Se quedarán donde yo pueda verlos en todo momento. Pueden explorar en cualquier dirección que elijan, pero si les aviso por radio que están demasiado lejos, regresarán conmigo. ¿Hay alguna pregunta?

Un pequeño hombre asiático levantó la mano.

—Hum, sí, el guía ha mencionado que hay radiación ahí. ¿Es peligrosa?

Bob respondió la pregunta con practicada facilidad.

—El paseo durará aproximadamente dos horas. En ese tiempo, recibirán menos de un centenar de microsieverts de radiación, más o menos la misma dosis que en una radiografía dental.

—Entonces, ¿por qué está protegido el Centro de Visitantes? —preguntó el tipo nervioso.

—Todas las estructuras de la Luna, incluido el Centro de Visitantes, están protegidas por la seguridad de la gente que vive y trabaja ahí. Está bien exponerse de vez en cuando, pero no todo el tiempo.

—¿Y ustedes? Están fuera todo el tiempo, ¿no?

Bob asintió.

—Sí. Pero cada patrón EVA solo hace dos visitas por semana, para reducir la exposición a un mínimo. ¿Algo más?

El tipo nervioso bajó la mirada. Si tenía más preguntas estaba demasiado intimidado para preguntar.

Bob sostuvo su panel de pago.

—El precio de esta EVA es de mil quinientos slugs cada uno.

Los turistas pasaron sus gizmos por encima de uno en uno. Yo me colé en medio del grupo y pagué junto con ellos. Miré con mala cara mi gizmo cuando me informó de mi saldo menguante. Este plan de hacerme rica me estaba costando un montón de dinero.

Bob nos condujo a la antecámara. Como patrón EVA más veterano presente, pudo ser el primero en sacar su grupo.

Las bolas de hámster deshinchadas colgaban en estantes a lo largo de la sala. Al lado de cada una había una mochila de carcasa dura. La pared del fondo tenía una gran escotilla con su correspondiente panel de control. Al otro lado de la escotilla había una esclusa de aire lo bastante grande para que entrara todo el grupo de la visita.

Bob descolgó una de las mochilas de la pared.

—Esto es un paquete de emergencia. Lo llevarán en su mochila durante la EVA. Es su sistema de soporte vital. Añade oxígeno y elimina el dióxido de carbono cuando se necesita. Mantiene el aire a la presión y temperatura correctas.

Giró el paquete de emergencia de costado para desvelar un casco sujeto a un lado con velcro.

—Llevarán este casco durante la EVA. Es un canal abierto. Los nueve lo utilizaremos. Además, los paquetes de emergencia me informarían de cualquier problema que surgiera.

El tipo nervioso levantó la mano.

—¿Cómo lo manejamos?

—No lo manejan —dijo Bob—. Es completamente automático. No lo toquen.

Escuché con fingida fascinación. Por supuesto, lo sabía todo de paquetes de emergencia. Diablos, como parte de mi preparación, me habían dado deliberadamente varios paquetes defectuosos y me habían pedido que identificara los problemas. También los solucioné todos.

Bob señaló una fila de taquillas.

—Dejen sus objetos personales y cualquier cosa que no quieran llevar en esas taquillas. No se olviden el gizmo.

El nivel de excitación subió un peldaño. Los turistas eran todo sonrisas y conversación mareante. Fui a la taquilla que tenía más cerca y aproximé mi gizmo. La abrí. A partir de ese momento estaba inicializada con mi gizmo y solo yo podría volver a abrirla: un diseño elegante que hasta el tipo nervioso pudo entender sin más preguntas.

Dejé mi bolso en la taquilla, luego miré de soslayo para ver si alguien me estaba observando. Nadie lo hacía.

Saqué el RIC de mi bolso y lo dejé en el suelo junto al banco de la taquilla. No podía mantenerlo completamente oculto, pero al menos estaba parcialmente tapado. Me guardé el control remoto en una cartuchera que había atado al interior de mi muslo.

A partir de ese momento, todos nos colocamos los paquetes de emergencia bajo la atenta mirada de Bob. Luego, uno por uno, Bob nos encerró a todos en nuestras bolas de hámster. Hubo algunos traspiés y caídas por el camino, pero la mayoría de la gente se adaptó bien a las bolas. No es tan complicado.

Bob sacó su propio traje espacial de una taquilla y se lo puso en tres minutos. Maldición, era rápido. Lo mínimo que había tardado yo en ponerme el mío eran nueve minutos.

Todos nos situamos detrás de él, algunos de manera más grácil que otros. Pasó su gizmo por encima de los controles de la esclusa de aire y la escotilla interna se abrió. Nos hizo pasar a la esclusa.

Entré la primera y me situé en una esquina. Me puse de cara a la pared, saqué el mando a distancia de debajo de mi vestido y activé el RIC. El robot cobró vida en la sala de preparación y conectó su cámara. A partir de ese momento podía ver todo desde el punto de vista aventajado del RIC además de hacerlo con mis propios ojos.

Bob estaba prestando atención a los turistas, lo cual significaba que se encontraba de espaldas al RIC. Los turistas tenían la mirada fija en la puerta exterior: la última barrera entre ellos y la excitante experiencia de la Luna. Además, las bolas de hámster son muy oscuras cuando estás dentro. Están hechas para proteger al ocupante de la intensa luz solar.

Así que esa era mi oportunidad. Ordené al RIC que se desplazara con sus adorables pinzas. Corrió hasta la esclusa de aire, al lado del penúltimo turista en su bola de hámster y se ocultó en el rincón.

Bob cerró la puerta interior y se puso a manejar las manivelas de la puerta exterior. No hay nada imaginativo en las puertas exteriores de la esclusa, únicamente válvulas manuales. ¿Por qué no un buen sistema informático? Porque las válvulas no se rompen ni se reinician. No es algo con lo que vayamos a correr riesgos.

El aire salió silbando de la sala y nuestras bolas de hámster se volvieron más rígidas. Bob comprobó continuamente sus indicadores para asegurarse de que los ocho teníamos cierres herméticos. Una vez que la esclusa estuvo en vacío, se dirigió a nosotros por radio.

—Muy bien. Voy a abrir la puerta exterior ahora. La zona de la visita se ha despejado de cualquier roca afilada. No obstante, si ven algo que podría pinchar su bola, no jueguen con eso. Solo cuéntenmelo.

Abrió la puerta exterior y apareció el paisaje gris y sin vida.

Los turistas exclamaron «oh» y «ah». Luego intentaron hablar todos al mismo tiempo en el canal abierto.

—Reduzcan la charla al mínimo —les advirtió Bob—. Si quieren hablar con una persona en concreto, llámenla a través de su gizmo. El canal compartido es para instrucciones y preguntas relacionadas con la visita.

Bob salió e hizo un gesto para que lo siguiéramos.

Pisé la Luna con todos los demás. El irregular regolito lunar crujió bajo mi bola. La piel de polímero flexible bloqueaba la mayor parte de la luz solar entrante. Pero eso significaba que todo se calentaba. Las capas interiores de polímero son buenos aislantes, pero no perfectos. En cuestión de segundos de situarme bajo la luz solar noté el calor en mi aire.

El paquete de emergencia encendió uno de sus ventiladores, succionó el aire caliente y lo devolvió frío.

Igual que las excavadoras, las bolas de hámster tenían que ocuparse del incordio que supone la disipación de calor. Pero no puedes encerrar una persona en cera. Así pues, ¿qué hacía el paquete de emergencia con todo ese calor? Lo tiraba en un gran bloque de hielo.

Sí. La vieja agua helada. Un par de litros. El agua es uno de los mejores elementos para absorber calor de toda la química. Y fundir el hielo requiere más energía todavía. Ese era realmente el limitador de la duración de un paseo en bola de hámster: el tiempo que duraría ese bloque hielo. Resultaba que eran dos horas.

Bob cerró la puerta exterior una vez que todos pasamos y nos condujo hacia el sitio de alunizaje. Había dejado a mi pequeño colega RIC (decidí llamarlo *Ricky*) en la esclusa de aire a propósito.

Estaba cerca del Centro de Visitantes.

Me uní a todos los demás justo al lado de la valla. ¿Recuerdas cuando le conté a Jin Chu que la visión era igual de buena desde el Centro de Visitantes? Mentí. Es mucho mejor desde el exterior. Realmente sientes que estás ahí. Bueno, quiero decir, estás allí. Pero ya sabes a qué me refiero.

Me tomé un momento para admirar los viejos terrenos que pisaron Neil y Buzz. Era toda una imagen. Ahí estaba mi historia.

Y enseguida de vuelta al trabajo.

Los turistas se abrieron en abanico para examinar el sitio desde ángulos diferentes. Algunos de ellos saludaron desde las ventanas del Centro de Visitantes, aunque no podíamos ver el interior. Desde nuestro lado de la ventana eran espejos. Hay muchísima más luz fuera que dentro.

Me aparté de Bob como si estuviera admirando la desolación lunar. Saqué el mando a distancia y encendí otra vez el RIC. Puede que estés preguntándote cómo una simple unidad de control remoto podía enviar ondas de radio capaces de penetrar en un casco de Artemisa. Es difícil emitir a través de planchas de aluminio de seis centímetros y un metro de roca molida.

Muy sencillo, en realidad. Como todo lo demás en la ciudad, enviaba datos a través de la red de comunicaciones inalámbrica. Artemisa tenía receptores y repetidores encima de cada burbuja, incluso en el Centro de Visitantes. No iban a dejar mudos a los patrones EVA, ¿no? No hay ninguna arma más poderosa para la seguridad que la comunicación. Así pues, el controlador de *Ricky* podría hablar con él sin ningún problema.

La esclusa de aire estaba en vacío: el estado predeterminado de todas las esclusas. En ese mismo momento, el siguiente grupo de visitantes se estaba preparando con su patrón EVA. Tenía una pequeña oportunidad.

Hice que *Ricky* reptara hasta la puerta exterior. La pantalla destacó áreas que podía utilizar para escalar. Un fantástico asistente de inteligencia artificial. Lo único que tenía que hacer era decirle adónde ir y el asistente averiguaría el resto.

Ricky se agarró a tuberías, manivelas de válvula y otras protuberancias para trepar por la puerta. Yo le hice anclarse en una varilla de refuerzo y agarrar la manivela de la escotilla.

Ricky necesitó dos pinzas para tener fuerza suficiente para girar la manivela, pero funcionó. Después de tres giros completos de la manivela, la puerta estaba entreabierta. Hice saltar a *Ricky* al suelo. Automáticamente giró al caer y se posó sobre sus pinzas. Vaya, ¡era divertido jugar con él! Tomé nota mental de comprarme uno cuando fuera rica.

Como un gato que se cuela en una sala, *Ricky* empujó

un poco para abrir la puerta y se coló. Después cerró la puerta tras él.

Miré por encima del hombro para asegurarme de que nadie estaba observando. La mayoría de los turistas se encontraban pegados a la valla y Bob simplemente examinaba la escena. Nadie estaba infringiendo las reglas ni en peligro, así que estaba contento.

Hice que *Ricky* cerrara la puerta, trepara por ella y volviera a cerrar la escotilla. Desde allí, le ordené que fuera a la cúspide de la cúpula del Centro de Visitantes. Un lugar perfecto para perderse de vista. Trepó alegremente por el costado, encontrando una senda enrevesada pero eficaz de manivelas y asideros que podía alcanzar. Tardó dos minutos en llegar arriba.

Lo puse en modo ahorro de energía y volví a guardarme el mando. Miré atrás a la cúpula del Centro de Visitantes y ni siquiera divisaba la cúspide desde el suelo. Perfecto.

Fase Dos completada. Pasé el resto de la visita observando el *Eagle*. Es asombroso pensar que hubo gente que alunizó con eso. No me convencerías de que lo hiciera yo ni por un millón de slugs.

Bueno, vale. Lo haría por un millón de slugs. Pero estaría nerviosa.

Hola, Kelvin:

Sean la ha cagado.

Estoy enamorada y me hace gritar en la cama. Pero, Dios mío, puede ser estúpido a veces.

Consiguió un poco de hierba, se la compró a un turista. Necesitábamos un sitio para una fiesta. El problema es que aquí, si fumas, se disparan las alarmas de incendios. Así que ¿adónde iríamos?

Yo tenía la solución perfecta: ¡el nuevo taller de papá!

Mi padre está ampliando el negocio. Ha alquilado un segundo local. Está trayendo un equipo nuevo, entrevistando a soldadores para contratarlos, etcétera.

Todavía no está en marcha, la mitad del equipo aún no ha llegado. Así que es solo una habitación grande y vacía de la que conozco el código. Y, eh, fumar en un taller ignífugo es la decisión responsable. Proteger la ciudad del fuego y todo eso. Así que lo ofrecí.

Hicimos una fiesta. Nada grande. Solo unos pocos amigos de Sean y míos. Estábamos bien y colocados. Entonces Sean y los chicos empezaron a jugar con el equipo. Debería haberlos parado, pero todo el mundo estaba riendo y pasándolo bien. No quería estropear el ambiente, ¿sabes?

La cuestión es que mi padre había llenado ese día los depósitos de acetileno. Así que mientras Sean y los idiotas de sus amigos luchaban con los sopletes como si fueran antorchas, las tuberías de gas estaban en realidad abiertas. Alguien habría abierto una llave de paso o algo, porque cuando chocaron metal contra metal saltó una chispa.

Toda la sala se encendió, saltaron las alarmas y la sala se cerró herméticamente. Estábamos atrapados allí y casi no llegamos al refugio de aire a tiempo. Todos nos apelotonamos dentro y esperamos a la brigada de bomberos.

En resumen: nadie resultó herido, pero el taller quedó destrozado. A Rudy (el pesado capullo de la policía montada) le hubiera gustado deportarme, pero el fuego destruyó toda la hierba, así que no tenía pruebas de productos inflamables ilegales.

Mi padre estaba CABREADO. Me gritó como nunca antes; continuó hablando de cuánto dinero había invertido en ese taller y cómo todo había ardido por mi culpa. Y eso me enfureció, porque, ¿sabes?, podría haber muerto. ¿Qué menos que preguntarme si estaba bien?

Nos peleamos. Dijo que tenía que dejar de ver a Sean. ¡Como si él tuviera algo que decir de mi vida amorosa! Y entonces se disparó con la misma mierda aburrida que siempre me lanza de que estoy desperdiciando mi potencial.

Estoy más que harta de la palabra «potencial». Estoy harta de oírla de mi padre, de maestros, de todos los putos adultos que conozco.

Le dije a mi padre que no tenía nada que decir sobre con quién salía. Siguió taladrándome sobre cómo podría cambiar las cosas con una mente como la mía, que Sean era una pérdida de tiempo y bla, bla, bla. Es mi vida, ¡haré lo que quiera con ella!

Cogí algunas de mis cosas y me largué de allí. Ahora me quedo con Sean. Su casa es mucho más bonita que la de papá. Sean solo tiene veintitrés años y su casa tiene su propio dormitorio y cuarto de baño. No se deja la piel trabajando solo para sobrevivir como todo el mundo quiere que haga yo. Es corredor de apuestas y cubre todas sus propias apuestas. Está ahorrando para comprar una mesa en el Casino Starlite. ¡Está en la Burbuja Aldrin!

Encontraré un trabajo y ahorraré dinero suficiente hasta que pueda tener mi propia casa. O tal vez no. Puede que Sean y yo sigamos viviendo juntos.

Querida Jazz:

Siento mucho enterarme de que has tenido un encontronazo con tu padre. Sé que estás muy enfadada, pero, por favor, piensa en reconciliarte con él, incluso si no quieres vivir en su casa. No hay nada más importante que la familia.

Cambiando de tema, ¡he conseguido un trabajo en la KSC! Soy ayudante de carga y peso cápsulas de carga todo el día, pero es un comienzo. Después de un período provisional, dicen que me darán formación sobre equilibrio de carga. Es muy importante que una carga esté adecuadamente asegurada y equilibrada o el lanzamiento podría fallar.

Si consigo llegar a jefe de carga, podré pagar la formación profesional a mis hermanas. Después, una vez que estén todas formadas, los cuatro podremos ayudar a nuestros padres. Mamá y papá tendrán la oportunidad de jubilarse por fin. Está muy lejos, pero mis hermanas y yo estamos trabajando mucho para que eso ocurra.

Hola, Kelvin:

Perdona que haya tardado en responderte. Las últimas dos semanas han sido muy caóticas. Sean y yo nos peleamos, pero luego hicimos las paces (te ahorraré los detalles, ahora todo está bien).

¡Felicidades por el trabajo!

Algunos tipos saudíes pasaron el otro día y me dijeron que me aceptarían como aprendiza de soldadora si quería. Hay al menos cinco maestros soldadores de la ciudad que me quieren en su taller. Los maquinistas húngaros también se pasaron. Suponen que soldar y la maquinaria son similares, porque en los dos casos se trabaja con metal. No entiendo su lógica. De todos modos, creen que sería buena en eso.

Después de eso, se corrió la voz de que estoy disponible o algo. Unos cuantos profesionales han contactado conmigo. Fontaneros, electricistas, trabajadores del cristal, lo que quieras. De repente soy la guapa del baile. Sí, tengo reputación de ser buena en las cosas que me propongo, pero esto es ridículo.

Huelo a mi padre. Esto tiene sus huellas. Tiene influencia con los profesionales de la ciudad. O bien directamente les ha pedido que hablen conmigo o lo están haciendo porque emplear a la hija de Ammar Bashara supondría una relación de negocios fuerte con él.

Los rechacé a todos. No es que odie a mi padre ni nada. Solo estoy intentando seguir mi camino. Además, para ser brusca: hay que trabajar mucho en esas profesiones.

He conseguido un trabajo de porteadora. Es solo algo temporal para tener un poco de dinero para gastar. Sean paga el alquiler, pero no quiero depender de él en todo ¿sabes? El caso es que me gusta, porque puedo trabajar poco si quiero. No hay ninguna estructura ni jefes ni nada. Me pagan por recogida o entrega.

Otra cosa, Sean se está tirando a otras mujeres. Nunca declaramos exclusividad. Me mudé con él porque no tenía otro sitio al que ir. Así que supongo que es una situación rara, pero está bien. Hemos establecido algunas reglas. La principal es que ninguno de los dos puede llevar a nadie a casa de Sean. A follar, a otra parte. Para mí es bastante teórico. No estoy interesada en ir cambiando de hombres. Con uno es suficiente.

No, no me gusta. Pero Sean fue muy franco sobre todo este asunto desde el primer día, así que no puedo quejarme. Ya veremos cómo va.

5

A la mañana siguiente me tumbé en mi ataúd y jugueteé con el mando del RIC.

Ricky cobró vida en cuanto se lo ordené. Su carga estaba al 92 por ciento. No había paneles solares para mi pequeño *Ricky*, por desgracia. ¿Para qué iban a ponerlos quienes lo diseñaron? Los RIC están pensados para ser usados un par de horas cada vez. Luego vuelven a entrar.

Lo hice bajar del arco de la cúpula del Centro de Visitantes hasta justo encima de la esclusa de aire del tren. Entonces tuve que esperar. Pasé el rato con mi gizmo, sobre todo leyendo el sitio de cotilleo en árabe. ¡La reina defendía a las esposas contra su propio hijo! ¿Puedes creerlo? Sabes que eres una cagada cuando tu propia madre te lo dice.

Por fin, llegó el primer tren de turistas al Centro de Visitantes. *Ricky* bajó de la cúpula y se subió también al vagón. El tren circulaba ajustado a horario. Al cabo de diez minutos partió hacia Artemisa con mi pequeño polizón a bordo.

La batería de los RIC es muy buena, pero desde luego no pueden caminar cuarenta kilómetros por terreno lunar. Así pues, *Ricky* estaba volviendo a la ciudad con estilo. ¡Solo lo mejor para mi pequeño colega!

Pasé más tiempo en mi sitio de cotilleo favorito mientras esperaba que el tren volviera a Artemisa.

¡Oh, Dios mío! No podía creer la mierda que la segunda esposa del príncipe le estaba tirando encima en la prensa. ¡Eso es crueldad! Aun así, puedo empatizar con cualquier mujer a la que han engañado. He sido esa mujer. Y, cariño, es una putada.

El tren regresó a la ciudad e hice que *Ricky* correteara hasta la Burbuja Aldrin. Las cosas se simplificaron a partir de ahí. Por fin estaba usando a *Ricky* para que hiciera exactamente aquello para lo que había sido diseñado.

Reptó por el casco externo de Aldrin, luego por encima del túnel de conexión Aldrin-Conrad y después llegó a Conrad. Le hice tomar posición en la cúspide de Conrad.

Luego *Ricky* volvió a modo de bajo consumo y yo al cotilleo de la familia real.

ATENCIÓN: ESTÁ ENTRANDO EN EL PARQUE ALDRIN. EL PARQUE NO ESTÁ PROTEGIDO POR UN DOBLE CASCO. SI OYE LA ALERTA DE FISURA VAYA DE INMEDIATO AL REFUGIO DE AIRE MÁS CERCANO. LOS REFUGIOS DE AIRE ESTÁN SEÑALADOS MEDIANTE BANDERAS AZULES Y PUEDEN ENCONTRARSE EN TODO EL PARQUE.
ENTRADA:
NO RESIDENTES: 750 G
RESIDENTES: GRATUITO

Pasé mi gizmo por el lector y se abrió la puerta de la cabina. Entrada libre para mí, por supuesto. ¿Quién dice que no existe la ciudadanía artemisiana?

Entré en la cabina y esperé a que la puerta exterior se cerrara. Una vez que lo hizo, la puerta interior se abrió y me dejó entrar en el parque. Salí a la luz solar. Sí, luz solar.

El Parque Aldrin ocupa las tres plantas superiores de la burbuja. En lugar de las paredes a prueba de todo que hay en el resto de la ciudad, esta zona está protegida por enormes paneles de cristal, igual que los que se usan en el Centro de Visitantes del *Apolo 11*. Orgullosamente fabricado aquí, en la Luna.

Eran las tres de la tarde hora de Nairobi (y por lo tanto las tres de la tarde hora de Artemisa), pero físicamente era una «mañana» lunar. El sol flotaba en el horizonte y proyectaba su luz en el parque. El cristal protegía a los visitantes del parque de la severa radiación ultravioleta que de otro modo nos habría abrasado vivos.

Todavía tenía tiempo antes de mi reunión con Svoboda. Di un paseo.

El diseño del parque era sencillo y elegante. Los parterres circulares terminaban en paredes de cristal. El terreno era básicamente plano con unas pocas colinas artificiales dispersas, todo cubierto de césped. Césped de verdad, auténtico. No era un logro menor.

Paseé con calma a lo largo del perímetro, mirando hacia la Luna. Nunca he apreciado el atractivo del paisaje lunar. Es solo... nada. Supongo que a la gente le gusta. ¿Será algún rollo zen? A mí no. Para mí, lo más bonito que había en la Luna era el resto de Artemisa.

La ciudad brillaba a la luz del sol como un puñado de tetas metálicas. ¿Qué? No soy una poetisa. Parecen tetas.

Al oeste, la Burbuja Conrad dominaba el panorama. Podría ser cutre y empobrecida por dentro, pero en el exterior era tan bonita como sus hermanas.

Al suroeste, la más pequeña Burbuja Armstrong descansaba como una araña en medio de su tela. Más lejos, siguiendo esa misma línea, se hallaba la Burbuja Shepard, llena de capullos ricos. No creía posible que una semiesfera pudiera parecer arrogante, pero así era. La Burbuja Bean estaba entre Conrad y Shepard, tanto en un sentido simbólico como geográfico. Sería mi futuro hogar si todo mi plan funcionaba. Era la que tenía más lejos.

Miré al norte. El Mar de la Tranquilidad se extendía hasta donde alcanzaba a ver. Colinas grises y rocas recortadas puntuaban el terreno hasta el horizonte. Ojalá pudiera decir que era todo desolación espléndida y chorradas así, pero no. La tierra que rodea Artemisa está entrecruzada de marcas de neumáticos y completamente despojada de rocas. Tenemos un montón de albañiles aquí. Adivina de dónde saca la gente las rocas.

Caminé hasta el centro del parque, hacia las Damas.

Poner árboles auténticos habría sido demasiado. Pero el parque tenía una escultura muy realista de un canelo. Dos estatuas se alzaban debajo del árbol. Una era de Chang'e, la diosa china de la Luna. La otra era de Artemisa, la diosa griega que daba nombre a nuestra bonita ciudad. Las dos mujeres estaban paralizadas en la risa. La mano de Chang'e reposaba en el antebrazo de Artemisa. Parecían estar en medio de alguna charla de chicas amistosa. Los artemisianos las conocían como las Damas. Me acerqué y me apoyé en el «árbol».

Levanté la mirada a la media Tierra que flotaba en el cielo.

—No se puede fumar en el parque —dijo una voz vieja y ronca.

El encargado del parque tenía al menos ochenta años. Había sido un elemento de la decoración desde que abrió el parque.

—¿Ve un cigarrillo en mi mano? —dije.

—Te he pillado antes.

—Eso fue hace diez años.

Se señaló los ojos y luego a mí.

—Te vigilo.

—Deje que le pregunte algo —dije—. ¿Quién se muda a la Luna solo para cortar césped?

—Me gustan las plantas. Y me duelen las articulaciones. Aquí la gravedad es beneficiosa para mi artritis. —Levantó la cabeza para mirar a la Tierra—. Una vez que murió mi mujer, no tenía muchas razones para quedarme allí.

—Menudo viaje para un anciano —dije.

—Viajaba mucho por trabajo —repuso—. No me importa.

Svoboda llegó puntual, como siempre. Llevaba una bolsa al hombro y sonrió. Me señaló a mí y a las estatuas de las diosas.

—Eh, ¡mira eso! ¡Han quedado tres tías buenas de la Luna!

Puse los ojos en blanco.

—Svoboda, algún día te enseñaré a hablar a las mujeres.

Saludó al encargado del parque.

—Eh, le conozco. Usted es Mike, ¿no?

—No —dijo el encargado. Me lanzó una mirada—. Te dejaré sola a ti y a tu putero. Nada de sexo en el césped.

—Trate de no morirse de viejo al volver a casa, abuelo —dije.

Saludó por encima del hombro mientras se alejaba.

—¿Lo has terminado? —pregunté a Svoboda.

—Sí, ¡lo tengo aquí! —Me pasó la bolsa.

Miré en el interior.

—Gracias.

—¿Todavía no has tenido ocasión de probar ese condón?

—Han pasado veinticuatro horas. ¿Qué clase de vida sexual crees que tengo?

—Bueno, no lo sé. Solo preguntaba. —Examinó el parque—. No vengo aquí tanto como debería. Es un buen sitio para relajarse.

—Si te gustan los escombros voladores, sí.

El parque tenía esa mala fama. Si vienes de la Tierra, por más que te prepares mentalmente, siempre lanzas con demasiada fuerza. Tu amigo —el que tiene que recibir— está a diez metros y verá volar una bola por encima de su cabeza hasta el otro extremo del parque. Y mejor no empiezo a hablar de los Frisbees. Entre la baja gravedad y la baja presión del aire, son un misterio absoluto para los turistas.

—Me gusta —dijo Svoboda—. Es el único sitio «natural» de la ciudad. Echo de menos los espacios abiertos.

—Hay un montón de espacios abiertos fuera a los que mirar —dije—. Y es más fácil quedar con amigos en un bar que en un parque.

Se le iluminó la cara.

—Somos amigos.

—Claro.

—¡Bien! No tengo muchos amigos. Y ningún otro de mis amigos tiene tetas.

—De verdad tienes que trabajar en cómo hablas con las mujeres.

—Sí, vale. Lo siento.

No estaba enfadada. Apenas lo registré. Estaba demasiado ocupada obsesionándome con mis planes.

Eso era todo. Todas las piezas estaban colocadas. Tenía el equipo de soldar y la electrónica personalizada, y el RIC estaba listo. Se me aceleró la respiración y casi se me salió el corazón del pecho. Mi pequeña travesura ya no era teórica. Estaba haciéndola en serio.

Esa noche, reparé la válvula que perdía en mi traje espacial. E inspeccioné a fondo todo el traje. Luego lo volví a inspeccionar. Nunca se lo reconocería a Bob, pero tenía razón respecto a mi inspección chapucera antes del examen. Era responsabilidad mía asegurarme de que el traje no me mataría. Y esta vez me aseguré por completo de que funcionara a la perfección.

Dormí un rato, pero no mucho. No soy una persona valiente y nunca he afirmado serlo. Era el momento. El resto de mi vida dependía de lo bien que lo hiciera.

Me desperté a las cuatro de la mañana. Y estaba demasiado ansiosa para esperar mucho más.

Caminé hasta el Puerto de Entrada, recogí a *Trigger* y mi traje espacial y conduje por los pasillos de la ciudad dormida hasta la esclusa de Conrad. No había nadie allí a esa hora de la mañana. Dejé mi equipo EVA y el gran saco de material para mi golpe, metiéndolo todo en la antecámara para que no fuera visible para nadie que pasara por allí.

Conduje el *Trigger* vacío de vuelta a su espacio de aparcamiento en el puerto. Consejo: si vas a cometer un delito grave, no dejes tu coche en la escena del crimen mientras estás en ello.

Volví caminando a la esclusa de Conrad y me encerré en la antecámara. Solo me cabía esperar que nadie se me acercara o tendría que dar explicaciones.

Usé cinta aislante para cubrir todas mis marcas de identificación en mi equipo EVA. Números de serie, número de licencia, el gran parche que decía J. BASHARA en la parte delantera... esa clase de cosas. Entonces volví a conectar a *Ricky*. Se espabiló.

Bajo mis instrucciones, *Ricky* reptó desde lo alto del arco del casco de Conrad hasta la esclusa de aire. Giró la manivela para abrir la puerta exterior. A continuación, se dejó caer en el suelo, se asomó al interior y cerró la puerta detrás de él. Giró la manivela otra vez, cerrando herméticamente la puerta, luego se acercó a la puerta interior.

Observé a mi pequeño colega a través de la ventana redonda cuando accionó las válvulas manuales para dejar entrar aire de Artemisa en la esclusa de aire. Un rápido silbido y la esclusa de aire se ecualizó con la ciudad. *Ricky* giró la manivela de la puerta interior y la abrió.

Entré en la esclusa de aire y le di un golpecito a *Ricky* en la cabeza. Buen chico. Lo desconecté y lo metí en una taquilla de la antecámara, junto con su mando a distancia.

Bueno. Ahí estaba. Una esclusa de aire lista para usar y el panel de control ni se había enterado. Apagué el panel de control solo para reafirmar mi dominio. No pareció impresionado.

Me vestí. Me cronometré, por supuesto. Es una manía de patrón EVA. Tardé once minutos. Maldición. ¿Cómo lo hacía Bob en tres? El tipo era un puto prodigio.

Encendí los sistemas del traje. Todo se conectó como debería. Realicé un test de presión. Como le instruí, el traje se sobrepresurizó un poco y monitoricé su estatus. Era la mejor manera de buscar fugas. Ningún problema.

Entré en la esclusa, cerré la puerta interior y empecé el ciclo. Una vez que hubo terminado, abrí la puerta exterior.

¡Buenos días, Luna!

No es peligroso hacer una EVA en solitario. Los patrones EVA lo hacen continuamente. Pero yo estaba haciendo una EVA en secreto. Nadie sabía que estaba allí. Si tenía un problema, nadie pensaría en buscarme. Solo sería un cadáver muy atractivo en la superficie durante el tiempo que tardaran en fijarse en mí.

Me aseguré de tener el micrófono apagado, pero dejé el

receptor en el canal público EVA. Si alguien más se aventuraba a salir quería estar informada.

Mis dos depósitos de oxígeno proporcionaban dieciséis horas de oxígeno en total. Y llevaría seis depósitos más de ocho horas cada uno. Mucho más de lo que necesitaría (esperaba), pero estaba jugando sobre seguro.

Bueno... no puedo hablar de jugar sobre seguro cuando estoy en una EVA y planeando encender un soplete de soldador en una excavadora en movimiento que recolectaba rocas. Pero ya me entiendes.

Mi sistema de eliminación de CO_2 informó de estatus verde, lo cual estaba bien, porque no me gusta morir. En los viejos tiempos, los astronautas necesitaban filtros descartables para recoger CO_2. Los trajes modernos eliminan las moléculas de CO_2 a través de algún uso complicado de membranas y el vacío exterior. Desconozco los detalles, pero funciona siempre que el traje tenga energía.

Verifiqué las lecturas de mi traje otra vez y me aseguré de que todas las válvulas se hallaban en el rango de seguridad. Nunca cuentes con que las alarmas de tu traje te avisen. Están bien diseñadas, pero son el último recurso. La seguridad empieza con el operador.

Respiré profundamente, me colgué la mochila en un hombro y empecé a caminar.

Primero tenía que rodear toda la ciudad. La esclusa de aire Conrad estaba orientada al norte y la fundición de Sanches Aluminium se encontraba al sur. Eso me llevó al menos veinte minutos.

Luego tardé dos horas en llegar al complejo reactor-fundición, a un kilómetro de distancia. Me resultó desconcertante ver cómo Artemisa retrocedía en la distancia. Eh, mira, es el único lugar donde los humanos sobreviven entre tanta roca. ¡Dile adiós!

Finalmente, llegué a la base de lo que llamamos la Berma.

Cuando diseñaron Artemisa, alguien dijo:

—¿Y si hay una explosión en el reactor? Está como ¿a mil metros de la ciudad? Eso no estaría muy bien ¿no?

Un puñado de sabios juntaron las cejas y sopesaron la amenaza. Entonces uno de ellos dijo:

—Bueno... podemos poner un poco de tierra por el camino.

Le dieron un ascenso y celebraron un desfile en su honor.

He embellecido los detalles, pero ya me entiendes. La Berma protege la ciudad de los reactores en el caso de una explosión. Aunque los cascos probablemente ya harían eso. Es todo una cuestión de seguridad redundante. Otra cosa interesante, no necesitamos protección de la radiación. Si los reactores se funden, no importará. La ciudad está protegida a tope.

Me senté y descansé en la base de la Berma. Tenía un largo camino por delante y necesitaba un descanso.

Volví la cabeza dentro del casco, mordí una tetina (trata de no excitarte) y escupí un poco de agua. La temperatura de los sistemas del traje también congelaba el agua. Eh, gasté mucho dinero en ese traje. Era material de calidad cuando no funcionaba mal y arruinaba mi examen para el gremio.

Solté un poderoso gruñido y empecé a escalar. Cinco metros en un ángulo de 45 grados. Puede que no parezca mucho, y menos en la gravedad lunar. Pero cuando llevas cien kilos de equipo EVA y cargas otros cincuenta de material, créeme, es trabajo.

Resoplé, jadeé y no dejé de blasfemar al subir la Berma.

Creo que inventé algunas obscenidades, no estoy segura. ¿*Hijobrón* es una palabra? Finalmente, llegué a lo alto y examiné las tierras del otro lado.

Los reactores se hallaban en edificios de forma irregular. Decenas de tuberías conducían a centenares de paneles térmicos brillantes en el suelo.

Los reactores de la Tierra disipan el calor en lagos o ríos. Estamos un poco secos aquí en la Luna, así que disipamos nuestro calor vía luz infrarroja emitida al espacio. Es una tecnología centenaria, pero no se nos ha ocurrido nada mejor.

La fundición se hallaba a doscientos metros de los reactores. Era una miniburbuja de treinta metros de diámetro, con una tolva en un lado. En la tolva se molía roca en una arenilla basta que pasaba a unos contenedores cilíndricos sellados. Los contenedores estaban conectados a tuberías, que los conducían a la instalación mediante aire a presión. Como un sistema neumático de tubos de la década de 1950. Si vas a tener un montón de bombas de aire y sistemas de control de vacío en tu instalación, te conviene aprovecharte de ellos.

La esclusa del tren se encontraba en el otro lado de la burbuja. Las vías del tren que conducían a ella se separaban en dos líneas. Una conducía a la esclusa, la otra al vehículo silo no tripulado que transportaba combustible del cohete al puerto.

Salté un par de metros por la Berma y encontré una posición donde podía recostarme y observar la escena. No tenía ni idea de la clase de programa que tenían las excavadoras, así que tendría que esperar.

Y esperar.

Y volver a esperar.

Si tienes curiosidad, te diré que había exactamente cin-

cuenta y siete rocas al alcance. Las ordené de la más pequeña a la más grande, luego cambié de opinión y las ordené de
la más esférica a la menos esférica. Luego traté de hacer un
castillo de regolito, pero terminó siendo más bien un bulto.
Las partículas de regolito son puntiagudas y se unen bien
entre sí, pero no puedes hacer maravillas con guantes EVA.
Solo podía hacer pequeñas semiesferas de tierra. Hice un
modelo a escala de Artemisa.

En total, esperé cuatro horas.

Cuatro putas horas.

Por fin, capté un atisbo de luz solar en el horizonte. Una
excavadora regresó al puerto. Gracias a Dios. Me levanté y
preparé la mochila para viajar otra vez. (Había alfabetizado
mi equipo por aburrimiento, primero en inglés y luego en
árabe.)

Bajé a saltos de la Berma. La excavadora y yo convergi-
mos en la fundición desde direcciones diferentes. Llegué
allí antes.

Avancé en torno a la burbuja para quedarme fuera del
encuadre de las cámaras de la excavadora. No tenía una razón real para hacerlo, no es que fuera a haber nadie mirando las grabaciones. Continué por el muro de la burbuja hasta que tuve a la vista la excavadora. Ahí estaba, gigantesca,
en toda su gloria y esplendor.

La excavadora retrocedió hasta la tolva, se encajó y lentamente levantó la parte delantera de su cuba.

Miles de kilogramos de mineral cayeron en la tolva. Una
fugaz nube de polvo acompañó la avalancha, pero desapareció casi de inmediato. No había aire para mantenerlo a
flote.

Después de recibir una buena descarga, la cuba volvió a
nivelarse y la excavadora quedó al ralentí. Los brazos arti-
culados se extendieron para unir el cable de carga y las lí-

neas de refrigeración. No estaba segura de cuánto tardaría en recargar, pero no perdí tiempo.

—Un millón de slugs —dije.

Trepé por el lateral de la excavadora y lancé mi equipo a la cuba. Entonces me dejé caer yo también en la cuba. Sin complicaciones.

Contaba esperar un buen rato durante la recarga, pero solo tardó cinco minutos. Tengo que agradecérselo a Toyota: saben hacer baterías que se recargan rápido. La excavadora se propulsó adelante y, de buenas a primeras, estábamos en camino.

¡Mi plan estaba funcionando! Reí como una niña. Eh, soy una chica, así que se me permite. Además, nadie estaba observando. Saqué una vara de aluminio de la mochila, trepé a lo alto de la excavadora y la empuñé como una espada.

—¡Adelante, poderoso corcel!

Adelante fuimos. La excavadora se dirigió al suroeste, hacia las colinas Moltke, a la vertiginosa velocidad de cinco kilómetros por hora.

Observé la burbuja de la fundición y los reactores desapareciendo en la distancia y me inquieté otra vez. No me interpretes mal, esto no es lo más lejos que he estado de casa (el tren al Centro de Visitantes está a cuarenta kilómetros), pero era lo más lejos que había estado de la seguridad.

El paisaje se tornó rocoso y recortado cuando entramos en las colinas. La excavadora ni siquiera frenó. Podría no ser rápida, pero tracción no le faltaba.

Llegamos a la primera de muchas rocas y casi salí volando de la cuba. A duras penas mantuve todo mi material dentro. Las excavadoras no son coches de lujo. ¿Cómo se aguantan las rocas en el viaje de vuelta? Las excavadoras tenían que ser un poco más cautas en su camino a casa. Aun así, el trayecto saltarín era mejor que caminar. Esa pendiente me habría matado.

Al final, nos equilibramos y todo volvió a moverse con más suavidad. Me quité la mochila de encima y volví a trepar a lo alto. Habíamos llegado a la zona de recogida.

La extensa planicie había quedado desprovista de rocas tras años de explotación. Bien. Finalmente, un poco de navegación suave. La zona despejada era aproximadamente un círculo. Localicé otras tres excavadoras en el borde del descampado, cargando rocas en sus colectores. Mi excavadora rugió hasta el borde y bajó la pala.

Lancé mi equipo fuera del colector y salté. En ese punto no había forma de evitar las cámaras de navegación. Solo me cabía confiar en que ningún empleado de Sanches decidiera por casualidad mostrar las imágenes para impresionar a su novia.

Recogí el equipo y lo arrastré conmigo bajo la excavadora.

El primer paso consistía en sujetarme junto con mi material al chasis. Las excavadoras no se quedan mucho tiempo quietas y no quería correr tras la mía. Vacié la mochila para preparar mi equipo.

Lo primero era la lona. Era pesada, de plástico reforzado con fibra, con arandelas en las esquinas para poder atarla. Pasé una cuerda de nailon a través de las arandelas y la fijé a unos puntos de anclaje en el casco. Ya tenía una hamaca. Me aupé a mi nueva guarida secreta y me llevé mi equipo conmigo.

La excavadora se movió adelante. Supongo que había cargado algunas rocas en su plataforma y decidió avanzar otro poco. No recibí ninguna advertencia porque, eh, no había sonido. Un inconveniente menor: todavía no había cargado los depósitos de oxígeno de reserva en mi hamaca.

Miré los depósitos de reserva. Vale. No era el fin del mundo. Podía volver después a...

Una roca enorme, desestabilizada por el nuevo agujero en su base, se inclinó hacia los depósitos. Un penoso pedo de aire escapó de debajo, levantando polvo brevemente. Luego nada. Y ese fue el final de mis depósitos de aire de reserva.

—Oh, ¡venga ya! —grité.

Tardé un momento en calcular lo jodida que estaba.

Comprobé el indicador del brazo. Quedaban seis horas de oxígeno en el suministro principal. Dos horas más en la reserva de emergencia. Tenía otro depósito para soldar. Podía unirlo a la válvula universal de mi traje, pero eso estropearía el propósito de todo el viaje. Necesitaba ese oxígeno para mis funestos planes.

Así pues, ocho horas de aire respirable. ¿Seguía siendo factible?

Artemisa estaba a tres kilómetros de distancia. El viaje tenía mucho terreno escarpado, pero también era cuesta abajo. Ponle dos horas.

Mi plan original había sido esperar hasta la noche (noche de reloj, quiero decir, no noche lunar real) y luego colarme cuando todos estuvieran durmiendo. Pero no tenía aire suficiente para esperar tanto. Tendría que entrar a plena luz del día.

Nuevo plan: la esclusa de aire de la ISRO. Conducía al pasillo de agencias espaciales, en la Burbuja Armstrong. Habría algunos pazguatos confundidos y alguno podría decir «hum...», pero simplemente seguiría caminando. Con la visera solar bajada, nadie me vería la cara. Y, a diferencia de la esclusa de aire de Conrad, no estaría llena de patrones EVA.

Vale, problema más o menos solucionado. Eso significaba que disponía de seis horas antes de tener que irme de la zona de recogida. Noventa minutos por excavadora. Hora de darse prisa.

Me puse tan cómoda como pude en mi hamaca y monté el equipo de soldar. Puse los depósitos de acetileno y oxígeno entre mis piernas para mantenerlos estables. En el bastidor de la excavadora, localicé diez centímetros de la válvula refrigerante y marqué allí un círculo de tres centímetros rascando con un destornillador. Era lo que tenía que cortar.

Me bajé la visera solar del casco. Había pegado a ella la lente oscurecida de una careta de soldador con cinta aislante. Abrí la válvula de acetileno, puse la mezcla del soplete en modo ignición, prendí la chispa y...

... no arrancó.

Hum.

Lo intenté otra vez. Nada. Ni siquiera chispas.

Comprobé el depósito de acetileno. No había problemas de flujo. ¿Qué demonios?

Levanté la visera e inspeccioné la piedra. Mi padre me había enseñado a usar un chisquero de pedernal porque uno eléctrico era otra cosa que podía romperse. No era más que un trozo de pedernal y surcos de acero unidos a un mango con muelle. Ninguna complicación. Estamos hablando de tecnología milenaria. ¿Por qué no estaba funcionando?

Oh.

Claro.

Cuando el pedernal golpea el acero hace saltar esquirlas microscópicas de metal en el aire. El metal se quema por alguna chorrada complicada relacionada con el área de superficie y los índices de oxidación. Básicamente, se oxida tan deprisa que la reacción produce fuego.

Dato curioso: la oxidación requiere oxígeno. El pedernal y el acero no funcionan en el vacío. Muy bien. No había necesidad de sentir pánico. Una llama de soldador es solo acetileno y oxígeno ardiendo. Ajusté las válvulas y preparé la mezcla para que fuera un chorrito de acetileno entre un torrente de oxígeno. Luego rasqué la piedra justo delante de la boquilla.

¡Chispas! ¡A volar! Ese oxígeno hizo que las esquirlas de metal salieran volando. Pero me había pasado. No había suficiente acetileno para encender la llama. Añadí un poco más a la mezcla y probé otra vez.

En esta ocasión, la lluvia de chispas logró iluminar una llama chisporroteante, inconsistente. Giré las válvulas otra vez a una mezcla normal y la llama se asentó en una forma familiar y estable.

Solté un suspiro de alivio y me bajé la visera. Mantuve el soplete firme a pesar del inadecuado traje espacial. Un incordio. Al menos, no tenía que ocuparme del metal fundido. Era un corte, no una unión. Cuando cortas, no estás fundiendo metal. En realidad, lo conviertes en gas oxidado. Sí, es así de caliente.

El corte en sí fue mucho más fácil de lo que esperaba. Tardé menos de un minuto. El pequeño círculo de tres centímetros de acero me cayó en el pecho, seguido por una burbuja de cera fundida. La cera se hinchó y se volvió a endurecer casi al instante.

Mi situación era perfecta. Había cortado el depósito de cera sin mellar las líneas de refrigeración cercanas. No me preocupaba la salud del sistema refrigerante, pero no quería que la excavadora informara de una fuga. La pequeña gota de cera que me cayó encima no bastaría para inquietar al sistema de seguridad de la excavadora. Al menos, eso esperaba.

Saqué de la mochila una válvula de presión. Había comprado seis en la ferretería Bahía de la Tranquilidad el día anterior (una por cada excavadora y dos repuestos). El conector de presión estándar en un lado, tres centímetros de tubería en el otro. Metí el conector en el agujero. Había hecho un buen corte: ajustaba bien. Volví a encender el soplete (con la misma mezcla de ignición de oxígeno que la última vez) y agarré una varilla de aluminio. Necesitaba un cierre fuerte, hermético alrededor de la válvula.

Había hecho un millón de instalaciones de válvulas con mi padre de niña. Pero nunca con un traje espacial puesto. Y, a diferencia del corte, esta vez estaba fundiendo una varilla metálica para hacer un cierre.

Si la cagaba, una burbuja de metal fundido me caería encima y me agujerearía el traje. Los agujeros en los trajes espaciales son chungos.

Me puse lo más a un lado que pude; si la cagaba, tal vez la Gota de Aluminio Mortal no me tocaría. Me puse a trabajar y observé cómo crecía el charco de aluminio. Las gotitas temblaron en el punto de soldadura, pero, finalmente, se filtraron en la rendija que había encima. Mi frecuencia cardíaca casi recuperó la normalidad. Di gracias a Dios por la tensión superficial y la acción de capilaridad.

Presté atención y me tomé mi tiempo. Fui soldando en torno a la válvula con lentitud, tratando de impedir que mi cuerpo estuviera justo debajo. Finalmente, terminé.

Había instalado una válvula de presión en el depósito de cera. Era el momento de la parte vil de mi plan.

Uní el tubo del depósito de oxígeno del soldador a la válvula y abrí el flujo al máximo.

Claro, el depósito estaba lleno de cera, pero había huecos. Y, créeme, cuando metes cincuenta atmósferas de aire en un recipiente de presión, encuentra los huecos. Una vez que el recipiente se ecualizó con el compartimento, cerré con mucho cuidado la válvula y desconecté el cable del depósito.

Salí de debajo de la excavadora. La observé por un segundo para asegurarme de que la maldita máquina no iba a moverse. No quería cometer el mismo error dos veces.

La pala se hundió, recogió unos pocos cientos de rocas y las soltó en la cuba. Se hundió para dar otro bocado. Vale, tenía tiempo para subir a bordo.

Salté a una rueda y me propulsé a la estructura de la máquina. Alcancé la caja de interruptores y abrí la puertecita. Dentro, era como la caja de interruptores de la excavadora de Trond, con las mismas cuatro líneas conectadas a él. No era una sorpresa, eran del mismo modelo. Aun así, me relajé un poco al verlo.

Las excavadoras tienen interruptores por todas partes para prevenir problemas eléctricos, pero la última línea de defensa era el interruptor principal. Toda la potencia pasaba por él. Es el «fusible» que protege la batería.

Saqué un chisme casero de mi mochila. Consistía en un cable grueso con dos pinzas de batería que conducía a un interruptor de relé de alto voltaje. El relé estaba conectado con el timbre de un reloj-alarma a pilas. Tan sencillo como eso. El relé se activaría cuando saltará la alarma del reloj. No era exactamente ciencia astronáutica y desde luego no era bonito, pero funcionaría.

Conecté los polos positivo y negativo de la línea eléctrica principal con mi artilugio. No ocurrió nada, por supuesto. El relé estaba abierto. Pero en cuanto saltará la alarma (a medianoche), el relé provocaría el cortocircuito. Y el cortocircuito puentearía por completo la caja de interruptores, así que las medidas de seguridad normales no funcionarían.

Cuando cortocircuitas una batería de 2,4 megavatios/

hora, se calienta mucho. Mucho, mucho. Y la batería estaría en un depósito cerrado lleno de cera y oxígeno comprimido. Y el depósito era un compartimento estanco. Deja que te haga los cálculos:

Cera + oxígeno + calor = fuego.

Fuego + volumen cerrado = bomba.

(Bomba + excavadora) x 4 = 1.000.000 ğ para Jazz.

Y ocurriría mucho después de que yo hubiera regresado a salvo a la ciudad. Podían mirar con toda la atención que quisieran las grabaciones de vídeo, no sabrían quién era yo. Y tenía otro truco en la manga...

Miré las lecturas de mi brazo. Tenía que confiar en que el dispositivo de Svoboda funcionara como se anunciaba. Al menos, Svoboda nunca me había fallado antes.

En mi ataúd, el dispositivo que Svoboda había fabricado para mí se estaría conectando. Lo llamaba cariñosamente coartadomatic. Había conectado mi gizmo en ella antes de salir en esta pequeña aventura.

El coartadomatic tocaba la pantalla de mi gizmo con pequeñas sondas que tenían la misma capacitancia que un dedo humano.

El chisme escribiría mi contraseña y empezaría a navegar por Internet. Abriría mi sitio favorito de cotilleo saudí, algunos vídeos divertidos y unos pocos foros. Incluso enviaría varios mensajes de correo que yo había escrito de antemano.

No era la coartada perfecta, pero era muy buena. Si alguien preguntaba dónde estaba, diría que estaba en casa navegando por Internet. No era nada raro. Y los registros de datos de mi gizmo y la red de la ciudad respaldarían eso.

Miré la hora. El proceso completo —desde colgar la hamaca hasta instalar mi artefacto destrozaexcavadoras— había durado cuarenta y un minutos. ¡Era factible! ¡Volvería con tiempo de sobra! Una excavadora lista, tres pendientes.

Volví a meterme bajo la excavadora ya condenada a la destrucción, recogí mi equipo y volví a salir. Todo el tiempo tuve cuidado de que no me aplastaran las ruedas gigantes. Incluso en la gravedad lunar la excavadora era lo bastante pesada para aplastarme como una uva.

Suponía que la siguiente excavadora estaría a unos cien metros de distancia, en otro extremo de la zona de recolección. Sin embargo, estaba a tres metros de mi cara. ¿Qué demonios estaba haciendo ahí?

No cavaba. No cargaba. Solo me «miraba», con sus cámaras de alta resolución reenfocando ligeramente cuando me levanté. Únicamente podía significar una cosa: alguien en Sanches Aluminium había tomado el control manual de esa excavadora.

Me habían localizado.

Hola, Jazz:

Estoy muy preocupado por ti. No he tenido noticias tuyas en más de un mes. No has contestado ninguno de mis mensajes. Encontré la dirección de correo de tu padre a través del sitio web de su taller de soldadura y contacté con él. No sabe dónde estás y también está muy preocupado.

En el directorio de contacto público de Artemisa salen siete personas llamadas Sean. He contactado con todos ellos y ninguno es el Sean que te conoce. Supongo que tu Sean no quiere que su información sea pública. En todo caso, eso también era un callejón sin salida.

Hola, Kelvin:

Siento haberte preocupado. Ojalá no hubieras contactado con mi padre.

Las cosas no han ido bien últimamente. El mes pasado Sean recibió una visita de un montón de gente encolerizada. Unos quince tipos. Le dieron una paliza. Después no habló de eso, pero yo sabía de qué se trataba. Es algo que hace la gente por aquí. Se llama «brigada moral».

Algunas cosas cabrean de verdad a la gente. Lo suficiente para que se junten y te castiguen, aunque no hayas infringido ninguna ley. Sean siempre va caliente, eso lo sabía. Y sabía que iba con otras chicas.

Pero no sabía que se estaba tirando a una chica de catorce años.

Tenemos gente de todas partes de la Tierra aquí. Culturas diferentes tienen morales sexuales muy diferentes, así que Artemisa no tiene leyes sobre edad de consentimiento. Siempre que no sea forzado, no es violación. Y la chica consentía.

Pero no somos salvajes. Puede que no te deporten a la

Tierra, pero seguro que te dan una buena. Supongo que algunos de esos tipos eran parientes de la chica. No lo sé.

Soy una idiota, Kelvin. Una idiota absoluta. ¿Cómo no me di cuenta de cómo era Sean? Solo tengo diecisiete años y se calentó conmigo desde el primer día. Resulta que estoy en el lado más alto de su rango de preferencia de edad.

No tengo adónde ir. No puedo volver con mi padre. Simplemente, no puedo. El fuego destruyó todo ese equipo que compró. Y tuvo que pagar por los daños al local. Ahora no puede extender el negocio. Apenas puede mantenerlo a flote. ¿Cómo voy a volver arrastrándome después de lo que hice?

Arruiné a mi padre con mi estupidez.

Y me arruiné a mí también, por cierto. Cuando dejé a Sean, tenía un par de cientos de slugs a mi nombre. No podía alquilar una habitación con eso. No podía ni siquiera comer decentemente.

Estoy viviendo de mejunje. Cada día. Sin gusto, porque no puedo pagar los extractos. Y..., oh, Dios, Kelvin... no tengo donde vivir. Duermo donde puedo. En zonas donde no hay mucha gente. Plantas altas donde el calor es espantoso o plantas bajas donde hace muchísimo frío. Robé una manta de la lavandería de un hotel solo para tener algo con lo que taparme. He de seguir moviéndome cada noche para mantenerme un paso por delante de Rudy. Va contra las normas no tener domicilio. Y Rudy ha estado persiguiéndome desde el incendio. Usará cualquier excusa para desembarazarse de mí.

Si me pilla, me deportarán a Arabia Saudí. Entonces estaré arruinada, sin casa y tendré síndrome de adaptación espacial. Tengo que quedarme aquí.

Siento vomitarte todo esto a ti. Es que no tengo nadie más con quien hablar.

No me ofrezcas dinero. Sé que esa será tu primera reacción, pero no lo hagas. Tienes cuatro hermanas y unos padres a los que cuidar.

Querida Jazz:

No sé qué decir. Estoy desolado. Ojalá pudiera hacer algo por ti.

Las cosas tampoco han ido muy bien aquí. Mi hermana Halima anunció que está embarazada. El padre es un militar y ella ni conoce su apellido. Va a haber un bebé que cuidar pronto, y eso es un impedimento para todos nuestros planes. Originalmente, yo iba a pagar la educación de Halima, luego ella pagaría la educación de Kuki mientras yo ahorraba dinero para la jubilación de mamá y papá. Después Kuki pagaría la educación de Faith, etcétera. Pero ahora Halima no hará nada más que cuidar a su bebé y tendremos que darle dinero. Mamá ha conseguido un trabajo de empleada en una tienda de alimentación del campus de la KSC. Es el primer empleo que ha tenido en su vida. Parece que le gusta, pero ojalá no tuviera que trabajar.

Papá tendrá que trabajar muchos años más. Kuki ahora dice que conseguirá algún empleo no cualificado en algún sitio para traer dinero. Pero ¡está hipotecando su futuro!

Deberíamos contar nuestras bendiciones. Halima será una buena madre. Y mi familia pronto tendrá un nuevo bebé al que querer. Estamos todos sanos y nos tenemos unos a otros.

Puede que tú no tengas hogar, pero al menos estás en las calles relativamente limpias y seguras de Artemisa en lugar de en alguna ciudad de la Tierra. Tienes un empleo y ganas algo de dinero. Espero que sea más de lo que gastas.

Son tiempos difíciles, amiga mía, pero hay un camino. Tiene que haberlo. Lo encontraremos. Dime si hay algo que pueda hacer para ayudarte.

6

—Vale, estás de broma —le dije a la excavadora.

Las otras dos excavadoras también rodaban hacia mí. Probablemente para asegurarse de que no podía esconderme detrás de una roca para escabullirme. Sus controladores me tenían ahora en cámara desde múltiples ángulos. Yupi.

Después descubrí lo que había ocurrido: la roca que asesinó mis depósitos de aire provocó un buen porrazo: la excavadora notó el temblor. Tienen un equipo muy sensible en las ruedas para detectar la vibración del suelo. ¿Por qué? Porque cavan en las laderas. Si se está formando una avalancha, los controladores quieren saberlo enseguida.

Así pues, la excavadora informó del temblor. En el centro de control de Sanches, los trabajadores revisaron los minutos de vídeo previos. Querían saber si una pared de muerte pétrea estaba a punto de devorar su excavadora de varios millones de slugs. Adivina lo que vieron. A mí desapareciendo bajo su bastidor. Así que enviaron otra excavadora para ver qué demonios pretendía.

Luego llamaron a los patrones EVA. No sé exactamente cómo fue la conversación, pero supongo que sería algo como esto.

Controladores de Sanches: ¡Eh! ¿Por qué estáis toqueteando nuestra excavadora?

Patrones EVA: No lo hacemos.

Sanches: Bueno, alguien lo está haciendo.

Patrones EVA: Le daremos una patada en el culo. No porque nos importéis nada, sino porque queremos continuar con nuestro monopolio absoluto sobre las EVA. Además, somos una panda de capullos.

Así que ahora mismo, los patrones EVA estaban formando una patrulla para arrastrarme otra vez a Artemisa. Después de eso vendría una paliza, deportación, síndrome de adaptación espacial en Riad y las cosas en general irían cuesta abajo a partir de ahí.

Me detuve a pensar en esta nueva situación. No había forma de volver a la ciudad antes de que una turba airada de patrones EVA saliera a buscarme. Así que no tenía sentido abortar la misión. Ya puestos, podría terminar el trabajo antes de que empezara el épico juego de escondite lunar.

La patrulla usaría un *rover* de carga para viajar deprisa. Pueden alcanzar los diez kilómetros por hora. La pendiente los frenaría un poco. Pongamos seis kilómetros por hora. Tenía media hora antes de que llegaran.

El tiempo de la sutileza había terminado. Mi plan consistía en hacer que todo ocurriera después de que yo estuviera en casa. Sanches llamaría a todas las excavadoras para inspeccionarlas. Los mecánicos las revisarían a fondo y desharían mi duro trabajo.

Tenía que destrozar permanentemente las cuatro excavadoras en los siguientes treinta minutos. En el lado positivo, los controladores de Sanches habían sido tan amables de acercármelas todas.

Vale, lo primero es lo primero. Cogí un par de tenazas

de alambre de mi mochila, salté a la excavadora que me había localizado y trepé a ella. Los sistemas de comunicación primario y secundario estaban los dos montados en el punto más alto de la cabina para contar con el máximo alcance. La excavadora (ahora bajo control humano sin duda) se movía adelante y atrás, probablemente tratando de hacerme caer. Pero las excavadoras no son muy rápidas. Mantuve el equilibrio con facilidad y me ocupé con rapidez de las cuatro antenas. Las tenazas no estaban diseñadas para cortar algo tan grueso, pero lo conseguí. Se detuvo en cuanto cayó la cuarta antena. Las excavadoras están programadas para quedar al ralentí si pierden la conexión. No querrías que tu excavadora diera vueltas por su cuenta, ¿verdad?

Salté directamente al tejado de la siguiente excavadora, la que había convertido meticulosamente en una bomba de relojería. Tanto trabajo para nada. Vaya.

Corta, corta, corta, corta.

Las otras dos excavadoras retrocedieron.

—Oh, no os larguéis —dije. Salté del techo y eché a correr en cuanto toqué el suelo. Les di alcance con facilidad.

Subí a lo alto de mi tercera víctima y me puse a cortar. Como sus hermanas, se detuvo en seco en cuanto desapareció la última antena.

Tuve que correr un poco para pillar a la última, pero llegué allí enseguida. Corté tres de las antenas y estaba a punto de llegar a la cuarta cuando noté un doloroso golpe en el costado izquierdo y volé por los aires. Bueno, no es aire, es vacío. Ya me entiendes.

Golpeé el suelo y rodé.

—¿Qué? —dije.

Tardé un segundo, pero me di cuenta de lo que había ocurrido. Esos mamones de Sanches habían hecho que la excavadora me golpeara con su pala de carga delantera.

¡Hijos de perra! ¡Eso podría haberme roto el traje! Claro, estaba jodiendo su propiedad, pero no matas a alguien por eso, ¿no?

Oh, la excavadora estaba en marcha.

Bajó la pala a media altura y rodó hacia mí.

Me levanté, corrí delante de la cámara principal y le mostré mi dedo corazón. Luego la aporreé con las tenazas que tenía en mi otra mano. No más datos visuales para vosotros, capullos.

—Seas quien seas, sabemos que estás ahí —oí en el canal principal EVA.

Era Bob Lewis. Maldición. Por supuesto, el gremio había enviado a su miembro más capacitado para dirigir la patrulla.

—No hagas esto difícil. Si hemos de contenerte físicamente poniendo en juego nuestra seguridad, te lo haremos pagar.

Tenía razón. Al contrario que en las películas del espacio, pelear en un traje espacial es monumentalmente peligroso. No tenía ninguna intención de hacerlo. Si me atrapaban, simplemente me rendiría. El juego había cambiado, no era el escondite sino el pilla pilla.

Los problemas de uno en uno. Todavía tenía que ocuparme de Killdozer. Sin la cámara frontal, se movió en círculos tratando de encontrarme. Puede que las ruedas no se movieran deprisa, pero la potencia que movía esa pala podía sacudirla con rapidez atrás y adelante.

La pala golpeó el suelo a un metro a mi izquierda. Bien adivinado, pero no lo suficiente. Salté a la pala y me agaché. Estaba arriesgando allí. La pala tenía sensores de peso muy precisos y mi masa seguramente sería detectable. Esperaba que el controlador no estuviera prestando suficiente atención.

La pala retrocedió otra vez y en ese momento salté. Entre mi salto y el movimiento ascendente de la pala, me elevé mucho más de lo que pretendía.

—Bueno, mierda —dije cuando alcancé lo alto del arco.

Creo que estaba a diez metros del suelo, pero nunca lo sabré con seguridad. Sé que cuando caí en el techo de la excavadora casi me partí las piernas.

Al cabo de un momento de reflexión sobre la prudencia de mi plan, me estiré y arranqué el resto de la antena. La excavadora dejó de sacudirse al instante.

—Guau.

Había inutilizado temporalmente las cuatro excavadoras. Ahora tenía que hacerlo de manera permanente.

Empecé con la excavadora que ya había saboteado. Trepé por el lateral como había hecho antes y abrí la caja de interruptores. En la caja de mi relé toqué los controles de alarma del reloj. No podía pulsar los botones, claro. El reloj estaba diseñado para ser utilizado por dedos humanos, no para las pezuñas de cerdo de los guantes EVA.

De acuerdo, si no podía poner la hora de la alarma, usaría una estrategia menos sutil. Desconecté los dos clips de cocodrilo, arranqué el relé que había entre ellos y corté el aislamiento de sus cables. Até los cables en un nudo burdo y reconecté los clips de cocodrilo a los polos de la batería.

Luego salí pitando.

Al quitar el relé había creado un nuevo dispositivo conocido como «cable». La batería estaba cortocircuitada y recalentándose a saco.

Corrí a toda velocidad hacia la roca más cercana y me coloqué detrás de ella. No ocurrió nada de inmediato. Me asomé por el borde. Todavía nada.

—Hum —dije—. Tal vez debería...

Entonces la excavadora explotó. Como... explotó. Mucho más fuerte de lo que esperaba. Voló metralla en todas direcciones. La explosión propulsó el chasis al suelo con tanta fuerza que la máquina rebotó hacia arriba, dio una media voltereta y cayó sobre el techo.

Pensaba que estaba lo bastante lejos de la explosión, pero no, ni por asomo. Pedazos de metal retorcido golpearon mi roca al tiempo que llovían escombros más pequeños.

—Ah, claro —dije.

Había olvidado contar con el otro explosivo presente: la batería de hidrógeno. Todo ese hidrógeno se había combinado con el oxígeno a alta temperatura y habían tenido una breve charla.

La roca me protegió del estallido inicial, pero no sirvió de nada contra los restos que cayeron de arriba. Gateé hasta otra de las excavadoras mientras volutas de polvo hacían erupción a mi alrededor. Recordatorio: aquí no hay aire. Si algo vuela al cielo cae igual de deprisa que cuando salió disparado. Estaban lloviendo balas.

Por pura suerte, llegué a la excavadora y me quedé acobardada debajo de ella un rato. Esperé hasta que la tormenta amainó y salí reptando para verificar mi obra.

La víctima estaba completamente destrozada. Cielos, apenas podías reconocer que había sido un vehículo. El chasis se había convertido en restos de metal retorcido y un buen cincuenta por ciento de la excavadora estaba ahora distribuido de manera uniforme por la zona de recolección. Miré la hora. Todo el proceso había durado diez minutos. No estaba mal, pero tendría que acelerar las cosas con las otras tres.

De todos modos, primero, busqué entre los restos, encontré una plancha metálica de unos dos metros cuadrados y la arrastré hasta mi roca de protección. La apoyé contra el borde de la roca para formar un refugio rudimentario.

Listo. Técnicamente había construido una base lunar. Me senté un rato en mi Fort Jasmine, convirtiendo mis otros cables de relé en simples puentes.

A continuación, me puse a trabajar con la segunda excavadora. Al menos esta vez no había necesidad de una hamaca. La excavadora no iría a ninguna parte. Ahora que le había pillado el truco a encender un soplete en el vacío, el proceso fue mucho más rápido. Además, no me preocupé por marcar el sitio antes. Lo hice de memoria. Nada como la experiencia para acelerarte la mano. Corté el agujero, instalé la válvula y llené el depósito de aire.

Luego cortocircuité la batería, corrí hacia la plancha metálica, me metí debajo y esperé. Y esta vez no miré atrás como una idiota.

Noté la explosión por la vibración del suelo y me preparé para la «lluvia de terror». ¿La placa metálica sería lo bastante gruesa?

La placa se melló. Aterrador, pero me protegió de la lluvia. Esperé hasta que la placa dejó de mellarse y verifiqué el terreno cercano para ver si las nubes de polvo habían cesado. Habría sido más fácil si hubiera podido oír algo. Que el vacío se niegue a transportar el sonido es todo un incordio.

Salí reptando y nada me mató, así que todo me pareció en orden. Rodeé la roca y me encontré con otra excavadora demolida.

Comprobé el tiempo en mis lecturas de brazo. Habían pasado otros diez minutos. ¡Maldición!

Si la patrulla era eficiente, estaría allí en diez minutos más. Todavía tenía dos excavadoras más que destrozar. Si dejaba una de ellas operativa, Sanches Aluminium todavía podría conseguir mineral, todavía podría producir oxígeno, y Trond se ahorraría ese millón de slugs.

La mayor parte del tiempo lo necesitaba para correr y esconderme de los escombros. Sabía lo que tenía que hacer, simplemente no me gustaba. Tendría que follarme a dos al mismo tiempo.

Por favor, no cites esta última frase fuera de contexto.

Preparé las dos excavadoras restantes para el badabum. Las dos estaban llenas de oxígeno ahora, sus cajas de interruptores, abiertas, y mis cables de puente, bailando de sus polos positivos.

Dejé todo el equipo de soldadura debajo de una de las excavadoras. Ahora que tenía prisa, no podría arrastrar esa mierda a casa conmigo. Pero no podía dejar cosas en las que ponía SOLDADURAS BASHARA para que las encontraran.

Eh. Un millón de balas. Compraría material nuevo. Material mejor.

Me quedé de pie en una excavadora y miré a la otra a veinte metros de distancia. Sería complicado. Una parte racional largo tiempo olvidada de mi cerebro se conectó. ¿Era realmente una buena idea? (Un millón de slugs.) Sí. Está bien.

Cortocircuité una batería, corrí a la otro excavadora y la cortocircuité también. Casi logré volver al refugio antes de que estallara la primera.

Casi.

El paisaje por delante se iluminó con la explosión. Volutas de polvo estallaron a mi alrededor cuando trozos de la excavadora obedecieron diligentemente las leyes de la física. No había tiempo para rodear la roca. Medio trepé, medio salté por encima de ella. Intenté un elegante «tírate y rueda», pero terminé con un «falla y cae».

—¿Has visto eso? —se oyó una voz por la radio.

—Estás transmitiendo en Principal —dijo Bob.

—Mierda.

La patrulla había estado hablando en algún otro canal para impedir que los oyera. Ese tipo la había cagado. Así que ahora sabía que habían visto la explosión. Estaban cerca.

Esperé la segunda explosión, pero no se produjo. Cuando reuní el valor suficiente, me asomé desde mi roca para ver una excavadora todavía intacta.

—Qué coño... —empecé.

Pero entonces lo vi: la superviviente estaba marcada con daños superficiales por la explosión de la otra excavadora. Un trozo de metralla había seccionado el cable puente. Los dos extremos colgaban de sus polos. La batería ya no estaba cortocircuitada, y no había tenido tiempo para calentarse lo suficiente para desencadenar la explosión.

Localicé un brillo de luz a través de la zona de recolección. Los patrones EVA habían llegado. Miré atrás a la excavadora restante. Quince metros de suelo que cruzar para volver a ella, más el tiempo que tardara en arreglar el puente. Entonces miré el brillo otra vez: ahora identificable como un *rover* a solo un centenar de metros de distancia y viniendo hacia mí deprisa.

No lo conseguiría. Los tendría encima en un momento. Tenía que dejar atrás esa excavadora.

—¡Mierda! —maldije.

Sabía que era la decisión correcta, pero eso no significaba que me gustara. Hui de la escena del crimen.

Un problema menor de escapar de la gente en la Luna. Tus huellas son muy obvias. Salí en línea recta de la zona de recolección y dejé una pista evidente que cualquier idiota podría seguir. No había forma de soslayarlo. Desde hacía tiempo, toda la zona había quedado despejada de todo menos polvo.

Una vez que llegué al terreno natural tuve opciones: las tierras altas están llenas de todo, desde guijarros hasta rocas.

Subí a una roca y salté a la siguiente roca. Luego salté a la siguiente y así sucesivamente. Continué mi arriesgado juego de *El suelo es lava* durante los siguientes veinte minutos. No había tocado el suelo polvoriento en absoluto. Trata de seguir esa pista, Bob.

La siguiente parte era aburrida y tensa en igual medida. Tenía que cubrir varios kilómetros sin dejar de mirar por encima del hombro. La patrulla no tardaría en comprender que me dirigía a casa. Entonces se subirían al *rover* y me darían alcance.

Irían por la ruta de regreso más rápida (confiaba), así que tomé un camino enrevesado. Nada semejante a una línea recta. Artemisa se hallaba a solo tres kilómetros de distancia de la zona de recolección, pero yo caminé cinco kilómetros en mi disparatada ruta. El paisaje pedregoso de las colinas proporcionaba un montón de rocas y bermas para bloquear cualquier línea de visión directa a mí.

Funcionó. No sé qué ruta tomó la patrulla, pero nunca pusieron sus ojos en mí.

Por fin, llegué al pie las colinas Moltke. El Mar de la Tranquilidad se extendía hasta el horizonte. Artemisa brillaba en la distancia, probablemente a dos kilómetros. Contuve los sentimientos agitados que acompañaban el hecho de comprender lo aislada que estaba. No tenía tiempo para esa mierda en ese momento.

Necesitaba una nueva estrategia. No podía seguir avanzando jugando a la rayuela. Un campo enorme de polvo gris me separaba de casa. No solo dejaría huellas, sino que sería visible desde kilómetros a la redonda.

Hora de descansar. Por el momento, al menos, no estaba en campo abierto. Encontré una roca adecuada y me senté a la sombra. Apagué mis LED, incluso los del casco y cubrí los lectores de mi brazo con cinta.

Las sombras en la Luna son definidas y negras. La ausencia de aire implica que no hay difusión de luz. Pero no estaba en la oscuridad total. La luz del sol se reflejaba en rocas cercanas, tierra, colinas, etcétera, y parte de esa luz me iluminaba. Aun así, era funcionalmente invisible en comparación con el brillo del paisaje.

Volví la cabeza a la tetina de agua y chupé al menos medio litro. Sudas un montón en una EVA.

Suerte que había tomado un descanso. A los cinco minutos localicé la patrulla conduciendo hacia la ciudad. Estaban a una buena distancia de mí, en el trayecto en línea recta a la ciudad.

En el *rover*, diseñado para cuatro pasajeros, se apilaban siete patrones EVA. Parecía un coche de payasos acelerando por la planicie. A juzgar por el remolino de polvo que levantaban, se estaban moviendo lo más deprisa que podían. A esa velocidad en el terreno bacheado no tendrían ninguna oportunidad de localizarme. ¿Qué demonios estaban pensando?

—Ah, joder —dije.

No necesitaban encontrarme. Solo necesitaban llegar a la ciudad antes que yo. Luego custodiarían todas las esclusas de aire. Al final me quedaría sin aire y me rendiría.

—¡Mierda! ¡Maldición! ¡Capullo! ¡Hijo de perra!

Es importante variar tus imprecaciones. Si usas la misma demasiado a menudo, pierde fuerza. Despotriqué en mi traje durante un momento más, luego me calmé y me puse a hacer planes.

Vale, era una putada, pero tenía ventajas. Llegarían a la ciudad antes que yo. Bien. Pero eso significaba que no patrullarían en mi busca en Tranquilidad. Había estado devanándome los sesos sobre cómo avanzar por la planicie, pero eso ya no era un problema.

Me levanté, encendí otra vez todos mis LED y retiré la cinta de las pantallitas del brazo.

Habría un patrón EVA vigilando cada esclusa de aire. Y no solo estarían por dentro. Estarían fuera, donde podrían verme llegar y hacer sonar la alarma.

Había concebido un plan, pero primero tenía que acercarme a la ciudad en sí. Ese era el primer paso.

La esclusa de Conrad estaba orientada al norte, la esclusa de carga de la Compañía Bahía de Tranquilidad en Bean daba al noroeste. El Puerto de Entrada de Aldrin daba al este y la esclusa de la ISRO en Armstrong estaba orientada al sureste. Así que el mayor punto ciego en su cobertura sería el suroeste.

Reboté por la nada gris durante una hora, tomando una ruta amplia y circular para acercarme desde la dirección correcta. Me mantuve atenta a posibles problemas cuando las cúpulas de casa se alzaban en el horizonte. Los últimos cien metros fueron puro estrés. Una vez que me situé a la sombra de la Burbuja Shepard me sentí mucho más segura. Sería difícil que me localizaran en la oscuridad.

Finalmente, me apoyé contra el casco de Shepard y solté un suspiro de alivio.

Está bien. Había llegado a la ciudad. Ahora lo complicado era entrar.

No podía caminar por el perímetro de la ciudad para llegar al lugar donde necesitaba estar. Seguro que me descubrirían. Hora de hacer como *Ricky* y usar esos asideros de mantenimiento.

Los asideros habían sido diseñados con trajes espaciales en mente: la anchura perfecta para agarrarlos con guantes. Solo tardé diez minutos en trepar al arco de la esfera. Me agaché en cuanto llegué al pico. No porque me preocuparan los patrones EVA: estarían todos demasiado cerca de las otras burbujas para verme. No, mi problema era de geografía básica. Shepard y Aldrin están separados solo por Armstrong, y Armstrong solo tiene la mitad de la altura de los otros dos. Así que en ese momento cualquiera que estuviera en el Parque Aldrin podría verme.

Con suerte no habría demasiados visitantes en el parque, porque todavía era muy temprano. Además, cualquiera que me viera probablemente asumiría que era un empleado de mantenimiento haciendo su trabajo. Aun así... estaba perpetrando un golpe y prefería que no me vieran.

Bajé por el otro lado de Shepard hasta el túnel de conexión entre esa burbuja y Armstrong. No era exactamente gimnasia. El túnel tiene tres metros de anchura.

Una vez que llegué a la Burbuja Armstrong, también la escalé. Gracias al menor tamaño de Armstrong, tardé mucho menos que en mi ascensión a Shepard. Después enfilé la pasarela de conexión entre Armstrong y Aldrin.

Aldrin era un reto mayor. Trepé parte del camino, pero no podía alcanzar la cima. Bueno, podía, pero no debería. Una cosa es caminar en torno al casco de una burbuja, pero si trepaba por la hierba del Parque Aldrin justo delante de las caras de la gente se alzaría más de una ceja.

«Mamá, ¿por qué está Spiderwoman en la Luna?»

No, gracias.

En cambio, dejé de trepar a medio camino, justo por debajo de los paneles de cristal, y me moví de costado, pasando de asidero en asidero y avanzando en torno a la burbuja. Enseguida, apareció a la vista la Puerta de Entrada. Lo más cercano a mí era la antecámara de vías donde los vagones llegaban a puerto. No había ningún tren allí en ese momento. Al lado estaba la enorme puerta circular a la esclusa de carga.

Bob Lewis salió de la alcoba del tren.

—Oh, mierda.

Había tenido mucho cuidado al rodear el arco de Aldrin. Me había movido con lentitud para asegurarme de que vería a cualquier patrón EVA antes de que me viera a mí. Pero no sabía que Bob estaba dentro de la maldita alcoba. Eso es trampa, Bob.

Estaba haciendo rondas. Marine una vez, marine para siempre. Todavía no había levantado la mirada, pero no tardaría en hacerlo. Tenía un segundo, tal vez dos, para reaccionar.

Solté los asideros y me deslicé por la cúpula. Traté de apuntar mis pies al suelo, tal vez si caía derecha podría controlar el impacto. Pero no. No. No soy grácil. Tengo lo peor de ambos mundos: golpeé el suelo con dureza y completamente desequilibrada.

Caí como un saco de patatas. Pero caí al otro lado de la alcoba y no me rompí nada. Lo bueno es que el sonido no se transmite en el vacío, porque Bob seguramente me habría oído caer. Da igual. Un éxito torpe y extraño sigue siendo un éxito.

Abracé la pared de Aldrin y me alejé a rastras del puerto hasta que ya no podía ver a Bob. No estaba segura de adónde lo llevaría su «ruta de patrulla», pero sabía que no se alejaría mucho de la esclusa del puerto. Continué hasta que estuve bien lejos del puerto y me senté de espaldas a la burbuja.

Entonces esperé. No veía la alcoba del tren desde mi nueva posición, pero podía ver las vías que se alejaban de la ciudad.

El tren apareció en el horizonte media hora después. Debido al pequeño tamaño de la Luna, nuestro horizonte está a solo dos kilómetros y medio de distancia, así que no pasó mucho tiempo hasta que llegó a la estación.

Esperé a que el tren entrara en la alcoba y se detuviera. Entonces me colé por mi lado de la alcoba.

Era el primer tren del día. La mayoría de los pasajeros serían empleados del Centro de Visitantes. Subieron deprisa y el tren estuvo listo para su viaje de regreso.

Emergió de la alcoba. Algo de ese tamaño tarda un rato en tomar velocidad, así que todavía no estaba yendo muy deprisa.

Salté adelante y agarré el hueco de la rueda delantera. No era fácil sujetarme, pero me aferré con todas mis fuerzas. Está bien, tal vez no era el mejor plan que había tramado nunca, pero mantenía un tren entre Bob y yo, que era todo lo que quería.

El tren aceleró, más y más deprisa. Me agarré con toda el alma. A esa velocidad, cualquier piedra afilada podría pincharme el traje. No podía estar colgada durante todo el viaje. Tenía que apoyar las piernas en alguna parte.

Me estiré y agarré el borde de una ventana: tenía la esperanza de que no hubiera nadie sentado allí. Me levanté y apoyé un pie en el hueco de la rueda. Quería asomarme por la ventana para ver si me habían localizado, pero contuve el impulso. La gente podría no fijarse en unos dedos en el exterior de una ventana, pero seguramente se fijarían en un gran casco de traje espacial.

Traté de no moverme. Los pasajeros del tren se llevarían un susto de muerte como oyeran ruido procedente de la pared exterior. Ataque de la mujer de la Luna que tomó malas decisiones en la vida.

Avanzamos con lentitud hacia el Centro de Visitantes. A estas alturas seguramente ya has descubierto mi plan. La patrulla estaba vigilando todas las esclusas de aire de Artemisa, pero ¿habían pensado en custodiar la del Centro de Visitantes?

Incluso si lo hubieran hecho, no podían llegar antes que yo. Ese era el primer tren.

El viaje duró cuarenta minutos, como de costumbre. Logré sentarme de manera más o menos cómoda en el hueco de la rueda. No estaba tan mal.

Pasé el viaje reflexionando sobre mi situación. Aunque lograra volver a entrar sin que me pillaran, estaba jodida. Trond me había pagado para destruir cuatro excavadoras. Solo había destrozado tres. Los ingenieros de Sanches desharían mi sabotaje con la excavadora sobreviviente y la pondrían a trabajar otra vez. Su producción se reduciría, pero todavía alcanzarían su cuota de oxígeno.

Trond no me pagaría por esa debacle, y yo no lo culparía. No solo había fallado, sino que le había complicado las cosas. Ahora Sanches Aluminium sabía que había alguien que iba a por ellos.

—Maldición... —dije con un nudo en el estómago.

El tren frenó al acercarse al Centro de Visitantes. Bajé de un salto y tropecé hasta detenerme mientras el tren continuaba hacia su punto de anclaje.

Salté hasta el Centro de Visitantes y empecé a recorrer el arco de su cúpula. El *Eagle* apareció a la vista cuando rodeé el casco. Casi parecía desaprobarlo. «Venga ya. Mi tripulación nunca la cagó así.»

Entonces tuve una visión gloriosa. La esclusa EVA estaba completamente desprotegida.

Cielos, ¡sí!

Corrí a la esclusa y abrí la puerta exterior, entré de un salto y cerré la escotilla detrás de mí. Cerré la válvula de represurización y oí el glorioso silbido del aire que me llegaba de todas direcciones.

Aunque tenía prisa, esperé durante el proceso de limpieza de aire. Eh, puede que sea contrabandista, saboteadora y una idiota integral, pero nunca dejo mi traje espacial sucio.

La limpieza terminó y quedé impoluta.

¡Otra vez en la ciudad! Tendría que encontrar un lugar en el Centro de Visitantes para esconder mi equipo EVA, pero eso no sería un problema. Lo metería en tantas taquillas de turista como necesitara y ya volvería con un gran contenedor. Soy porteadora: solo diría que estaba allí para una recogida. Ni siquiera parecería raro.

Abrí la puerta interior de la esclusa de aire y entré en la salvación.

Salvo que no era la salvación. Era mierda. Entré en la mierda. La sonrisa en mi rostro cambió rápidamente a la expresión de una carpa recién pescada.

Dale estaba en la antecámara, con los brazos cruzados y media sonrisa en la cara.

Querida Jazz:

¿Estás bien? He estado preocupado. No he tenido noticias tuyas en un par de semanas.

Hola, Kelvin:

Lo siento, tuve que apagar el servicio de mi gizmo durante un tiempo para ahorrar dinero. Ya lo vuelvo a tener conectado. Ha sido duro. Pero estoy empezando a sacar la cabeza.

He hecho un nuevo amigo. De vez en cuando consigo dinero suficiente para una cerveza en ese antro de Conrad. Sé que es estúpido gastar dinero en alcohol cuando no tienes dónde dormir, pero el alcohol hace que no tener casa sea más soportable.

El caso es que hay un habitual allí que se llama Dale. Es patrón EVA, sobre todo trabaja en el Centro de Visitantes del *Apolo 11*. Hace paseos con turistas y cosas así.

Nos pusimos a hablar y no sé por qué pero terminé contándole mis problemas. Estaba asombrado por mi situación jodida y se ofreció a prestarme dinero. Supuse que era una trampa para camelarme, así que le dije que no. No tengo problemas con las prostitutas, pero no quiero ser una de ellas.

El caso es que juró de todas las maneras posibles que solo quería ayudarme como amigo. Aceptar ese dinero fue lo más duro que he hecho nunca, Kelvin. Pero no me quedaban opciones.

La cuestión es que tuve lo suficiente para pagar el depósito y el primer mes de un domicilio cápsula. Es tan pequeño que tengo que salir para cambiar de idea (redoble de tambor), pero al menos es una casa. Y fiel a su palabra, Dale nunca esperó nada a cambio. Un perfecto caballero.

Y, lo creas o no, hasta estoy saliendo con un chico. Se llama Tyler. Estamos empezando, pero es muy dulce. Es bastante tímido, educado con todos y una especie de *boy scout* con las reglas. Así que es lo contrario de mí en todo. Pero hemos congeniado. Ya veremos cómo va.

¿Sabes qué? He sido egoísta últimamente. He estado tan centrada en mí que ni siquiera he preguntado por ti. ¿Cómo llevas las cosas?

Querida Jazz:

¡Bien por ti! Me preocupaba que tu experiencia con Sean te alejara de los hombres para siempre. ¿Lo ves? No todos somos tan malos.

Tengo mi trabajo en la KSC, y estoy muy agradecido por eso. Incluso tuve un ascenso. Soy responsable de carga en formación ahora. En un par de meses, seré responsable de carga completo y tendré un aumento.

Halima está embarazada de seis meses ahora, y todos nos estamos preparando para el bebé. Hemos organizado una rotación para que mis otras hermanas puedan ocuparse del bebé mientras Halima está en la escuela. Mamá, papá y yo seguiremos trabajando. Papá ya estaba a punto de retirarse, pero ahora tendrá que trabajar otros cinco años al menos. ¿Qué elección tenemos? De otra forma no tenemos suficiente dinero.

Hola, Kelvin:

¿Eres responsable de carga en formación? ¿Eso significa que a veces preparas cápsulas de carga sin supervisar? Porque hay mucha gente en Artemisa que fuma.

Querida Jazz:
Te escucho...

7

Miré a Dale como si le hubiera salido una polla en la frente.

—¿Cómo...?

—¿Qué otra cosa ibas a hacer? —Me cogió el casco de las manos sin que yo me resistiera—. Tenías que saber que la patrulla cubriría todas las entradas de Artemisa. Eso solo deja el Centro de Visitantes.

—¿Por qué no estás con la brigada?

—Estoy con la brigada. Me presenté voluntario para custodiar el Centro de Visitantes. Habría llegado antes, pero este es el primer tren. Supongo que hemos venido en el mismo.

Mierda. Menuda genio del crimen estaba hecha.

Dale puso mi casco en un banco, luego me tomó la mano y soltó los cierres del guante. Rotó el guante en mi muñeca y me lo quitó.

—Has ido demasiado lejos esta vez, Jazz. Demasiado lejos.

—¿Me vas a dar un sermón de moralidad?

Dale negó con la cabeza.

—¿Alguna vez lo vas a olvidar?

—¿Por qué iba a hacerlo?

Puso los ojos en blanco.

—Tyler es gay, Jazz. Gay como Oscar Wilde con lentejuelas paseando un caniche rosa con una tiara en la cabeza.

—¿Un caniche con una tiara?

—No, me refiero a Oscar Wilde...

—Claro, claro, eso tiene más sentido. Da igual: vete a la mierda.

Dale gruñó.

—Nunca iba a funcionar para vosotros dos. Nunca.

—¿Y por eso está bien que te follaras a mi novio?

—No —dijo en voz baja. Me quitó el otro guante y se sentó en el banco—. No deberíamos haber follado mientras vosotros dos estabais juntos. Yo estaba enamorado y él estaba confundido, pero eso no hace que estuviera bien. Estuvo mal.

Aparté la mirada.

—Pero lo hiciste igual.

—Sí, lo hice. Traicioné a mi mejor amiga. Si crees que eso no me mató por dentro, no me conoces de verdad.

—Pobrecito.

Frunció el ceño.

—Yo no lo «recluté», lo sabes. Si no hubiera estado allí te habría dejado igual. Nunca habría sido feliz con una mujer. No tiene nada que ver contigo. Lo sabes, ¿verdad?

No respondí. Tenía razón, pero no estaba de humor para oírlo. Hizo un gesto para que me diera la vuelta. Hice lo que me pidió y él desconectó mi sistema de soporte vital.

—¿No vas a decir a tus colegas del gremio que me has pillado?

Dejó cuidadosamente el paquete en el banco.

—Esto es gordo, Jazz. No es solo una travesura. Podrían deportarte. Has destrozado las excavadoras de Sanches Aluminium. ¿Por qué demonios lo has hecho?

—¿Qué te importa?

—Todavía me preocupo por ti, Jazz. Fuiste mi mejor amiga durante años. No me arrepiento de haberme enamorado de Tyler, pero sé que hice mal.

—Gracias —dije—. Cuando no pueda dormir por la noche porque sepa que te estás tirando al único hombre al que he querido, recordaré que te sientes culpable. Mucho mejor.

—Ha pasado un año. ¿Cuándo caduca tu sentimiento de víctima?

—Vete a la mierda.

Se apoyó en la pared y miró al techo.

—Jazz, dame una razón para que no llame a la patrulla EVA. Lo que sea.

Me obligué a hacer entrar un poco de lógica en el vórtice de rabia arremolinada en mi cerebro. Tenía que ser una chica adulta, durante un minuto. No tenía que gustarme, pero tenía que hacerlo.

—Te daré cien mil slugs. —No tenía cien mil slugs. Pero los habría conseguido si hubiera podido destrozar esa última excavadora.

Levantó una ceja.

—Vale, es una muy buena razón. ¿Qué coño está pasando?

Negué con la cabeza.

—Sin preguntas.

—¿Estás en un lío?

—Eso es una pregunta.

—Vale, vale. —Cruzó los brazos—. ¿Qué pasa con la patrulla?

—¿Saben que soy yo?

—No.

—Entonces no tienes que hacer nada. Solo olvida que me has visto aquí.

—Jazz, solo hay cuarenta personas en la ciudad que tengan un traje espacial. No hay mucho que investigar. Y los patrones EVA seguro que investigan. Por no mencionar a Rudy.

—Tengo contingencias para eso. Lo único que tienes que hacer es mantener la boca cerrada.

Reflexionó sobre ello. Luego esbozó una sonrisa.

—Quédate tus cien mil. Quiero otra cosa. Quiero que volvamos a ser amigos.

—Ciento cincuenta mil —repuse.

—Una noche por semana. Tú y yo en Hartnell's. Como en los viejos tiempos.

—No —dije—. O aceptas mi dinero o me entregas a la turba EVA.

—Jazz, estoy tratando de cooperar, pero no me jodas. No quiero el dinero. Quiero recuperar el contacto. Tómalo o déjalo.

—Vete a... —empecé a decir, pero contuve el a «tomar por culo» en la garganta.

Encontré un límite a mi orgullo en alguna parte. Dale podía destruirme la vida con una llamada desde su gizmo. No tenía elección.

—Está bien —dije—. Una vez por semana. Pero eso no significa que seamos amigos.

Soltó un suspiro de alivio.

—Gracias a Dios. No quiero buscarte la ruina.

—Ya me la buscaste.

Hizo una mueca de dolor por la pulla. Bien.

Sacó su gizmo y marcó.

—¿Bob? ¿Sigues ahí...? Vale, estoy comprobando. Estoy en el Centro de Visitantes y me estoy vistiendo ahora...

Sí, he tomado el primer tren. He registrado todo el centro. Aquí no hay nadie, salvo un par de trabajadores empezando la jornada.

Escuchó un rato en el gizmo, luego dijo:

—Muy bien. Estaré fuera en quince minutos... Vale, contactaré por radio cuando esté fuera.

Colgó.

—Bueno, salgo a buscar al saboteador misterioso.

—Disfruta con eso —dije.

—El martes a las ocho en Hartnell's.

—Muy bien —murmuré.

Terminé de quitarme el traje con la ayuda de Dale. Después lo ayudé a ponerse el suyo.

Cuando llegué a casa, me tumbé boca arriba. Dios, estaba agotada. Hasta mi ataúd de mierda me parecía cómodo. Saqué mi gizmo del coartadomatic. Miré el historial del navegador y el correo electrónico. El dispositivo había hecho su trabajo. Suspiré aliviada. Me había salido bien. Más o menos. Podía esperar algunas preguntas de Rudy y del gremio, pero tenía mi historia preparada.

Había un mensaje de Trond en el gizmo:

«En la última entrega que has hecho faltaba un artículo.»

Le contesté el mensaje.

«Disculpas por el retraso. Estoy trabajando en cómo enviarte el último paquete ahora.»

«Entendido.»

Necesitaba un plan para esa última excavadora antes de hablar otra vez con Trond. Pero ¿qué demonios podía hacer? Era el momento de otro plan. No tenía ni idea de la forma que tomaría, pero tenía que pensar algo.

De lo siguiente que tuve conciencia fue de despertarme de una siesta no programada. Todavía llevaba los zapatos puestos y tenía el gizmo en la mano. El agotamiento y el sueño pésimo del día anterior se habían cobrado peaje, supongo. Miré la hora y descubrí que había dormido cuatro horas.

Bueno, al menos estaba descansada.

Di varias vueltas por Conrad Planta durante casi una hora. No era por mi salud. Necesitaba entrar en la antecámara de la esclusa de Conrad sin que me localizaran.

El RIC todavía estaba en una taquilla de esa antecámara. Había prometido a Zsóka que se lo devolvería en dos días, y el plazo de entrega se estaba acercando deprisa. Pero cada vez que pasaba por la maldita esclusa de aire, había alguien cerca. Así que simplemente seguí caminando.

También quería mantenerme alejada del gremio EVA durante un tiempo. Habían renunciado a la búsqueda después de cinco horas. En ese momento ya estarían investigando a cualquier que tuviera acceso a un traje espacial. Tenía la actividad de mi gizmo como coartada, pero prefería no responder preguntas. Mejor no interactuar con los tipos cerca de la esclusa de aire.

Después de cuatro vueltas enteras, finalmente tuve una oportunidad. Me metí con rapidez, pasé mi gizmo para abrir la taquilla, agarré el RIC y su mando y me largué de allí.

Tenía una sonrisita engreída al salir de la antecámara. El crimen perfecto. Luego me topé con Rudy.

Fue como chocar con una pared. Bueno, no del todo. Si vas lo bastante rápido podrías dañar una pared de ladrillos. Se me cayó la caja del RIC porque soy muy patosa.

Rudy la vio caer un momento y luego la rescató del aire como si tal cosa.

—Buenas tardes, Jazz —dijo—. Te he estado buscando.

—Nunca me pillarás viva, poli —dije.

Miró la caja.

—¿Es un robot de inspección de casco? ¿Para qué necesitas eso?

—Higiene femenina. No lo entenderías.

Me lo devolvió.

—Tenemos que hablar.

Me puse a *Ricky* bajo el brazo.

—¿Has oído hablar de los gizmos? Puedes hablar con gente desde cualquier punto.

—Sospecho que no responderías si te llamara.

—Oh, ya sabes lo que pasa —dije—. Me ruborizo cuando me llama un chico guapo. Da igual, me ha gustado hablar contigo.

Seguí caminando. Esperaba que Rudy me agarrara del brazo o algo, pero solo siguió caminando a mi lado.

—Sabes por qué estoy aquí, ¿verdad?

—Ni idea —dije—. ¿Es algo canadiense? ¿Necesitas disculparte por algo que no es culpa tuya? ¿O aguantarle la puerta a alguien que está a veinte metros de distancia?

—Supongo que te has enterado de lo de las excavadoras de Sanches.

—¿Te refieres a esa noticia que sale en todas las webs locales? Sí, me he enterado.

Entrelazó las manos a la espalda.

—¿Lo hiciste tú?

Puse mi mejor expresión de desconcierto.

—¿Por qué iba a hacer algo así?

—Iba a ser mi siguiente pregunta —dijo.

—¿Alguien me ha acusado?

Rudy negó con la cabeza.

—No, pero presto atención a lo que ocurre en mi ciudad. Tienes un traje espacial y eres una delincuente. Parece un buen punto de partida para mi investigación.

—Estuve en mi ataúd toda la noche.—dije—. Mira la actividad de mi gizmo si no me crees. Te doy permiso para mirarlo, solo para ahorrarte el problema de conseguir que la administradora Ngugi lo autorice.

—Te tomaré la palabra en eso —dijo—. También tengo una petición de Bob Lewis del gremio EVA. Quiere saber dónde estaban anoche todos los que poseen un traje espacial. ¿Me das permiso para que le dé tus datos?

—Sí, adelante. Eso calmará las cosas.

—Tal vez para Bob —dije—. Pero yo tengo un alma suspicaz. Solo porque tu gizmo estuviera toda la noche en tu ataúd no significa que tú estuvieras allí. ¿Tienes algún testigo?

—No. Al contrario de la creencia popular, por lo general duermo sola.

Rudy levantó una ceja.

—En Sanches Aluminium están cabreados. El gremio EVA también echa humo.

—No es mi problema.

Doblé una esquina sin advertirle, pero me siguió. Tenía que saber que iba a hacer eso.

Capullo.

—¿Sabes qué? —Sacó su gizmo—. Te pagaré cien slugs si me cuentas la verdad.

—Qué... ¿eh? —Paré de caminar.

Escribió en su gizmo.

—Cien slugs. Transferencia directa de mi cuenta personal a la tuya.

Mi gizmo pitó. Lo saqué del bolsillo:

TRANSFERENCIA EN CUENTA DE RUDY DUBOIS: 100 ğ
¿ACEPTAR?

—¿Qué demonios estás haciendo? —pregunté.

—Pagar por la verdad. Vamos.

Rechacé la transacción.

—Esto es raro, Rudy. Ya te he contado la verdad.

—¿No quieres cien slugs? Si solo me estás diciendo la verdad, coge el dinero y cuéntamela otra vez.

—Lárgate, Rudy.

Me lanzó una mirada conocedora.

—Sí. Eso pensaba.

—¿Qué pensabas?

—Te conozco desde que eras una pequeña delincuente. No quieres reconocerlo, pero eres igual que tu padre. Tienes esa ética profesional.

—¿Sí? —Hice pucheros y aparté la mirada.

—Mentirás todo el día si solo estamos hablando, pero si te pago por la verdad se convierte en un asunto de negocios. Y los Bashara nunca incumplen un negocio.

Me quedé sin respuestas ingeniosas. Es raro, pero me pasa de vez en cuando.

Rudy señaló a *Ricky*.

—Ese RIC sería una gran forma de abrir una esclusa de aire sin autorización.

—Supongo.

—Has de sacarlo antes.

—Supongo.

—Probablemente podrías colarlo con una EVA turista.

—¿Insinúas algo, Rudy?

Tocó su gizmo.

—No hay cámaras de vigilancia en las esclusas. No somos un estado policial. Pero hay una cámara de seguridad en la tienda de regalos del Centro de Visitantes.

Giró la pantalla hacia mí. Allí estaba yo, caminando por la tienda de regalos con mi disfraz. Pausó la reproducción.

—Según la transacción que hizo para subir al tren, se llama Nuha Neyem. Lo raro es que su gizmo está desconectado ahora. Tiene más o menos tu estatura, constitución y color de piel, ¿no te parece?

Me incliné para mirar la pantalla.

—Sabes que hay más de una mujer árabe bajita en la Luna, ¿no? Además, lleva un *niqab*. ¿Alguna vez me has visto con ropa tradicional? No soy lo que llamarías una musulmana devota.

—Ella tampoco. —Movió la pantalla varias veces—. El tren también tiene una cámara de seguridad.

Ahora su gizmo mostró el vídeo del tren. El amable francés se levantó y me ofreció su asiento. Yo le hice una reverencia y me senté.

—La caballerosidad no ha muerto —dije—. Me alegro de saberlo.

—Los musulmanes no inclinan la cabeza —dijo Rudy—. Ni siquiera Mahoma dejaría que alguien le hiciera una reverencia. Se inclinan ante Alá y nadie más. Nunca.

Mierda. Debería haber sabido eso. Tal vez debería haber prestado atención cuando era joven, antes de que mi padre renunciara a educarme en la fe.

—Eh —dije—. No sé qué decirte.

Rudy se apoyó en la pared.

—Esta vez te tengo, Jazz. No es un contrabando menor. Son daños a la propiedad por valor de cien millones de slugs. Vas a caer.

Temblé un poco. No de miedo. De rabia. ¿Ese capullo

no tenía nada mejor que hacer que microcontrolar mi vida? ¡Déjame en paz!

No creo que lo ocultara muy bien.

—¿Qué pasa? ¿No tienes respuesta? —dijo—. No has hecho esto por diversión. Es un trabajo por encargo, está clarísimo. Dime quién te contrató e intercederé por ti ante la administradora. Eso te salvará de que te deporten.

Mantuve la boca bien cerrada.

—Vamos, Jazz. Solo dime que fue Trond Landvik y podremos seguir todos con nuestras vidas.

Traté de no reaccionar, pero fallé. ¿Cómo demonios lo sabía?

Interpretó mi expresión.

—Ha estado vendiendo acciones de Earthside para tener un enorme saldo de slugs. Tiene que estar planeando una compra grande en Artemisa. Sanches Aluminium, apostaría.

Rudy tenía que tenerle mucha ojeriza a Trond. Estaba dispuesto a pasar por alto una oportunidad para desembarazarse de mí para siempre. Pero aun así... ¿delatar a Trond? No era mi estilo.

—No sé de qué estás hablando.

Volvió a guardarse el gizmo en el bolsillo.

—¿Por qué tienes un RIC?

—Lo estoy entregando. Soy porteadora. Entregar mierdas es mi trabajo.

—¿Quién lo envió? ¿Y quién lo va a recibir?

—No te lo puedo decir —dije—. La discreción de las entregas está garantizada. Tengo una reputación que mantener.

Me miró un momento, pero no quebré mi expresión.

Torció el gesto, luego dio un paso atrás.

—Bien. Pero esto no se olvidará. La gente poderosa está muy enfadada.

—Pues están enfadados con otro. Yo no he hecho nada.

Entonces, para mi absoluta sorpresa, se volvió y se alejó.

—Estarás hasta las cejas pronto. Cuando eso pase, llámame.

—¿Qué...? —empecé.

Pero entonces me callé. Si Rudy no me quería detener, desde luego yo no iba a romper el hechizo.

Eso no tenía sentido. Rudy me había perseguido durante años. Tenía pruebas más que sólidas. Lo suficiente para convencer a la administradora, estoy segura. Mandaría mi culo libertino a la Tierra sin pensárselo dos veces.

Si de verdad quería a Trond, ¿por qué no detenerme? Si me enfrentaba a la deportación, estaría mucho más dispuesta a delatar a Trond, ¿no?

¿Qué demonios?

Necesitaba una copa. Paré en Hartnell's, me senté en mi taburete habitual e hice una señal a Billy. Hora de ahogar mis penas en alcohol y testosterona. Me tomaría unas cervezas baratas, me pondría algo sexy, iría a un club de Aldrin y volvería a casa con un chico guapo. Eh, hasta podría probar el condón de Svoboda. ¿Por qué no?

—Muy bien, cielo —dijo Billy—. Prueba esto. Nueva fórmula.

Empujó un chupito y me sonrió de oreja a oreja.

Lo miré con suspicacia.

—Billy, en serio, solo quiero una cerveza.

—Pruébalo. Solo un trago y tu primera cerveza corre a cuenta de la casa.

Pasé un momento deliberando, pero decidí que una cerveza gratis era una cerveza gratis. Me tomé el chupito.

Tengo que reconocerlo: estaba sorprendida. Pensaba que probaría algo terrible, como la última vez. Pero, en cambio, tenía un gusto horrible de un modo completamente distinto. Mi sensación de ardiente sufrimiento de antes había desaparecido, solo para ser sustituida por algo salado y repugnante. Lo escupí.

Incapaz de hablar, señalé los tiradores de cerveza.

—Hum —dijo Billy.

Me sirvió una pinta y me la entregó. La tragué como un viajero perdido en el desierto que encuentra un oasis.

—Vale —dije, secándome la boca—. Está bien. ¿Era rábano picante? Juro que había rábano picante ahí.

—No, era ron. Bueno, extracto de ron y etanol.

—¿Cómo coño empiezas con ron y terminas con esto?

—Lo intentaré otra vez después —dijo—. Tiene que ser algo en el proceso de eliminación de etanol. Tengo un vodka para probar si te apetece.

—Puede que después —dije—. Ahora mismo necesito otra cerveza.

Me sonó el gizmo. Un mensaje de Trond:

«Preocupado por ese último paquete.»

—Mierda —murmuré. No tenía ni idea de cómo cargarme esa última excavadora.

«Ajustando los últimos detalles del plan ahora.»

«Ahora mismo soy un cliente insatisfecho. Se requiere urgencia en la entrega.»

«Entendido.»

«¿Tal vez debería encontrar otro porteador para que lo entregue? Si estás demasiado ocupada.»

Le fruncí el ceño a mi gizmo.

«No seas estúpido.»

«Hablemos de esto en persona. Estaré disponible todo el día.»

«Llegaré enseguida.»

Me guardé otra vez el gizmo en el bolsillo.

—Pareces encendida —dijo Billy—. Y no me refiero a borracha.

—Problemas de servicio al cliente —dije—. Tendré que arreglarlo en persona.

—¿Cancelo esa segunda cerveza, pues?

Suspiré.

—Sí. Creo que será mejor.

Caminé hasta la entrada principal del domicilio de Landvik y llamé al timbre.

Sin respuesta. Eh. Eso era raro. ¿Dónde estaba Irina y su mala cara marca de la casa? Ya me había preparado unas cuantas cosas que decirle.

Llamé otra vez. Todavía nada.

Fue entonces cuando me fijé en la puerta. Solo un pequeño arañazo en el borde. Justo donde metes una barra si quieres entrar. Hice una mueca.

—Ah, venga ya.

Abrí la puerta y miré en el vestíbulo. No había rastro de Irina ni de Trond. Vi un jarrón en el suelo al lado de su habitual pedestal. Una salpicadura de sangre brillante en la pared...

—¡No!

Di media vuelta y volví corriendo al pasillo.

—No, no, no.

Hola, Kelvin:

Para el siguiente envío necesitaré tres kilogramos de tabaco de liar, cincuenta paquetes de papel de fumar, veinte mecheros y diez latas de combustible de mechero.

He encontrado otra fuente de ingresos para nosotros: espuma de aislamiento. Resulta que es fantástica para aislar el ruido y, créeme, el ruido es un verdadero problema aquí. Sobre todo en zonas de mierda de la ciudad como la que yo vivo. La espuma es inflamable cuando se seca, así que es ilegal. Pero si podemos vender silencio a la gente en barrios de bajos ingresos pagarán lo que sea para conseguirlo.

En cuanto a pedidos especiales, tengo un premio gordo. Quiere cigarros dominicanos La Aurora. Tendrás que hacer un pedido especial. Paga lo que necesites para un envío urgente a Kenia. Vamos a ganar mucho con este tipo. Seguramente querrá una nueva entrega cada mes, así que almacena.

Los beneficios del mes pasado fueron de 21.628 ǧ. Tu mitad es 10.814 ǧ. ¿Cómo lo quieres?

¿Cómo están tus hermanas? ¿Ya lo has arreglado todo con el capullo del ex marido de Halima?

Hola, Jazz:

Vale, lo mandaré todo en la siguiente sonda de suministros. Se lanza en nueve días. Gran idea lo de la espuma de aislamiento. Me informaré, encontraré la mejor ratio masa/reducción de ruido y te enviaré una caja. A ver qué tal se vende.

Por favor, convierte mi parte en euros y transfiérelos a mi cuenta alemana.

Sí, me he ocupado del marido de Halima. Ya no busca la

custodia de Edward. Nunca la quiso. Solo quería que yo le pagara. Así que lo hice. Doy gracias a Dios por nuestro negocio, Jazz. No tengo ni idea de qué hará mi familia sin esto.

Kuki acaba de marcharse a la facultad en Australia. Está estudiando ingeniería civil. Todos estamos muy orgullosos de ella. Faith está sacando buenas notas en el instituto, aunque está un poco más interesada en chicos de lo que nos gustaría. Y Margot resulta que es una gran atleta. Ahora es primera línea de su equipo de fútbol americano.

¿Cómo te van las cosas? ¿Cómo está Tyler?

Hola, Kelvin:

Tyler está bien. Es el hombre más dulce y más amable con el que he estado. No soy sentimentaloide, y nunca pensé que diría nada como esto: en serio, podría casarme con él. Llevamos un año juntos y todavía lo quiero. Eso es insólito en mí.

Es lo contrario de Sean en todos los sentidos. Tyler es considerado, leal, devoto a mí y un cielo total. Además, no es pedófilo, lo cual es toda una ventaja con respecto a Sean. Dios, no puedo creer que saliera con ese capullo.

Por otro lado, Dale me ha estado enseñando a hacer EVA. Es un gran maestro. Requiere mucho trabajo y es peligroso aprenderlo. Y el gremio EVA es más exclusivista que una secta religiosa. Pero ahora que saben que me estoy preparando para ser una de ellos empiezan a tratarme mejor.

Tío, una vez que tenga mi certificado EVA, tendré buena pasta. El dinero que puedo ganar con los paseos es enorme.

Y no seré la única en forrarme. Tú también te benefi-
ciarás. Dejaré el trabajo de porteadora y conseguiré un trabajo como pastora de sondas. Entonces ya no tendré que
sobornar a Nakoshi. Kelvin, amigo, el futuro es brillante.

Querida Jazz:

Me alegro de oírlo.

Hay una novedad aquí en la KSC. Acaban de anunciar
que aumentarán su programa de lanzamientos. Como parte de ese impulso, van a extender el departamento de
carga. Habrá otro equipo trabajando al mismo tiempo
que el mío. No puedo estar en dos sitios a la vez, así que
se nos pasarán la mitad de los lanzamientos.

Pero tengo una idea: ¿qué te parecería añadir otra
persona a nuestro grupo? Me aseguraré de que sea alguien
en quien podamos confiar. Conozco un montón de estibadores a los que les vendría bien el dinero extra. No nece-
sitaríamos que fuera socio a partes iguales, pero ¿tal vez
podríamos pasarle un diez por ciento?

Hola, Kelvin:

Para ser sincera, no me entusiasma la idea. Te confiaría mi vida. Pero no sé nada de esos otros estibadores.
Tendríamos que hablar muy a conciencia de cualquier
candidato. Cuanta más gente implicada, más altas son las
posibilidades de que todo se derrumbe.

Aun así, tienes razón en lo de perdernos la mitad de
los lanzamientos. Eso me da de lleno en mi hueso de la ava-
ricia.

Querida Jazz:

¿Qué tal si lo hacemos después de que te unas al gremio EVA? Ya no tendremos que darle una parte a Nakoshi. Tendrá un efecto de neutralización y podremos expandirnos. El programa de incremento de lanzamientos significa más producto para nosotros. Nos saldrá bien.

Hola, Kelvin:

Me gusta tu idea. Vale, empieza a buscar a alguien, pero, por el amor de Dios, sé sutil.

Querida Jazz:

¿Sutil? No se me había ocurrido. Supongo que tendré que quitar el aviso del tablón de anuncios de la compañía.

Kelvin:

Listillo.

8

Salí corriendo de la propiedad de Landvik. Sin perder el paso, saqué mi gizmo y le mandé un mensaje de texto a Rudy:

«Problema en la casa de Landvik. Sangre en la escena. Tienes que ir enseguida».

Me contestó con otro mensaje.

«Voy hacia allí. No te muevas hasta que llegue.»
«No», contesté.

El gizmo sonó cuando Rudy trató de llamarme. No le hice caso y eché a correr a tope.

—Maldita sea —silbé—. Nunca es fácil.

Solo toqué el suelo cada siete u ocho metros. Golpeé las paredes al doblar esquinas para no tener que frenar.

Alan's Pantry era un sitio caro, considerando que vendía comida basura y regalos *kitsch*. No era tanto un comercio abierto a todas horas como una tienda de regalos de hotel, con precios apropiadamente descabellados. No tenía tiempo para ser quisquillosa.

—¿Puedo ayudarla, señora? —preguntó el empleado.

Llevaba un traje de tres piezas. ¿Quién demonios lleva ropa formal en una tienda abierta a todas horas? Me saqué eso de la cabeza. No era el momento de ser sentenciosa.

Cogí la bolsa más grande que encontré: un saco de tela con una imagen de la Luna. ¡Qué original! Metí en la bolsa paquetes de comida de todos los estantes, sin prestar atención a lo que cogía. Tenía una vaga impresión de un montón de barritas de chocolate y veinte sabores de mejunje seco. Haría inventario después.

—¿Señora? —dijo el empleado.

Saqué una jarra de agua de la nevera, corrí al mostrador y vacié la bolsa.

—Todo esto —dije—. Deprisa.

El empleado asintió. Tengo que reconocérselo, fue lo más deprisa que pudo. No hizo preguntas, yo no le importaba. ¿Cliente con prisa? Vale, entonces él también tiene prisa. Valoraré Alan's Pantry con cinco estrellas.

Una vez que los artículos estuvieron extendidos sobre el mostrador, de manera que no se tocaran entre sí, pulsó un botón en la registradora. El ordenador identificó todo y emitió un total.

—Mil cuatrocientos cincuenta slugs, por favor.

—Joder —exclamé.

Pero no tenía tiempo para discutir. Pronto el dinero sería inservible para mí. Pasé mi gizmo sobre el terminal de pago y acepté la transacción.

Eché todo en la bolsa y salí corriendo. Me apresuré por el pasillo y marqué en mi gizmo. Apareció un diálogo de confirmación antes de que se conectara.

ESTÁ LLAMANDO A LA TIERRA. EL COSTE ES 31 ǧ POR MINUTO. ¿CONTINUAR?

Lo confirmé y escuché cómo sonaba.

—¿Hola? —dijo una voz con acento en el otro extremo.

—Kelvin, soy Jazz —dije.

Doblé una esquina y reboté hacia el túnel del Conector Bean.

Después de un retraso de cuatro segundos llegó la respuesta de Kelvin.

—¿Jazz? Estás llamando directamente. ¿Qué pasa?

—Estoy en la mierda, Kelvin. Te lo explicaré después, pero tengo que prepararme un alias ahora mismo. Necesito tu ayuda.

Corrí a través del conector, maldiciendo la espantosa latencia de la comunicación.

—Vale. ¿Qué puedo hacer?

—No sé quién podría tener detrás, así que no puedo confiar en que mi información bancaria sea privada. Necesito que me prepares una cuenta de la KSC con un alias. Te lo pagaré después, claro.

Cuatro exasperantes segundos más tarde:

—Vale, entendido. ¿Qué tal mil dólares? Serán unos seis mil slugs. ¿Y a qué nombre lo quieres?

—Seis mil slugs es genial, gracias. Ponlo bajo... No lo sé... ¿algo indio esta vez? ¿Qué tal Harpreet Singh?

Atravesé la Burbuja Bean. Bean era básicamente una comunidad dormitorio de pasillos largos y rectos. Perfecto para una chica que corría a toda velocidad. Cogí un montón de impulso.

—Vale, me encargaré —dijo Kelvin—. Tardaré unos quince minutos. Cuando tengas ocasión, escríbeme y cuéntame qué está pasando. Al menos que sepa que estás a salvo.

—Un millón de gracias, Kelvin. Lo haré. Jazz, fuera.

Colgué y apagué el gizmo. No tenía ni idea de lo que estaba ocurriendo, pero estaba segura de que no iba a ir dando vueltas con un dispositivo de seguimiento en mi trasero.

Corrí por el vestíbulo principal de Bean Planta. El hotel más cercano se llamaba Moonrise Inn. Un nombre muy estúpido, si lo piensas. Artemisa es la única ciudad que existe que no puede ver salir la Luna. Da igual. Cualquier hotel serviría.

Igual que había hecho con Nuha Neyem, elegí un Gizmo de hotel para Harpreet Singh. Un árabe tiene el mismo aspecto que un indio para empleados de hotel que no tienen ni idea.

Vale. Alias listo. Sería Harpreet Singh durante el futuro previsible. Por tentador que fuera registrarme en el hotel en ese momento, no estaba dispuesta a esconderme a la vista de todos. Tenía que ir literalmente adonde nadie pudiera verme.

Por suerte sabía adónde ir.

DOBLE HOMICIDIO EN ARTEMISA

El magnate de los negocios Trond Landvik y su guardaespaldas, Irina Vetrov, han sido hallados muertos hoy en la propiedad de Landvik en la Burbuja Shepard. Solo ha habido otros cinco homicidios en la historia y este es el primer homicidio doble de la ciudad lunar.

El jefe de policía Rudy DuBois, siguiendo una llamada de aviso, encontró los cadáveres a las 10.14 horas. La puerta estaba forzada y las dos víctimas murieron apuñaladas. Los indicios apuntan a que Vetrov perdió la vida tratando de proteger a su jefe y podría haber causado heridas significativas a su agresor.

La hija de Landvik, Lene, se encontraba en la escuela en el momento de los asesinatos.

Los cadáveres han sido transportados a la clínica de la doctora Melanie Roussel para que se les practique la autopsia.

Lene Landvik heredará la notable fortuna de su padre cuando cumpla dieciocho años. Hasta entonces, la herencia será controlada por la firma legal con sede en Oslo Jørgensen, Isaksen & Berg. No se pudo localizar a la heredera para que hiciera comentarios.

El artículo continuaba, pero no quería leer nada más. Puse el gizmo en el suelo frío de metal. Me acurruqué en una esquina, me abracé las rodillas y enterré la cara.

Traté de contener las lágrimas. Lo intenté. El pánico de mi huida me había mantenido cargada con un sentido de determinación. Pero una vez que estuve a salvo, la adrenalina se apagó.

Trond era un buen tipo. Tal vez un poco turbio, y llevaba esa estúpida bata a todas partes, pero era un buen tipo. Y un buen padre. Dios, ¿quién iba a cuidar de Lene? Paralizada en un accidente de coche de niña y huérfana a los dieciséis años. Menudo panorama. Claro, tenía dinero, pero, joder...

No hacía falta una licenciatura en criminología para saber que era la venganza por el sabotaje. Quienes lo hubieran hecho también me querrían muerta. Tal vez no sabían que era yo la que había cometido el sabotaje, pero no iba a apostar mi vida a eso.

Así pues, me estaba escondiendo de un asesino. Y, nota aparte, nunca recibiría ese millón de slugs, ni aunque destrozara la última excavadora. No es que Trond y yo hubiéramos redactado un contrato. Lo había hecho todo por nada.

Temblé en los confines congelados del hueco de acceso.

Había estado allí antes, tiempo atrás, cuando no tenía adónde ir. Diez años de luchar para mantenerme a flote y estaba otra vez justo donde había empezado.

Sollocé en mis rodillas. En silencio. Es otra habilidad que aprendí entonces: llorar sin hacer mucho ruido. No quería que nadie que estuviera en el pasillo me oyera.

El hueco era un pequeño espacio triangular con un panel extraíble para que los trabajadores de mantenimiento pudieran acceder al casco interno. Ni siquiera había sitio para tumbarse. Mi ataúd era un palacio comparado con eso. Las lágrimas me escocieron y casi se me congelaron en la cara. Bean −27 era un gran sitio para esconderse, pero era gélido. El calor sube, incluso en la gravedad lunar. Así que cuanto más abajo estás, más frío hace. Y nadie pone calentadores en huecos de mantenimiento.

Me sequé la cara y cogí otra vez mi gizmo. Bueno, el gizmo de Harpreet, pero ya sabes a qué me refiero. Mi propio gizmo estaba en un rincón con la batería extraída. La administradora Ngugi solo liberaría la localización de un gizmo por una buena razón, pero «buscada para ser interrogada por un doble homicidio» era una muy buena razón.

Tenía que tomar una decisión de inmediato. Una decisión que me afectaría el resto de mi vida: ¿acudiría a Rudy?

Seguramente le importaba más el homicidio que mi operación de contrabando. Y estaría mucho más segura si era sincera. Podría ser un capullo, pero era un buen poli. Haría todo lo que estuviera en su mano por protegerme.

Aun así, había estado buscando una razón para deportarme desde que tenía diecisiete años. Ya sabía que Trond estaba jodiendo a Sanches Aluminium, de manera que no es que yo fuera a aportarle información útil. Y suponía que la oferta de amnistía por delatar a Trond estaba superada; Trond estaba muerto. Así que si acudía a Rudy:

a) Le daría todas las pruebas que necesitaba para deportarme, y

b) No le ayudaría a resolver los homicidios en absoluto.

No, a la mierda eso. Mantener la cabeza baja y la boca cerrada era la única forma de salir viva de la situación y seguir viviendo en la Luna.

Estaba sola.

Miré mis suministros. Probablemente tenía comida y agua para unos cuantos días. Podía usar los lavabos públicos del pasillo cuando nadie estuviera mirando. No iba a quedarme en el hueco, pero por el momento no quería que me vieran. Nadie.

Sorbí mis últimas lágrimas y me aclaré la garganta. Entonces marqué el número de mi padre a través de un servicio proxy local. Nadie sabría que Harpreet Singh llamaba a Ammar Bashara.

—Hola —respondió.

—Papá, soy Jazz.

—Ah, hola. Es raro, mi gizmo no ha reconocido tu número. ¿Cómo fue el proyecto? ¿Has terminado con el equipo?

—Papá, necesito que me escuches. Que me escuches de verdad.

—Vale... —dijo—. Esto no suena bien.

—No. —Me sequé la cara otra vez—. Tienes que salir de la casa y alejarte del taller. Quédate con un amigo. Solo durante unos días.

—¿Qué? ¿Por qué?

—Papá, la he cagado. La he cagado mucho.

—Ven. Arreglaremos esto.

—No, tienes que salir de ahí. ¿Has leído lo de los asesinatos? ¿Trond e Irina?

—Sí, lo he visto. Muy desgra...

—Los asesinos van a por mí ahora. Podrían ir a por ti para presionarme, porque eres la única persona que me importa. Así que lárgate de ahí.

Se quedó un rato en silencio.

—Muy bien. Ven al taller e iremos a quedarnos con el imán Faheem. Él y su familia nos cuidarán.

—No puedo esconderme sin más, tengo que descubrir qué está pasando. Ve tú con el imán. Contactaré cuando sea seguro.

—Jazz —su voz se quebró—, deja esto a Rudy. Es su trabajo.

—No puedo confiar en él. Ahora no. Tal vez más tarde.

—Ven a casa ahora mismo, Jasmine. —Su voz se había elevado una octava completa—. Por el amor de Dios, no te mezcles con asesinos.

—Lo siento, papá. Lo siento mucho. Solo sal de ahí. Te llamaré cuando esto haya terminado.

—Jasmi... —empezó, pero colgué.

Otra ventaja del servidor proxy: mi padre no podía devolverme la llamada.

Me acobardé en el hueco el resto de la tarde. Salí dos veces para ir al lavabo, pero nada más. Pasé el resto del tiempo temiendo por mi vida y leyendo las noticias compulsivamente.

Me levanté a la mañana siguiente con calambres en las piernas y dolor de espalda. Es lo que tiene dormirse llorando. Cuando te despiertas, los problemas siguen ahí.

Empujé a un lado el panel de acceso y salí rodando al suelo del pasillo. Estiré mis músculos quejumbrosos. Por Bean −27 no pasaba mucha gente, y menos a esa hora de la mañana. Me senté en el suelo y comí un generoso desayuno de mejunje sin gusto y agua. Debería haberme quedado escondida en el nicho, pero simplemente no podía soportar más los muslos acalambrados.

Claro, podía limitarme a esconderme y esperar a que Rudy pillara al asesino, pero eso no ayudaría. Aunque lo lograra, la gente que estaba detrás enviaría a otro.

Tomé otro mordisco de mejunje.

Todo era cuestión de Sanches Aluminium.

Bah.

Pero ¿por qué? ¿Por qué la gente se mataba entre sí por una industria caduca que ni siquiera daba mucho dinero?

Dinero. Siempre se trata de dinero. Entonces, ¿dónde estaba el dinero? Trond Landvik no se había hecho multimillonario por invertir al azar. Si quería producir aluminio, tenía una razón tangible y sólida. Y fuera la que fuese le había costado la vida.

Esa era la clave. Antes de que trabajara en el «quién» tenía que descubrir el «por qué». Y sabía por dónde empezar: Jin Chu.

Era el tipo que estaba en la casa de Trond el día que entregué los cigarros. Era de Hong Kong, tenía una caja con la etiqueta ZAFO y trató de ocultármela. Era lo único que sabía.

Busqué en línea, pero no pude encontrar nada sobre él. Fuera quien fuese, mantenía un perfil bajo. O había llegado a Artemisa bajo un alias.

Me parecía que habían pasado siglos desde esa entrega de cigarros, pero solo habían transcurrido cuatro días. Las naves de carne llegaban una vez por semana y no había partido ninguna en ese tiempo. Jin Chu seguía en la ciudad. Podría estar muerto, pero seguía en la ciudad.

Terminé el «desayuno» y dejé el paquete otra vez en

mi hueco. Después cerré, me alisé mi mono arrugado y me puse en marcha.

Fui a una tienda de segunda mano en Conrad y me compré una ropa de escándalo: una minifalda roja tan corta que casi podías llamarla cinturón, un *top* de lentejuelas que me dejaba el ombligo al descubierto y unos zapatos con los tacones más altos que encontré. Lo rematé con un gran bolso rojo de charol.

Fui a la peluquería a que me hicieran un peinado rápido, y *voilà*. Ya era una fulana. Las chicas de la peluquería pusieron los ojos en blanco al verme cuando me miré en el espejo.

La transformación me resultó inquietantemente sencilla. Claro, tenía un bonito cuerpo, pero ojalá hubiera requerido un poquito más de esfuerzo parecer una puta.

Viajar es una mierda. Aunque sea el viaje de tu vida.

El dinero se escurre como por un cedazo. Tienes *jet-lag*. Estás agotado todo el tiempo. Añoras tu casa aunque estés de vacaciones. Pero todos esos agobios palidecen en comparación con la comida.

Lo veo todo el tiempo aquí. A los turistas les encanta probar nuestra comida local. El problema es que nuestra cocina es lamentable. Está hecha de algas y sabores artificiales. Dentro de unos días los norteamericanos querrán pizza, los franceses querrán vino y los japoneses, arroz. La comida te hace sentir a gusto. Te centra.

Jin Chu era de Hong Kong. Al final querría comida cantonesa auténtica.

La clase de gente que tenía reuniones en persona con

Trond eran magnates o, como mínimo, personas muy importantes. Esa gente viaja un montón. Aprenden a quedarse donde hay buena comida.

Así que teníamos a un tipo importante y muy viajado de Hong Kong que quería comida casera. Un establecimiento encajaba a la perfección: el Canton Artemis.

El Canton, un hotel de cinco estrellas en la Burbuja Aldrin, destinado a la elite china. El hotel, propiedad de intereses empresariales de Hong Kong, proporcionaba una experiencia casera a viajeros acaudalados. Y, más importante, tenían un desayuno cantonés auténtico de bufet. Si eres de Hong Kong y tienes dinero ilimitado, te quedarás en el Canton.

Entré en el vestíbulo opulento y bien decorado. Era uno de los pocos hoteles de la ciudad que contaba con un vestíbulo como es debido. Supongo que cuando cobras 50.000 ǧ por noche por una habitación, puedes perder un poco de espacio en presentación.

Yo llamaba la atención como un pulpo en un garaje con mi indumentaria de prostituta. Unas pocas cabezas se volvieron en mi dirección y se apartaron con desdén (aunque las cabezas masculinas tardaron un poco más). Una vieja dama asiática se encargaba del puesto de conserje. Caminé directamente hacia ella, sin un atisbo de rubor. Internamente, me moría de vergüenza, pero hice todo lo posible para ocultarlo.

La conserje me lanzó una mirada que me decía que la había ofendido a ella y a todos sus antepasados.

—¿Puedo ayudarla? —preguntó con un leve acento chino.

—Sí —dije—. Tengo una reunión aquí. Con un cliente.

—Ya veo. ¿Y conoce el número de habitación de su cliente?

—No.

—¿Tiene su identificación de gizmo?

—No. —Saqué un espejito de mi bolso y comprobé mi lápiz de labios rojo rubí.

—Lo siento, señorita. —Me miró de arriba abajo—. No puedo ayudarla si no conoce su número de habitación o tiene alguna otra prueba de que la han invitado.

Le lancé una mirada de mala leche (se me da bien).

—Oh, él quiere que esté aquí. Durante una hora.

Dejé el espejito en su escritorio y rebusqué en mi bolso. Ella se inclinó para alejarse del espejo como si pudiera transmitirle alguna enfermedad.

Saqué un trozo de papel y leí:

—Jin Chu. Canton Artemis. Distrito Arcade. Burbuja Aldrin. —Aparté el papel—. Solo llame a ese tipo, ¿vale? Tengo otros clientes después.

La mujer arrugó los labios. Hoteles como el Canton no contactan con un huésped solo porque alguien afirme tener una reunión con ellos. Pero las reglas se tuercen cuando hay sexo de por medio. La mujer pulsó unas pocas teclas en su ordenador y cogió el teléfono.

Escuchó un rato antes de colgar.

—Lo siento, pero no responde.

Puse los ojos en blanco.

—¡Dígale que todavía tiene que pagarme!

—No puedo hacer eso.

—Como quiera. —Cerré el espejito y lo tiré otra vez en mi bolso—. Si aparece, dígale que estoy en el bar.

Me largué con paso firme.

Así que no estaba. Podía apostarme en el vestíbulo —el bar tenía una gran vista de la entrada—, pero eso podría llevarme todo el día. Tenía otro plan.

El ajuste del lápiz de labios no había sido solo un número. Había colocado el espejo de manera que pudiera ver la pantalla de ordenador de la conserje. Cuando buscó a Jin Chu, marcó su número de habitación: 124.

Llegué a la barra y salté al penúltimo taburete. Por costumbre, supongo. Miré a través del vestíbulo a los ascensores. Había un guardia de seguridad fornido cerca. Llevaba traje y zapatos bonitos, pero conozco a un gorila cuando lo veo.

Subió un huésped, movió su gizmo y se abrió el ascensor. El vigilante observó, pero no pareció demasiado interesado.

Al cabo de unos segundos se acercó una pareja. La mujer pasó su gizmo y las puertas se abrieron. El vigilante dio un paso adelante y habló con ellos brevemente. La mujer dijo algo y el vigilante regresó a su puesto.

No había forma de colarse en el ascensor. Tenías que ser un huésped o ir acompañado de un huésped.

—¿Qué puedo servirle? —dijo una voz desde atrás.

Me volví al camarero.

—¿Tienes Bowmore de malta de quince años?

—Sí, señorita. Pero debería advertirle que son setecientos cincuenta slugs por un trago de dos onzas.

—No hay problema —dije—. Redondéalo a mil y quédate el cambio. Cárgalo a mi cita: Jin Chu, habitación 124.

Lo escribió en su registro, comprobó que el nombre coincidía con el número de habitación y sonrió.

—Ahora mismo, señorita. Gracias.

Miré a los ascensores y esperé a que el vigilante se tomara un descanso o algo. El camarero regresó con mi copa. Di un sorbo. Joder... qué bueno.

Tiré un poco en el suelo por Trond. Era un avaro taimado que rompía cualquier ley que se le interponía. Pero era bueno con la gente de su vida y no merecía morir.

Muy bien. ¿Cómo pasaría más allá del gorila del ascensor? ¿Distraerlo? Probablemente no funcionaría. Era un vigilante de seguridad preparado y todo su trabajo consistía en controlar el acceso. No era probable que se tragara una mentira. Tal vez podía encontrar a alguien alto o gordo y literalmente esconderme tras él. Hum, eso se parecía demasiado a una película de Buster Keaton para que funcionara de verdad.

Noté un golpecito en el hombro. Un hombre asiático de cincuenta y tantos años sentado a mi lado. Llevaba un traje de tres piezas y un peinado horrible.

—*Pelezo?* —preguntó.

—¿Eh? —dije.

—Eh... —Sacó su gizmo e hizo un gesto hacia él—. *Pelezo?*

—¿Inglés? —pregunté.

Escribió en su gizmo y luego se volvió para mirarme. El texto decía: ¿Precio?

—Ah —dije.

Bueno, eso era lo que recibía por vestirme como una prostituta y quedarme en un bar. Era bueno saber que tenía una carrera alternativa si el contrabando no funcionaba. Miré a los ascensores y su guardián, luego otra vez a mi putero.

—Dos mil slugs —dije.

Parecía razonable. Estaba divina con esa minifalda.

Él asintió y escribió la transacción en su gizmo. Puse mi mano sobre la suya para detenerlo.

—Después. Se paga después.

Parecía desconcertado, pero accedió.

Me levanté de la barra y me acabé mi Bowmore.

Mi pequeño amigo me tomó del brazo como un caballero y caminamos a través del vestíbulo. Llegamos a los ascensores, él pasó su gizmo y subimos tomados del brazo. El vigilante miró, pero no dijo nada. Veía esas cosas cien veces al día.

Probablemente estás imaginándote un hotel alto de veinticinco plantas o así, pero recuerda que esto es la Burbuja Aldrin. El Canton solo tenía tres plantas. Mi cliente pulsó el 1. Excelente, era la planta que necesitaba.

El ascensor nos llevó a la planta uno y bajamos en un lujoso vestíbulo. Mierda, todo estaba decorado. Moqueta suave, molduras en el techo, pinturas en las paredes, todo. Cada puerta mostraba su número de habitación en dígitos dorados en relieve.

Mi cita me llevó por el pasillo más allá de la 124. Nos detuvimos en la 141. Pasó su gizmo por la cerradura y la puerta se abrió.

Yo simulé sacar mi gizmo y mirarlo. Puse ceño a la pantalla en blanco como si tuviera un mensaje importante. Él observó con interés.

—Lo siento. Tengo que hacer una llamada —dije.

Señalé al gizmo para dar énfasis. Luego le hice un gesto para que entrara en la habitación. El hombre asintió y entró.

Sostuve el gizmo junto a mi oreja.

—¿Rocko? Sí, soy Candy. Estoy con un cliente. ¿Qué? Ah, no.

Cerré la puerta de la habitación del abuelo para poder hablar con mi macarra en privado. Probablemente él esperó unos buenos quince minutos antes de entender que me había ido.

Claro, me estaba deshaciendo de un hombre de negocios cachondo, pero no me había llevado su dinero. Éticamente estaba a salvo.

Me colé en la habitación 124. Miré a izquierda y derecha. No había nadie en el pasillo. Saqué un destornillador de mi bolso chillón y forcé la cerradura. Muy bien, Jin Chu. Veamos qué pretendes.

Abrí la puerta. Un hombre latino canoso estaba en la cama con el brazo derecho en cabestrillo. Empuñaba un cuchillo Bowie en su mano izquierda.

Se levantó de un salto.

—Tú —gritó.

—Eh... —empecé a decir.

Me embistió.

Querida Jazz:

Me alegro por las ventas de la espuma aislante. ¡Lo estamos petando! Mandaré otras dos cajas en la siguiente sonda.

Tengo un candidato a ser nuestro «empleado». Se llama Jata Masai. Lo han contratado hace poco como asistente de carga. Es un tío amable aunque reservado. Muy cerrado. Mencionó que tiene mujer y dos hijas, pero es todo lo que sé. Nunca come con los otros estibadores en la cafetería: se trae una fiambrera. Para mí eso significa que anda escaso de dinero.

Mujer. Dos niñas. Necesita dinero. Asistente de carga. Me gusta esa combinación. No me he acercado a él todavía, claro. Contraté a una detective privada para saber cosas de él. Te enviaré su informe en cuanto me lo entregue. Si te gusta lo que ves, lo reclutamos.

¿Cómo van las cosas con Tyler?

Hola, Kelvin:

Que sean dos cajas de espuma aislante. Sí, por favor, envía el informe de Jata cuando esté disponible.

Tyler y yo hemos terminado. No quiero hablar de eso.

9

Mi cerebro puso la sexta.

Vale, un tipo me embestía con un cuchillo. Tenía un brazo herido; probablemente lo había herido Irina cuando él iba a matarla. Eso significaba que también quería matarme a mí.

Irina era fuerte, preparada e iba armada, pero, aun así, perdió una pelea a cuchillo con ese tipo. ¿Qué posibilidades tenía yo? No tengo ni idea de luchar. Y correr tampoco era una opción. Iba con tacones y falda ajustada.

Tenía una oportunidad y se basaba en adivinar dónde iba a apuñalarme. Yo era una chica impotente, expuesta y desarmada. ¿Por qué perder el tiempo? Bastaba con rebanarme la garganta.

Levanté el bolso a la altura de mi cuello justo a tiempo para bloquear su ataque. Su ataque relámpago rajó el bolso y el contenido se derramó. Eso habría sido mi garganta. El tipo suponía que quedaría medio muerta después de su asalto, así que se quedó un poco desprotegido.

Agarré su brazo herido con una mano y se lo golpeé con la otra. Gritó de dolor. Intentó clavarme el cuchillo, pero lo esquivé. Me colgué del marco de la puerta y me propulsé con una patada para conseguir retorcerle el brazo herido lo más posible. Tal vez si el dolor era lo bastante fuerte se distraería y yo podría huir.

Gritó de rabia y me levantó en el aire con el otro brazo. Vale, eso no formaba parte de mi plan. Me alzó en vilo sobre su cabeza y me giró hacia el suelo de la habitación de hotel. Era mi oportunidad. Dolería, pero era una oportunidad.

Solté su brazo justo antes de golpear el suelo. Eso no redujo el golpe. Impacté en el suelo de costado. Noté que me estallaban de dolor las costillas. Quería acurrucarme y gemir, pero no tenía tiempo. Estaba libre, aunque fuera por un segundo.

El tipo tropezó. Un momento antes tenía 55 kilos de Jazz en su brazo y de repente nada. Superé el dolor en mi costado y me arrodillé. Usé hasta el último gramo de fuerza que me quedaba para arremeter con mi hombro en su espalda. El Zurdo estaba desequilibrado y no esperaba un ataque. Trastabilló hasta el pasillo.

Yo caí hacia atrás en la habitación de hotel y cerré de una patada. La puerta se bloqueó de manera automática. Menos de un segundo después oí el primer ruido sordo cuando Zurdo trató de volver a entrar.

Fui a la mesita de noche y cogí el teléfono.

—Recepción —llegó la respuesta de inmediato.

Traté de sonar presa del pánico. No me costó mucho.

—Eh. Estoy en la habitación 124 y hay un tipo aporreando la puerta. Creo que está borracho. ¡Estoy asustada!

—Enviamos seguridad.

—Gracias.

Zurdo se abalanzó contra la puerta por segunda vez.

Colgué y cojeé hasta la puerta. Miré a través de la mirilla. Zurdo retrocedió, corrió y dio otro salto hacia la puerta. Otro ruido sordo resonante, pero la puerta no cedió.

—Puerta metálica, pestillo metálico —grité—. Jódete.

Había retrocedido para intentarlo otra vez cuando se abrieron las puertas del ascensor al final del pasillo y salió el fornido guardia de seguridad.

—¿Puedo ayudarle en algo señor?

Se abrieron varias puertas más. Huéspedes confundidos se asomaron a ver la acción. Zurdo no había sido muy sigiloso. Valoró la situación y al enorme guardia de seguridad. No era una situación de la que pudiera salir airoso con su cuchillo. Miró la puerta con ansia y echó a correr.

El vigilante se enderezó la corbata, se acercó y llamó a mi puerta.

La entreabrí.

—Eh, hola.

—¿Está bien, señorita? —preguntó.

—Sí. Asustada. ¿No va tras él?

—Tenía un cuchillo. Mejor dejarlo marchar.

—Ya veo.

—Me quedaré por el pasillo un rato para asegurarme de que no vuelve. Quédese tranquila.

—Está bien, gracias. —Cerré la puerta.

Tardé un momento en volver a centrarme.

Zurdo estaba en la habitación de Jin Chu porque... ¿Por qué? No tenía forma de saber que vendría. No estaba allí por mí. Tenía que estar allí por Jin Chu.

Un asesino latino. Y no sé si lo sabes, pero Sanches Aluminium era propiedad de brasileños. Mierda, sé que las empresas se cabrean cuando les jodes las cosas, pero asesinato. ¡Asesinato!

Observé otra vez por la mirilla. El vigilante estaba cerca. Estaba más a salvo de lo que lo había estado en todo el día. Muy bien. Hora de registrar la habitación.

Tío. Tiene que molar ser rico. La habitación tenía una

cama extragrande, una ordenada zona de trabajo en un rincón y un cuarto de baño con una ducha de agua gris reutilizable. Suspiré. Mis sueños de un bonito hogar habían muerto con Trond.

Revolví la habitación. No tenía razones para ser sutil. Encontré las cosas habituales que esperarías de alguien en viaje de negocios: ropa, artículos de aseo personal, etcétera. Lo que no encontré fue un gizmo. Y a juzgar por el estado de la habitación (al menos el estado en el que se encontraba antes de que yo la pusiera patas arriba) no se había producido ninguna pelea. Todo eso eran buenas noticias para Jin Chu. Significaba que probablemente no estaba muerto. El escenario más probable: Zurdo vino a matarlo, pero él no estaba. Así que Zurdo esperó. Entonces aparecí yo y lo arruiné todo.

De nada, Jin Chu.

Estaba a punto de salir cuando me fijé en la caja fuerte del armario. Es una de esas cosas a las que ni siquiera prestas atención. La caja fuerte montada en la pared tenía un cierre electrónico con instrucciones sobre cómo usarla. Muy sencillo en realidad. Empieza abierta. Pones tus cosas dentro y marcas un código. El sistema conserva ese código hasta que te vas del hotel.

Probé la manija y no se abrió. Interesante. Cuando una de esas cajas fuertes no se utiliza, la puerta está entornada.

Hora de convertirse en ladrona de cajas fuertes. Esas cosas no están hechas verdaderamente para proteger la joya de la corona.

El contenido de mi bolso destrozado estaba en el suelo. Encontré el estuche de maquillaje y lo golpeé varias veces contra la palma de mi mano. Cayó un montoncito de polvo desmenuzado. Lo recogí y lo soplé a la superficie de la caja.

Un polvo de maquillaje marrón nubló el aire en torno a la caja. Retrocedí y esperé que se despejara. El polvo tarda tiempo en asentarse en Artemisa. La atmósfera y la gravedad baja implican que las partículas tardan una eternidad en caer.

Finalmente, la zona se despejó. Eché un buen vistazo al teclado. Una capa de maquillaje lo cubría todo, pero tres de los botones tenían más polvo que el resto. El 0, el 1 y el 7. Esos eran los que había presionado un dedo grasiento. En un hotel como el Canton podías confiar en que lo limpiaran bien todo entre cliente y cliente. Así que esos números tenían que ser los dígitos que Jin Chu había escogido como combinación.

Según las instrucciones de la caja, el código tenía que ser de cuatro dígitos. Cerré los ojos e hice algunos cálculos. Había... treinta y seis combinaciones posibles. Según las instrucciones, la caja se bloquearía después de tres combinaciones incorrectas seguidas. Entonces el personal del hotel la abriría con su código maestro.

Repasé mentalmente mi breve interacción con Jin Chu. Estaba en el sofá de Trond... bebía café turco mientras yo tomaba té negro. Hablamos de...

Ajá. Era un fan de *Star Trek*.

Marqué 1-7-0-1 y la caja fuerte se abrió. NCC-1701 era el número de registro de la nave espacial *Enterprise*. ¿Cómo lo sabía? Lo habría oído en alguna parte. No olvido las cosas.

Abrí la puerta de la caja fuerte y encontré la misteriosa caja blanca: la que Jin Chu había tratado de ocultarme. En el exterior todavía se leía MUESTRA ZAFO, SOLO PARA USO AUTORIZADO. Muy bien, ahora vamos a alguna parte.

Abrí la caja para descubrir... ¿un cable?

Era solo un cable enrollado de unos dos metros de largo. ¿Alguien se había llevado el dispositivo secreto y había dejado atrás el cable de conexión? ¿Por qué hacer eso? ¿Por qué no llevarse toda la caja?

Miré el cable con más atención. En realidad no era un cable eléctrico. Era un cable de fibra óptica. Muy bien, así que era para datos. Pero ¿qué datos?

—Vale. ¿Ahora qué? —me pregunté a mí misma.

La puerta sonó y se deslizó. Svoboda entró en su apartamento estudio y dejó su gizmo en el estante de al lado de la puerta.

—Hola, Svobo —dije.

—*Sviatoe der'mo*. —Se llevó la mano al pecho y jadeó.

Había llevado tantos productos químicos ilegales a Svoboda a lo largo de los años que me había dado el código de acceso a su apartamento. Era más fácil que le hiciera las entregas así.

Me apoyé en su silla de escritorio.

—Necesito que me hagas un trabajito.

—Joder, Jazz —dijo, todavía respirando pesadamente—. ¿Por qué estás en mi apartamento?

—Me estoy escondiendo.

—¿Qué te has hecho en el pelo?

Me había vuelto a poner mi ropa habitual, pero todavía conservaba el peinado.

—Es una larga historia.

—¿Eso son reflejos? ¿Te has puesto reflejos en el pelo?

—Larga historia. —Saqué un cuadrado de chocolate envuelto del bolsillo y se lo tiré—. Toma. He leído que siempre has de llevar un regalo cuando visitas a un ucraniano.

—¡Oh! ¡Chocolate! —Cogió el bocado y lo desenvolvió—. Rudy ha venido hoy al laboratorio a preguntar por ti. No ha dicho por qué, pero se rumorea que estás implicada en esos asesinatos.

—El tipo que los mató quiere matarme.

—Joder —dijo—. Eso es grave. Deberías acudir a Rudy.

Negué con la cabeza.

—¿Y que me deporten? No, gracias. No puedo confiar en él. No puedo confiar en nadie ahora mismo.

—Pero estás aquí. —Sonrió—. ¿Así que confías en mí?

Eh. Nunca se me habría ocurrido no confiar en Svoboda. Era demasiado Svoboda para ser siniestro.

—Supongo.

—¡Fantástico! —Partió el chocolate en dos y me dio la mitad. Se echó la otra mitad a la boca y lo saboreó—. Oh, eh —dijo con la boca llena—. ¿Has tenido ocasión de probar el condón?

—No, no he tenido sexo en los dos días que han pasado desde que me diste el condón.

—Vale, vale —dijo.

Levanté la caja ZAFO y se la pasé.

—Necesito que me digas qué es esto.

La recogió del aire y leyó la etiqueta.

—Eh. ZAFO. Me preguntaste por eso antes.

—Sí. Ahora tengo una muestra. ¿Qué puedes decirme?

Abrió la caja y sacó el cable.

—Es un cable de datos de fibra óptica.

—¿Para qué sirve?

Miró un extremo.

—Para nada.

—¿Qué?

Sostuvo el cable por ambos extremos y lo levantó.

—Esto no son conectores. Este cable no puede usarse para nada. Al menos sin conectores.

—Entonces, ¿qué sentido tiene? ¿Es solo un cable inútil?

—Ni idea —dijo. Lo enrolló y volvió a ponerlo en la caja—. ¿Está relacionado con los asesinatos?

—Tal vez —dije—. No lo sé.

—Vale. Lo llevaré al laboratorio ahora mismo. Te daré algunas respuestas esta noche.

Saqué el gizmo de Harpreet.

—¿Dos mil slugs?

—¿Qué? —Me lanzó una mirada como si me hubiera meado en la tumba de su madre—. No. Nada. El precio es cero. Joder.

—¿Qué pasa? —dije.

—Estás en un lío. Te estoy ayudando porque eres mi amiga.

Abrí la boca para hablar, pero no se me ocurrió nada que decir.

Agitó el gizmo que tenía en su estante.

—Supongo que estás usando un alias. Dame el identificador.

Compartí mi nueva información de contacto con él. Asintió brevemente cuando su gizmo la recibió.

—Muy bien, Harpreet. Te llamaré cuando tenga algo.

Nunca lo había visto tan enfadado.

—Svoboda, no...

—Olvídalo. Está bien. —Forzó una sonrisa—. Solo pensaba que estaba claro, nada más. ¿Necesitas un sitio donde quedarte?

—Eh, no. Tengo un escondite preparado.

—Claro. Cierra cuando te vayas. —Se marchó un poco más deprisa de lo necesario.

Bueno, mierda. No tenía tiempo para ego masculino o lo que coño fuera. Tenía que darme prisa con mi siguiente plan.

—Muy bien, Zurdo —murmuré para mí—. Veamos lo bien conectado que estás...

La tarde es el momento del día más ajetreado en el Distrito Arcade. Es cuando los capullos ricos salen a jugar. Recién alimentados y bebidos, llegan a las tiendas, casinos, burdeles y teatros. (Si no has visto a acróbatas lunares en acción, no sabes lo que te pierdes. Es un número alucinante.)

Era perfecto. Gente por todas partes. Justo lo que necesitaba.

Arcade Square (que es un círculo) estaba en el centro de Aldrin Planta, justo en el centro de todo. Era una colección de bancos y unos pocos árboles en macetas, las cosas que ves en cualquier plaza de la Tierra, pero que aquí son un lujo increíble.

Miré alrededor y no vi a Zurdo por ninguna parte. Muy útil por su parte llevar un cabestrillo. Lo hacía más fácil de identificar. Algún día, cuando muera y vaya al infierno, le daré las gracias a Irina por eso.

Borrachos y juerguistas cruzaban la plaza de un lado a otro. Los turistas llenaban los bancos y charlaban o se hacían fotos. Saqué mi gizmo y lo encendí.

Y cuando digo mi gizmo me refiero a mi verdadero gizmo. Se encendió y mostró el familiar fondo de pantalla: una foto del spaniel Cavalier King Charles. ¿Qué pasa? Me gustan los perros.

Coloqué discretamente el gizmo en el suelo y lo metí debajo de un banco de una patada.

El cebo estaba puesto. Ahora a ver si alguien venía a mordisquear.

Entré en el Casino Lassiter. Tenía ventanas anchas que daban a Arcade Square, así que podía observar desde una distancia de seguridad. Además, ofrecía un bufet a un precio razonable en la tercera planta, justo encima de esas ventanas.

Pagué por la barra libre de mejunje con el gizmo de Harpreet.

El truco con el mejunje es evitar las cosas que intentan tener el gusto de otras cosas. No pruebes el sabor a pollo Tandoori. Te decepcionará. Pide fórmula de mirto Goldstein número 3. Es mierda de la buena. Ni idea de cuáles son los ingredientes. Podrían ser carcasas de termitas y pelo de sobaco italiano por lo que sé. No me importa. Hace que el mejunje sea tragable, y es lo que cuenta.

Me llevé mi bol a una mesa junto a la ventana y me senté. Mordisqueé mejunje y bebí agua, sin apartar nunca la mirada del banco donde había metido el gizmo. Me aburrí al cabo de un rato, pero me quedé ahí. Era un puesto de vigilancia.

¿Zurdo podía rastrear mi gizmo? Si podía, eso me daría una idea de lo poderoso que era. Significaría que tenía conexiones hasta lo más alto.

—¿Te importa que te acompañe? —dijo una voz familiar detrás de mí.

Levanté la cabeza para mirar.

Rudy. Mierda.

—Eh... —dije con elocuencia.

—Lo tomaré por un sí. —Se sentó y apoyó un cuenco de mejunje en la mesa—. Como puedes imaginar, tengo algunas preguntas.

—¿Cómo me has encontrado?

—He seguido tu gizmo.

—Sí, pero está allí abajo. —Señalé por la ventana.

Rudy miró al Arcade.

—Sí, imagina mi sorpresa cuando tu gizmo se encendió en medio de Arcade Square. Es muy descuidado. No es propio de ti.

Dio un mordisco al mejunje.

—Así que supuse que estarías vigilando desde una distancia prudencial. Esto es un bufet bonito y barato con un punto de observación perfecto. No ha sido difícil adivinarlo.

—Bueno, señor Listo. —Me levanté—. Justo iba a...

—Siéntate.

—No, no creo que lo haga.

—Siéntate, Jazz. —Me lanzó una mirada—. Si crees que no voy a hacerte un placaje aquí mismo, piénsalo otra vez. Come tu mejunje y vamos a hablar.

Volví a acomodarme en mi asiento. No había forma de que pudiera superar a Rudy en una pelea. Lo intenté una vez cuando tenía diecisiete años y fue una estupidez. No fue bien. El tío tiene músculos de hierro. Músculos de hierro magníficos, como de un caballo. ¿Va al gimnasio? Tiene que ir, ¿no? Me pregunté qué aspecto tendría en el gimnasio. ¿Estaría sudoroso? Claro, estaría sudoroso. El sudor le gotearía por esos músculos en chorros de...

—Sé que no cometiste esos asesinatos —dijo.

Volví a la realidad.

—Uf, apuesto a que se lo dices a todas las chicas.

Me señaló con su cuchara.

—Pero sé que saboteaste las excavadoras de Sanches.

—No tuve nada que ver con eso.

—¿Piensas que creo que el sabotaje, los asesinatos y que tú te escondas son todo hechos no relacionados? —Cogió una cucharada de mejunje de su bol se lo comió con perfectos modales en la mesa—. Estás en medio de todo esto, y quiero saber lo que sabes.

—Sabes todo lo que sé. Deberías trabajar en los asesinatos en lugar de en esa penosa *vendetta* contra mí.

—Estoy tratando de salvarte la vida, Jazz. —Dejó su servilleta en la mesa—. ¿Tienes alguna idea de a quién te has puesto en contra con el sabotaje?

—Supuesto sabotaje —dije.

—¿Sabes quién es el dueño de Sanches Aluminium?

Me encogí de hombros.

—Alguna empresa brasileña.

—Es propiedad de O Palácio, el sindicato de crimen organizado más grande y poderoso de Brasil.

Me quedé helada.

Mierda, mierda, puta mierda.

—Ya veo —dije—. Gente despreciable.

—Sí, son de la vieja escuela, la mafia de «te mato para dar ejemplo».

—Espera... no... no puede ser. Nunca había oído hablar de ellos.

—Es posible (solo posible) que yo sepa más que tú del crimen organizado en mi ciudad.

Apoyé la frente en mis manos.

—Tienes que estar de broma. ¿Para qué demonios la mafia brasileña va a tener una empresa de aluminio en la Luna? La industria del aluminio está en la ruina.

—No están aquí por los beneficios —dijo Rudy—. Usan Sanches Aluminium para blanquear dinero. Los slugs de Artemisa no están regulados, es una seudomoneda sin control y la ciudad tiene un sistema de identificación que como mucho es dudoso. Somos un paraíso perfecto para blanquear dinero.

—Oh, Dios...

—Tienes una cosa a favor: no cuentan con una gran presencia aquí. Esto no es una operación de O Palácio. Es solo una vía de contabilidad creativa. Pero parece que al menos tienen un matón aquí.

—Pero... —empecé—. Espera... deja que lo piense...

Apoyó las manos en la mesa y aguardó educadamente.

—Vale —dije—. Algo no cuadra aquí. ¿Trond sabía todo esto de O Palácio?

Rudy bebió su agua.

—Estoy seguro de que sí. Era la clase de hombre que investigaba todo antes de hacer un movimiento.

—Entonces, ¿por qué se juntó a sabiendas con un sindicato del crimen para quedarse una industria en ruinas?

Por primera vez en mi vida vi confusión en el rostro de Rudy.

—¿Sin palabras? —dije.

Miré al Arcade y me paralicé.

Ahí estaba Zurdo. Al lado del banco donde había ocultado mi gizmo.

Supongo que Rudy vio que el color desaparecía de mi rostro.

—¿Qué? —preguntó. Siguió mi mirada por la ventana.

Le lancé una mirada.

—Ese tipo con el brazo en cabestrillo es el asesino. ¿Cómo sabía dónde estaba mi gizmo?

—No lo sé... —empezó a decir Rudy.

—¿Sabes qué más hace el crimen organizado? —dije—. Sobornan a polis. ¿Cómo coño puede rastrear mi gizmo, Rudy?

Levantó ambas manos.

—No cometas imprudencias...

Hice algo imprudente. Volqué la mesa y eché a correr. Rudy tendría que sacarse de encima esa mesa de propinas escasas antes empezar a darme caza.

Había preparado mi ruta de escape con antelación, por supuesto. Atravesé la planta del casino y crucé la puerta «solo para empleados» del fondo. Se supone que tendrían que tenerla cerrada, pero nunca la cierran. Conducía a los pasillos de entrega principales que conectaban todos los casinos de Aldrin. Conocía bien esos túneles: había hecho centenares de entregas allí. Rudy nunca me atraparía.

Aunque, una cosa... no me estaba persiguiendo.

Me detuve en el pasillo y observé la puerta. No sabía por qué, supongo que no estaba pensando con claridad. Si Rudy hubiera venido a por mí, habría perdido un valioso tiempo de fuga, pero él no lo había hecho.

—Eh —dije.

Canalicé la «idiota en una película de terror» que llevo dentro y volví caminando hasta la puerta. La entreabrí y miré. Ni rastro de Rudy, pero había una multitud reunida cerca del bufet.

Me metí otra vez en el casino y me uní a la multitud. Tenían un buen motivo para quedarse mirando embobados.

La ventana de al lado de nuestra mesa estaba hecha añicos. Unas pocas astillas de cristal sobresalían del marco. No tenemos cristal de seguridad aquí. Importar butiral de polivinilo es demasiado caro. Así que nuestras ventanas son buenas trampas mortales de la vieja escuela, de las que te cortan el cuello. Eh, si quieres una vida segura, no vivas en la Luna.

Un turista estadounidense delante de mí mordisqueó una barrita de mejunje y estiró el cuello para ver por encima de la multitud. (Solo los estadounidenses llevaban camisas hawaianas en la Luna.)

—¿Qué ha pasado? —pregunté.

—No estoy seguro —dijo—. Un tipo rompió la ventana de una patada y saltó. Hay tres pisos hasta el suelo. Supongo que ha muerto.

—Gravedad lunar —le recordé.

—Pero son casi diez metros.

—La grave... no importa. ¿El tipo iba vestido con uniforme de la montada?

—¿Quiere decir ropa roja brillante y un sombrero raro?

—Ese es el uniforme de gala —dije—. Quiero decir uniforme de trabajo. Camisa fina, pantalones oscuros y una banda amarilla.

—Oh, pantalones de Han Solo. Sí, los llevaba.

—Vale, gracias.

Puf. Los pantalones de Han Solo llevan una raya roja. Y ni siquiera es una raya, sino un conjunto de franjas. Alguna gente no tiene ninguna educación.

Rudy no me había perseguido. Había ido a por Zurdo. El nivel de entrada de Arcade estaba tres pisos por debajo y al otro lado de un vestíbulo enorme. Rudy habría tardado al menos dos minutos en llegar allí por medios convencionales. Supongo que había elegido la ruta más rápida.

Miré al Arcade junto con otros mirones. Tanto Rudy como Zurdo parecían haberse largado hacía rato. Lástima, me habría gustado ver a Rudy dándole una paliza a ese cabrón y esposándolo.

Pero supongo que eso significaba que Rudy no formaba parte de una trama para matarme. Y, eh, ahora Zurdo tenía que ocuparse de Rudy. En total no era un mal resultado.

No es que estuviera contenta. Todavía no sabía cómo Zurdo había localizado mi gizmo.

Mi escondrijo en Bean −27 apenas servía para dormir y era condenadamente pequeño para cualquier otra cosa.

Así que me senté en el suelo del pasillo. En las raras ocasiones en que oía llegar a alguien, me escabullía a mi cueva como la cucaracha que soy. Pero en general tenía el pasillo para mí.

Lo primero que quería saber: ¿Rudy había pillado a Zurdo? Examiné los sitios de noticias locales y la respuesta era que no. Los asesinatos son extremadamente raros en Artemisa. Si Rudy hubiera pillado al asesino estaría en todas las primeras páginas. Zurdo seguía suelto.

Hora de hacer alguna investigación. Mi tema: Sanches Aluminium. Di unos golpecitos en el gizmo de Harpreet para buscar información pública de la compañía.

Empleaban a unas ochenta personas. Puede que no parezca mucho, pero en una ciudad de mil es bastante significativo. Su directora general y fundadora era Loretta Sanches, de Manaus, Brasil. Tenía un doctorado en Química con una especialización en procesos inorgánicos. Inventó un sistema para implementar de forma barata el Proceso Cambridge FFC para desoxidar anortita reduciendo las pérdidas en el baño salino de cloruro cálcico mediante... Dejé de preocuparme ahí. La cuestión era que estaba al mando y (aunque el artículo no lo mencionaba) era mafiosa hasta la médula.

Por supuesto, el sabotaje a las excavadoras estaba en todas las noticias. En respuesta, Sanches había puesto en marcha una seguridad más rígida. Sus oficinas en la Burbuja Armstrong ya no admitían visitantes. Habían restringido el acceso a la fundición solo al personal clave. Incluso había humanos (no solo ordenadores) verificando directamente las identificaciones de la compañía en el tren a la fundición.

Lo más importante, no estaban corriendo riesgos con la última excavadora. Habían contratado al gremio EVA para custodiarla, con patrones EVA trabajando en turnos para que en todo momento hubiera dos personas junto a la excavadora.

Había cierto orgullo en saber que había causado que una

empresa entera se cagara. Tratarían de matarme. Repetidamente. Y no era solo la cuestión de O Palácio. Alguien en la sala de control de Sanches había ordenado que una excavadora me aplastara cuando estaba en la superficie, ¿recuerdas? Había algún fallo en la cultura empresarial ahí.

Cabrones.

El gizmo zumbó en mi mano: una notificación de mi cliente de correo electrónico.

Podría estar huyendo y con mi vida en juego, pero no estaba dispuesta a pasar sin correo electrónico. Solo lo tenía conectado a un proxy para que nadie pudiera saber qué gizmo usaba para verificarlo. El servidor proxy estaba en algún lugar de la Tierra (creo que en Holanda), así que todo iba muy lento. Solo se actualizaba una vez por hora. Mejor que nada.

Tenía quince mensajes, catorce de los cuales eran de mi padre que me pedía desesperadamente contactar conmigo.

—Lo siento, papá —dije para mis adentros—. Tú no tienes nada que ver en esto y yo no quiero que cargues con nada de esto.

El decimoquinto mensaje era de Jin Chu.

Señorita Bashara. Gracias por salvarme la vida: tus acciones en el hotel me han mantenido a salvo. Al menos supongo que la mujer en mi habitación eras tú, eres la única otra persona superviviente en esta desgraciada trama. Ahora que soy consciente de la amenaza, he tomado medidas para salvaguardar mi seguridad y permanezco escondido. ¿Podemos vernos? También me gustaría ocuparme de tu seguridad. Eso te lo debo.

Jin Chu

Interesante. Examiné varios escenarios en mi cabeza y formé un plan.

De acuerdo. Reúnete conmigo en el taller de soldadura de mi padre mañana a las 8.00. La dirección es C-6/3028. Si no has llegado a las 8.05, me iré.

Puse una alarma en mi gizmo para las cuatro de la mañana y me metí en mi ratonera.

10

Lo chungo de las situaciones de vida o muerte es lo aburridas que pueden ser.

Esperé en el taller de mi padre tres horas. No tenía que presentarme a las cinco de la mañana, pero que me ahorquen si iba a dejar que Jin Chu apareciera antes que yo.

Me apoyé en una silla contra la pared del fondo del taller, al lado del refugio de aire donde había fumado mi primer cigarrillo. Recuerdo que casi vomité por todo el humo que se juntó allí, pero, eh, cuando eres una adolescente rebelde y crees que estás haciendo una declaración, vale la pena.

—Chúpate esa, papá.

Dios, era una imbécil.

Miré el reloj de la pared cada diez segundos al acercarse las ocho de la mañana. Jugueteé con un soplete de cocina para pasar el tiempo. Mi padre lo usaba para reducir cierres en encajes de tuberías. Eso no era soldar, pero tenías que hacerlo en una sala ignífuga, así que lo ofrecía como uno de sus servicios.

Mantuve el dedo en el gatillo de ignición. No era una pistola (no había pistolas en Artemisa), pero podía hacer daño a alguien que se acercara demasiado. Quería estar preparada para todo.

La puerta del fondo se abrió a las 8.00 en punto. Jin Chu entró como si tal cosa. Se encogió de hombros y miró alrededor como una gacela asustada. Me localizó en la esquina y me saludó con torpeza.

—Eh... hola.

—Eres puntual —dije—. Gracias.

Dio un paso adelante.

—Claro, yo...

—Quédate ahí —dije—. No tengo mucha confianza hoy.

—Sí, vale, vale. —Respiró profundamente y soltó el aire de manera desigual—. Mira, lo siento mucho. No tenía que salir así. Solo pensaba que podría ganar unos pavos, ¿sabes? Como una tarifa de buscador.

Me pasé el soplete de una mano a la otra. Solo para asegurarme de que lo veía.

—¿Por qué? ¿Qué demonios está pasando aquí?

—Por hablarle a Trond y a O Palácio de ZAFO. En transacciones separadas y confidenciales, por supuesto.

—Ya veo. —Puse mala cara a ese mierdecilla astuto—. ¿Y luego ganaste más dinero vendiendo a Trond a O Palácio cuando sus excavadoras estallaron?

—Bueno, sí. Pero no es que eso fuera a quedar en secreto. Una vez que se hubiera quedado con el contrato del oxígeno eso habría quedado claro.

—¿Cómo descubrieron que yo hice el sabotaje?

Se miró a los pies.

Gruñí.

—¡Eres un capullo!

—¡No es culpa mía! Me ofrecieron mucho dinero.

—¿Cómo sabías que lo hice yo?

—Trond me lo contó. Hablaba mucho cuando bebía. —Frunció el ceño—. Era un buen tipo. No pensaba que nadie fuera a resultar herido, solo...

—¿Solo pensabas que ibas a jugársela a un millonario y un sindicato del crimen y no pasaría nada? A la mierda.

Se puso nervioso unos segundos.

—Entonces... ¿tienes la muestra ZAFO? ¿La caja de mi habitación de hotel?

—Sí. No está aquí, pero está a salvo.

—Gracias a Dios. —Se relajó un poco—. ¿Dónde está?

—Primero cuéntame qué es ZAFO.

Hizo una mueca.

—Es un poco secreto.

—Ya hemos superado los secretos.

Parecía auténticamente dolido.

—Es solo... Cuesta un montón de dinero hacer esa muestra. Tuvimos que lanzar un satélite dedicado con un centrifugador para fabricarlo en la órbita baja de la Tierra. Me echarán a la mierda si vuelvo a casa sin él.

—Al cuerno tu trabajo. Han matado gente. Dime por qué.

Soltó un suspiro pesado.

—Lo siento. Lo siento mucho. No quería que nada de esto pasara.

—Discúlpate con Lene Landvik —dije—. Es una adolescente tullida que ahora es huérfana.

Se formaron lágrimas en sus ojos.

—No... también tengo que disculparme contigo.

La puerta se abrió otra vez. Entró Zurdo. Todavía llevaba el brazo derecho en cabestrillo. En la mano izquierda, en cambio, llevaba un cuchillo que podía destriparme como una trucha.

Me tembló todo el cuerpo. No estaba segura de si era terror o rabia.

—¡Hijo de puta!

—Lo siento. —Jin Chu sollozó—. Iban a matarme. Era la única forma que tenía de que me dejaran vivir.

Apreté el gatillo y el soplete se encendió. Lo sostuve con el brazo extendido mientras Zurdo se acercaba.

—¿Qué parte de la cara quieres que te deje como una *crème brûlée*, capullo?

—Si lo quieres duro, lo haremos duro —dijo Zurdo. Tenía un fuerte acento—. Esto puede ser rápido. No tiene que doler.

Jin Chu se tapó la cara y lloró.

—Y me va a quemar a mí también.

—Maldita sea —le grité—. ¿Puedes dejar de quejarte mientras me matan?

Agarré una tubería de la mesa de trabajo. Había algo extraño en estar en la Luna luchando por tu vida con un palo y un poco de fuego.

Zurdo sabía que si se precipitaba podría bloquearlo con la tubería y darle de lleno en la cara con el soplete. Lo que no sabía era que tenía un plan más complicado.

Lancé la tubería con todas mis fuerzas a una válvula montada en la pared. El sonido resonante de metal contra metal fue seguido por el grito del aire a alta presión. La válvula salió disparada por el taller y se destrozó en la pared del fondo.

Mientras Zurdo se detenía a pensar por qué demonios había hecho eso, salté al techo (no es difícil aquí, cualquiera puede saltar tres metros). En lo alto de mi arco hice saltar un sensor de incendios con el soplete.

Centellearon luces rojas y la alarma de incendios atronó en la sala. La puerta se cerró de golpe detrás de Jin Chu. Empezó a dar vueltas asombrado.

En cuanto toqué el suelo, reboté al refugio de aire y cerré la puerta tras de mí. Zurdo me pisó los talones, pero no me alcanzó a tiempo. Giré el volante para encerrarme dentro. A continuación metí la tubería en los radios del volante de cierre y la sujeté al otro lado.

Zurdo trató de girar el volante desde el otro lado, pero no podía superar mi ventaja de palanca. Me miró a través de la ventanita redonda del refugio de aire. Le hice una peineta.

Vi a Jin Chu aferrándose a la puerta, tratando de salir. Por supuesto, no sirvió de nada. Era una puerta de sala ignífuga: metal sólido y cerrado con un mecanismo que solo podía abrirse desde fuera.

El flujo de aire nublado de la válvula rota se enlenteció y se apagó. Las válvulas de las paredes de mi padre estaban conectadas con cilindros de gas que se rellenaban cada mes.

Zurdo corrió a la mesa de trabajo y agarró una larga varilla de acero. Volvió a mi refugio, respirando pesadamente. Yo estaba lista para el sogatira circular a vida o muerte.

El matón jadeó y respiró con dificultad al meter la varilla en el volante. Empujó con fuerza, pero pude resistir con firmeza. Sin duda, él debería haber ganado: era más grande, más fuerte y tenía mejor palanca. Pero yo tenía una cosa que a él le faltaba: oxígeno.

¿El gas que acababa de llenar la sala? Neón. Mi padre tenía válvulas de ncón montadas en las paredes, porque lo usaba mucho cuando soldaba aluminio.

El sistema antiincendios había cerrado los conductos de ventilación, así que el taller estaba lleno de gas inerte. No percibes el neón cuando lo respiras. Parece aire normal. Y el cuerpo humano no tiene ninguna forma de detectar la falta de oxígeno. Solo te vas taponando hasta que te desmayas.

Zurdo cayó a cuatro patas. Se agitó un momento y se derrumbó en el suelo.

Jin Chu duró uno poco más. No se había agotado tanto. Pero sucumbió al cabo de unos segundos.

Reunámonos para que pueda protegerte. ¿De verdad creía que iba a tragarme eso?

Saqué el gizmo de Harpreet y marqué el número de Rudy. No quería, pero no me quedaba elección. O lo llamaba yo o lo haría la brigada de bomberos voluntarios cuando llegaran. Podía adelantarme.

Artemisa no tenía comisaría de policía. Solo la oficina de Rudy en la Burbuja Armstrong. El calabozo no era nada más que un refugio de aire reformado. De hecho, fue mi padre quien lo instaló. Los refugios de aire no tienen cerraduras, por supuesto. Destrozaría su propósito. Así pues, la «celda» de Rudy tenía una cadena metálica con un cerrojo en torno al volante de cierre. Burdo, pero efectivo.

Los ocupantes habituales de la celda eran borrachos o gente que necesitaba calmarse después de una pelea a puñetazos. Pero en esta ocasión estaba Zurdo.

El resto de la sala no era mucho más grande que el apartamento en el que yo había crecido. Si Rudy hubiera nacido unos milenios antes, habría sido un buen espartano.

Jin Chu y yo estábamos sentados esposados a sillas metálicas.

—Esto es una estupidez —dije.

—Tú, pobrecita inocente —dijo Rudy sin levantar la cabeza de su ordenador.

Jin hizo sonar sus esposas.

—Eh, en realidad yo sí que soy inocente. No debería estar aquí.

—¿Estás de broma? —dije—. ¡Has intentado matarme!

—¡Eso no es verdad! —Jin señaló a la celda de Zurdo—. Él ha intentado matarte. Yo solo preparé la cita. Si no lo hubiera hecho, me habría matado en el acto.

—¡Gallina!

—Valoro mi vida más que la tuya. Demándame. No estaríamos en este embrollo si no hubieras sido tan descaradamente obvia con tu sabotaje.

—Vete a la mierda.

Rudy sacó una botella de su escritorio y nos roció a los dos.

—Silencio —dijo.

Jin hizo una mueca.

—¡Eso no es nada profesional!

—Deja de quejarte —dije, sacudiéndome el agua de la cara.

—Puede que estés acostumbrada a recibir un chorro en la cara, pero yo no —dijo.

Vale, no estuvo mal.

—Vete a tomar por culo —dije.

La puerta se abrió y entró la administradora Ngugi. ¿Y por qué no?

Rudy miró.

—Hum. Usted.

—Comisario —dijo Ngugi. Me miró—. Jasmine. ¿Cómo estás, querida?

Le mostré mis esposas.

—¿Eso es necesario, comisario?

—¿Es necesario que esté aquí? —preguntó Rudy.

Habría jurado que la temperatura bajó diez grados.

—Tendrás que excusar al comisario —me dijo Ngugi—. No estamos de acuerdo en todo.

—Si dejara de mimar a delincuentes como Jazz, nos llevaríamos mejor.

Ngugi movió la mano como si se sacudiera un insecto.

—Cada ciudad necesita sus bajos fondos. Es mejor dejar que pequeños delincuentes se busquen la vida y centrarse en cuestiones más importantes.

Sonreí.

—Has oído a la dama. Y yo soy la más pequeña de todas. Así que suéltame.

Rudy negó con la cabeza.

—La autoridad de la administradora sobre mí es a lo sumo cuestionable. Trabajo directamente para la KSC. Y no vas a ninguna parte.

Ngugi se acercó al refugio de aire y miró por la ventana.

—¿Así que este es nuestro asesino?

—Sí —dijo Rudy—. Y si no hubiera pasado la última década entorpeciendo mis intentos de acabar con el crimen organizado, esos asesinatos nunca se habrían cometido.

—Ya hemos discutido esto, comisario. Artemisa no existiría sin dinero de la mafia. El idealismo no pone mejunje en los platos de la gente. —Se volvió hacia Rudy—. ¿El sospechoso tenía algo que decir?

—Se niega a responder preguntas. Ni siquiera me dice su nombre, pero según su gizmo se llama Marcelo da Sousa y es consultor contable independiente.

—Ya veo. ¿Está seguro de que es él?

Rudy giró el ordenador hacia Ngugi. La pantalla mostraba resultados del laboratorio forense.

—La doctora Roussel se ha pasado antes y ha tomado una muestra de sangre. Dice que coincide con la sangre encontrada en la escena del crimen. Además, la herida que tiene en el brazo es consistente con el cuchillo que Irina Vetrov tenía en la mano.

—¿El ADN de la sangre coincide? —preguntó Ngugi.

—Roussel no tiene un laboratorio de criminalística. Comparó el tipo de sangre y las concentraciones de enzimas. Coinciden. Si queremos una comparación de ADN tendremos que enviar muestras a la Tierra. Tardará al menos dos semanas.

—No será necesario —dijo Ngugi—. Solo necesitamos pruebas suficientes para llevarlo a juicio, no para condenarlo.

—Eh —intervino Jin Chu—. ¡Disculpe! ¡Exijo que se me ponga en libertad!

Rudy lo roció con la botella.

—¿Quién es este hombre? —preguntó Ngugi.

—Jin Chu, de Hong Kong —dijo Rudy—. No he podido encontrar ningún registro de dónde trabaja y no es muy comunicativo al respecto. Preparó una trampa para que Da Sousa pudiera matar a Bashara, pero afirma que lo hizo coaccionado. Da Sousa iba a matarlo si no lo hacía.

—Apenas podemos culparlo por eso —dijo Ngugi.

—¡Por fin! ¡Alguien con sentido común! —dijo Jin.

—Depórtalo a China —propuso Ngugi.

—Espere, ¿qué? —protestó Jin—. No puede hacer eso.

—Por supuesto que puedo —dijo ella—. Fue cómplice en una trama para asesinar a alguien. Coaccionado o no, no es bienvenido aquí.

Jin abrió la boca para protestar otra vez y Rudy lo apuntó con la botella. Se lo pensó mejor.

Ngugi suspiró y negó con la cabeza.

—Esto es inquietante. Muy inquietante. Usted y yo... no somos amigos. Pero ninguno de nosotros quiere homicidios en nuestra ciudad.

—Al menos estamos de acuerdo en eso.

—Y esto es nuevo. —Entrecruzó las manos en la nuca—. Hemos tenido asesinatos antes, pero siempre ha sido un amante celoso, un cónyuge enfadado o una bronca de borrachos. Esto ha sido profesional. No me gusta.

—¿Su mano blanda con los pequeños delitos no lo merecía? —preguntó Rudy.

—Eso no es justo. —Se sacudió el mal humor—. Paso a paso. Hay una nave de carne hoy en el *Gordon*. Quiero al señor Jin a bordo. Deportado a Hong Kong sin quejas legales. Retengamos al señor Da Sousa por el momento. Necesitamos llevar las pruebas a los tribunales de... ¿Adónde lo mandamos?

—Landvik era noruego y Vetrov era rusa.

—Ya veo —dijo Ngugi.

Si cometes un crimen, Artemisa te deporta al país de la víctima. Que su nación te castigue. Es justo. Pero Zurdo —supongo que debería llamarlo Da Sousa— había matado a gente de dos países diferentes. ¿Ahora qué?

—Me gustaría elegir en este caso —dijo Rudy.

—¿Por qué?

Rudy miró al móvil.

—Si coopera, lo enviaré a Noruega. Si no, irá a Rusia. ¿Dónde le gustaría que le juzgaran por asesinato?

—Excelente estrategia. Veo que es usted un pequeño Maquiavelo.

—Eso no... —empezó Rudy.

—Debería soltar a Jasmine, ¿no cree? —dijo la administradora.

Pilló a Rudy con el pie cambiado.

—Desde luego que no. Es una contrabandista y una saboteadora.

—Supuestamente —dije.

—¿Por qué le importa tanto Jazz? —preguntó Rudy.

—Sanches Aluminium es una empresa brasileña. ¿Quiere que la deportemos a Brasil? Tendría suerte de sobrevivir un día allí antes de que O Palácio la matara. ¿Merece morir?

—Por supuesto que no —dijo Rudy—. Recomiendo deportación sin denuncia a Arabia Saudí.

—Denegado —dijo Ngugi.

—Esto es ridículo —dijo Rudy—. Es claramente culpable. ¿Cuál es su fijación con esta chiquilla?

—¿Chiquilla? —dije—. Tengo veintiséis años.

—Es una de las nuestras —dijo Ngugi—. Creció aquí. Eso significa que tiene más margen.

—Tonterías —soltó Rudy. Nunca lo había visto hablar así antes—. Hay algo que no me está contando. ¿Qué es?

Ngugi sonrió.

—No voy a deportarla, comisario. ¿Cuánto tiempo piensa tenerla esposada aquí?

Rudy se lo pensó, luego sacó una llave del bolsillo y me soltó las esposas.

Me froté las muñecas.

—Gracias, administradora.

—Ten cuidado, querida. —Salió de la oficina.

Rudy la fulminó con la mirada cuando se marchó, luego me miró a mí.

—No estás a salvo. Será mejor que confieses tu parte en esto y que te deporten a Arabia Saudí. Te esconderás con más facilidad allí que aquí.

—Será mejor que dejes de tragar mierda —dije.

—O Palácio no se rendirá solo porque haya pillado a su matón. Puedes estar segura de que mandarán a otro con la siguiente nave de carne.

—Para empezar: bu —dije—. Para seguir: yo lo atrapé y no tú. Y por último... ¿cómo localizó él mi gizmo?

Rudy puso ceño.

—Eso me preocupa.

—Me voy. Si necesitas localizarme, ya conoces la identidad que estoy usando. —Me había confiscado mi gizmo de Harpreet al detenerme. Lo cogí de su escritorio—. Has tenido un montón de oportunidades para matarme y no lo has hecho.

—Gracias por el voto de confianza. Deberías quedarte cerca de mí por tu propia seguridad.

Era tentador. Pero no podía. No sabía cuál sería mi siguiente movimiento, pero sin duda sería algo que no podía hacer con Rudy observando.

—Estaré mejor sola, gracias. —Me volví hacia Jin Chu—. ¿Qué es ZAFO?

—¡Que te den!

—Vete —me dijo Rudy—. Vuelve si quieres protección.

—Bien, bien —dije.

Hartnell's tenía su grupo habitual de alcohólicos callados y asociales. Los conocía a todos, al menos de cara. No había desconocidos ese día, y ninguno de los habituales me miró siquiera. Todo como de costumbre en mi bar.

Billy me sirvió una pinta de mi pelotazo habitual.

—¿No estás fugada?

Retorcí la mano.

—Más o menos.

¿Da Sousa era el único matón que tenía O Palácio en la ciudad? Tal vez. Tal vez no. Quiero decir, ¿a cuánta gente asignarías a tu operación de blanqueo de dinero de la mafia en la Luna? Al menos sabía una cosa. No podían haber enviado a nadie nuevo. Todavía no. Tardas semanas en llegar aquí desde la Tierra.

—¿Es prudente que vengas a tu bar favorito entonces?

—No. Es una de las cosas más estúpidas que he hecho. Y es un campo donde hay una competición intensa.

Se echó un trapo por encima del hombro.

—Entonces, ¿por qué?

Moví mi cerveza.

—Porque hice un trato.

Billy miró hacia la entrada por encima de mí y puso los ojos como platos.

—¡Caramba! ¡Esa cara no la había visto en siglos!

Dale se acercó a su viejo taburete, al lado del mío, y se sentó. Sonrió de oreja a oreja.

—Una pinta de la peor que tengas, Billy.

—La casa invita —dijo Billy. Llenó una pinta para Dale—. ¿Cómo está mi reina favorita?

—No me quejo. Voy tirando.

—¡Ja ja! —Deslizó la pinta a Dale—. Os dejaré solos a los dos.

Dale dio un trago a su cerveza y me sonrió.

—No estaba seguro de que vinieras.

—Un trato es un trato —dije—. Pero si aparece alguien para matarme, puede que tenga que marcharme antes.

—Sí, hablando de eso. ¿Qué está pasando? Se rumorea que estás metida en los asesinatos.

—El rumor es correcto. —Vacié mi vaso y lo golpeé dos veces en la barra. Billy me lanzó otra pinta, que ya había servido con antelación—. Yo era la siguiente víctima.

—Rudy ha detenido al asesino, ¿no? Los sitios de noticias dicen que es algún tipo portugués.

—Brasileño —dije—. No importa. Enviarán otro a por mí. A lo sumo tengo un pequeño respiro.

—Mierda, Jazz. ¿Puedo hacer algo?

Lo miré a los ojos.

—No somos amigos, Dale. No te preocupes por mí.

Suspiró.

—Podríamos serlo. ¿Con tiempo, tal vez?

—No me lo imagino.

—Bueno, tengo una tarde a la semana para hacerte cambiar de opinión. —Me sonrió. Cabronazo—. Bueno, ¿por qué hiciste el trabajito de las excavadoras?

—Trond iba a pagarme un montón de dinero.

—Sí, pero... —Pareció reflexivo—. Quiero decir, no es tu estilo. Era arriesgado, y tú eres muy lista. No corres riesgos innecesarios. No necesitas desesperadamente el dinero que yo sepa. Quiero decir, sí, eres pobre. Pero estable. ¿Tienes algún usurero detrás o algo?

—No.

—¿Deuda de juego? —preguntó.

—No. Basta.

—Vamos, Jazz. —Se inclinó—. ¿De qué va esto? No tiene sentido para mí.

—No tiene que tener sentido para ti. —Verifiqué mi gizmo—. Tenemos tres horas y cincuenta y dos minutos hasta medianoche, por cierto. Luego se acabó la tarde.

—Pues me pasaré tres horas y cincuenta y dos minutos haciéndote la misma pregunta.

Qué incordio... Suspiré.

—Necesito cuatrocientos dieciséis mil novecientos veintidós slugs.

—Eso... Es una cifra muy específica. ¿Para qué los necesitas?

—Porque... Jódete, por eso.

—Jazz...

—¡No! —solté—. No te contaré nada más.

Silencio incómodo.

—¿Cómo está Tyler? —pregunté—. ¿Es...? No lo sé. ¿Es feliz?

—Sí, es feliz —dijo Dale—. Tenemos nuestros altibajos como cualquier pareja, pero trabajamos en eso. Últimamente está frustrado con el gremio de electricistas.

Reí.

—Siempre ha odiado a esos cabrones. ¿Sigue sin agremiarse?

—Ah, desde luego. Nunca se agremiará. Es un electricista muy bueno. ¿Por qué desvivirse para que le paguen menos?

—¿Le están presionando? —pregunté. Una de las pegas de tener apenas leyes: los monopolios y sus tácticas de presión.

Dale meció la mano.

—Un poco. Algunos rumores y rebajas de precios deliberadas. Nada que no pueda manejar.

—Si van demasiado lejos, dímelo —dije.

—¿Qué harías tú?

—No sé. Pero no quiero que lo joda nadie.

Dale levantó el vaso.

—Entonces compadezco al que lo joda.

Entrechoqué mi copa con la suya y los dos dimos un trago.

—Hazlo feliz —dije.

—Desde luego que lo intento.

Sonó mi gizmo de Harpreet. Lo saqué para echar un vistazo. Era un mensaje de Svoboda.

«Esto del ZAFO es alucinante. Ven a mi laboratorio.»

—Espera un momento —le dije a Dale. Escribí una respuesta.

«¿Qué has descubierto?»

«Tardaría demasiado en escribirlo. Además, quiero enseñarte lo que puede hacer.»

—Hum —dije.

—¿Problemas? —preguntó Dale.

—Un amigo quiere verme. Pero la última vez que quedé con alguien fue una emboscada.

—¿Necesitas apoyo?

Negué con la cabeza y escribí en mi gizmo.

«Cielo, ya sé lo que buscas, pero estoy demasiado cansada para el sexo ahora mismo.»

«¿De qué estás hablando? —respondió Svoboda—. Ah, ya veo. Estás siendo rara para ver si me coaccionan. No, Jazz. No es ninguna trampa.»

«Solo estaba siendo cauta. Tengo una obligación en este momento. ¿Te veo en tu laboratorio mañana por la mañana?»

«Me parece bien. Ah, y si en el futuro me coaccionan, meteré la palabra *delfín* en la conversación, ¿vale?»

«Recibido», respondí.

Volví a guardarme el gizmo en el bolsillo.

Dale arrugó los labios.

—Jazz, ¿es muy chungo esto?

—Bueno, hay gente que quiere matarme, así que... bastante chungo.

—¿Quién es esa gente? ¿Por qué quieren matarte?

Sequé la humedad de mi vaso de cerveza.

—Son de una mafia brasileña llamada O Palácio. Son propietarios de Sanches Aluminium y saben que saboteé las excavadoras.

—Mierda —dijo Dale—. ¿Necesitas un sitio donde esconderte?

—Estoy bien —dije. Luego, al cabo de unos segundos, agregué—. Pero si necesito ayuda recordaré tu oferta.

Sonrió.

—Bueno, es un comienzo.

—Calla y bébete la cerveza. —Vacié mi vaso—. Te llevo dos pintas de ventaja.

—Oh, ya veo cómo va esto. —Hizo un gesto a Billy—. ¡Camarero! Una chiquilla cree que puede beber más que yo. Necesitaremos seis pintas: tres para el gay y tres para la *goy*.

Me desperté en mi agujero, dolorida, grogui y con resaca. Probablemente no había sido buena idea emborracharse en medio de toda esta mierda, pero ya he dejado claro que tomo muy mal las decisiones vitales.

Pasé unos minutos deseando estar muerta, luego bebí toda el agua que pude y salí del compartimento como una babosa.

Comí un poco de mejunje seco para desayunar (tiene menos gusto así) y fui al cuarto de baño público en Bean 16. Pasé el resto de la mañana allí, empapándome en una bañera.

Luego me pasé por una tienda de ropa de clase media en Bean 18. Había llevado mi sudadera tres días seguidos. Podía caminar sola en ese punto.

Finalmente, era más o menos humana otra vez.

Recorrí los estrechos pasillos de Armstrong hasta que llegué a la entrada principal del laboratorio de la ESA. Unos pocos científicos paseaban por los pasillos de camino al trabajo.

Svoboda abrió la puerta antes de que tuviera tiempo de llamar.

—Jazz. Espera a que veas..., uf, tienes muy mal aspecto.

—Gracias.

Sacó un paquete de pastillas de menta y me puso unas pocas en la mano.

—No tengo tiempo de burlarme de tu alcoholismo. Tengo que mostrarte este chisme ZAFO. ¡Ven!

Me condujo por la entrada hasta su laboratorio. Todo el local parecía diferente. Había dedicado la mesa principal a analizar el cable ZAFO y había apartado todo lo demás hacia las paredes para dejar sitio. Varias piezas de equipo (la mayoría, un misterio para mí) cubrían la mesa.

Rebotó de un pie al otro.

—¡Esto es formidable!

—Vale, vale —dije—. ¿Qué te ha puesto tan nervioso?

Se sentó en un taburete e hizo crujir los nudillos.

—Lo primero que hice fue un examen visual.

—Lo miraste. Puedes decir «lo miré».

—Lo mires como lo mires es un cable de fibra óptica monomodo. La envoltura, el revestimiento y la cubierta son todo rutina. La fibra del núcleo es de ocho micrones, completamente normal. Pero supuse que habría algo especial en el núcleo, así que corté algunas muestras y...

—¿Lo cortaste? —dije—. No te dije que pudieras cortarlo.

—Ya. No me importa. —Tocó uno de los artefactos de la mesa del laboratorio—. Usé este bebé para comprobar el índice de refracción del núcleo. Es una estadística muy importante para la fibra óptica.

Cogí un trocito de cinco centímetros de ZAFO de la mesa.

—¿Y descubriste algo raro?

—No —dijo—. Es 1,458. Un poco más alto que la fibra óptica normal, pero muy poco.

Suspiré.

—Svoboda, ¿puedes saltarte todo lo que es normal y decirme solo lo que has descubierto?

—Está bien, está bien. —Se estiró para recoger un dispositivo manual—. Este pequeñín es el que descubrió el misterio.

—Sé que quieres que te pregunte qué es, pero sinceramente no...

—¡Es un dispositivo de prueba de pérdida óptica! Un OLTS. Te dice cuánta atenuación tiene un cable de fibra óptica. La atenuación es la cantidad de luz que se pierde en forma de calor durante la transmisión.

—Sé qué es la atenuación —dije.

Pero en realidad no importaba. Una vez que Svoboda había llegado ahí no había forma de pararlo. Nunca he conocido a nadie al que le guste tanto su trabajo como a ese tipo.

Puso el OLTS otra vez en la mesa.

—A ver, una atenuación típica para un cable de alta calidad es de alrededor de 0,4 decibelios por kilómetro. Adivina cuál es la atenuación de ZAFO.

—No.

—Vamos. Inténtalo.

—Dímelo tú.

—Es cero. Cero, joder. —Formó un círculo con los brazos—. ¡Ceeeeeero!

Me senté en el taburete a su lado.

—Entonces... ¿no se pierde luz en la transmisión? ¿Nada?

—¡Exacto! Bueno, al menos, en lo que yo puedo decir. La precisión de cualquier OLTS es de 0,001 decibelios por kilómetro.

Miré el trozo de ZAFO que tenía en las manos.

—Pero tiene que tener algo de atenuación. Quiero decir, no puede ser realmente cero.

Se encogió de hombros.

—Los superconductores tienen resistencia cero a la corriente eléctrica. ¿Por qué no puede haber un material con resistencia cero a la luz?

—ZAFO... —Paseé la palabra por mi boca—. Zero Attenuation Fiber Optic.

—Oh. —Se golpeó la frente—. ¡Claro!

—¿De qué está hecho?

Se volvió hacia una máquina montada en la pared.

—¡Aquí entra en juego mi espectrómetro! —Le dio unos golpecitos suaves—. Lo llamo *Nora*.

—¿Y qué tiene que contarnos *Nora*?

—El núcleo es básicamente cristal. Eso no es ninguna sorpresa, es como la mayoría de núcleos de fibra óptica. Pero hay también trazas de tantalio, litio y germanio.

—¿Para qué están?

—Ni idea.

Me froté los ojos.

—Bueno, ¿por qué es tan emocionante? ¿Puedes usar menos energía para transmitir datos?

—Oh, es mucho más formidable que eso —dijo—. Las líneas de fibra óptica solo pueden tener quince kilómetros de longitud. Después, la señal es demasiado débil. Así que necesitas repetidores. Leen la señal y la retransmiten. Pero los repetidores son caros, necesitan energía y son complicados. Ah, y también retrasan la transmisión.

—Así que con ZAFO no necesitas repetidores.

—¡Exacto! —dijo—. La Tierra tiene cables de datos enormes. Recorren continentes enteros, van por debajo de los océanos, por todo el mundo. Solo piensa en lo mucho más simple que sería todo sin todos esos repetidores jodiendo. Oh. Y habría muy pocos errores de transmisión. Eso significa más ancho de banda. ¡Esta mierda es fantástica!

—Genial. Pero ¿vale la pena matar por eso?

—Bueno... —dijo—. Supongo que cualquier compañía de telecomunicaciones querrá actualizarse. ¿Cuánto crees que cuesta toda la red de comunicaciones de la Tierra? Porque eso será más o menos el dinero que ganarán los dueños de ZAFO. Sí. Probablemente es dinero por el que matar.

Me pellizqué la barbilla. Cuanto más lo pensaba menos me gustaba. Entonces, las piezas encajaron.

—Oh. Maldita sea.

—Vaya —dijo Svoboda—. ¿Quién se ha cagado en tus cereales?

—No se trata del aluminio. —Me levanté del taburete—. Gracias, Svobo. Te debo una.

—¿Qué? —dijo—. ¿Qué quieres decir con que no se trata del aluminio? Entonces, ¿de qué se trata?

Pero yo ya tenía la cabeza ardiendo.

—Sigue siendo raro, Svobo. Estaré en contacto.

La oficina de la administradora estaba en la Burbuja Armstrong porque al principio era la única burbuja. Pero una vez que todo Armstrong se convirtió en ruidos altos y máquinas, se trasladó. Ahora trabajaba en una pequeña oficina de una sola estancia en Conrad 19.

Sí, me has oído bien. La administradora de Artemisa —la persona más importante de la Luna, que literalmente podría elegir cualquier sitio sin pagar alquiler— eligió trabajar con los obreros. Si yo fuera Ngugi, tendría una enorme oficina con vistas al Aldrin Arcade. Y tendría un bar y sillones de cuero y otras cosas molonas de gente poderosa.

Y un asistente personal. Un tío corpulento pero amable que me llamaría «jefa» todo el tiempo. Sí.

Ngugi no tenía nada de eso. Ni siquiera tenía secretaria. Solo un cartel en la puerta de la oficina que decía ADMINISTRADORA FIDELIS NGUGI.

Para ser justos, no es que fuera presidenta de Estados Unidos. En realidad, era la alcaldesa de una población pequeña.

Pulsé el timbre y oí un sencillo sonido emanando de la sala de atrás.

—Adelante —dijo la voz de Ngugi.

Abrí la puerta. Su oficina era hasta menos elegante de lo que yo esperaba. Espartana incluso. Unos pocos estantes con fotos de familia que sobresalían de paredes de aluminio puro. Su escritorio de chapa metálica parecía algo de la década de 1950. Al menos tenía una silla de oficina decente, su única concesión a la comodidad personal. Cuando tenga setenta años probablemente también querré una bonita silla.

Escribía en un portátil. Las generaciones mayores todavía los preferían a los gizmos o a los dispositivos de voz. De alguna manera ella transmitía gracia y aplomo aunque se encogiera sobre su escritorio. Llevaba ropa informal y, como siempre, su *dhuku*, su pañuelo tradicional. Terminó de escribir una frase y me sonrió.

—¡Jasmine! Es maravilloso verte, querida. Siéntate, por favor.

—Sí, gracias. Me... sentaré. —Me acomodé en una de las dos sillas vacías de cara a su escritorio.

Ella entrelazó las manos y se inclinó adelante.

—He estado muy preocupada por ti, querida. ¿En qué puedo ayudarte?

—Tengo una pregunta de economía.

Alzó las cejas.

—¿Economía? Bueno, tengo conocimientos en ese campo.

Subestimación del siglo. Esa mujer había transformado Kenia en el centro de la industria espacial global. Merecía un premio Nobel. O dos. Uno en Economía y otro de la Paz.

—¿Qué sabe de la industria de telecomunicaciones de la Tierra? —pregunté.

—Es un tema muy amplio, querida. ¿Puedes ser más concreta?

—¿Cuánto cree que vale? ¿Qué clase de ingresos cree que ofrece?

Se rio.

—Solo podría arriesgar una respuesta. Pero ¿toda la industria global? Alrededor de cinco mil o seis mil billones de dólares por año.

—Joder. Eh, perdón por mi lenguaje, señora.

—No hay problema, Jasmine. Siempre has sido muy gráfica.

—¿Cómo ganan tanto?

—Tienen una base de clientes enorme. Todas las líneas telefónicas, todas las conexiones de Internet, todas las suscripciones de televisión por cable... todo genera ingresos para la industria, o directamente del consumidor o indirectamente a través de la publicidad.

Miré el suelo. Tardé un momento.

—¿Jasmine?

—Lo siento. Estoy un poco cansada, bueno, para ser sincera, tengo resaca.

Ngugi sonrió.

—Eres joven. Seguro que te recuperarás pronto.

—Digamos que alguien inventó una ratonera mejor —dije—. Un cable de fibra óptica realmente asombroso. Un cable que reduce costes, incrementa el ancho de banda y mejora la fiabilidad.

Se recostó en la silla.

—Si el precio fuera comparable a los cables existentes sería una bendición enorme. Y el fabricante de ese producto nadaría en dinero, por supuesto.

—Sí —dije—. Y digamos que el prototipo de esta nueva fibra óptica se creó en un satélite hecho ex profeso en una órbita baja de la Tierra. Uno con centrifugador a bordo. ¿Qué le diría eso?

Pareció desconcertada.

—Esto es una discusión muy rara, Jasmine. ¿Qué está pasando?

Tamborileé con los dedos en mi pierna.

—A ver, para mí eso significa que no puede crearse en la gravedad de la Tierra. Es la única razón para crear un satélite personalizado.

Ngugi asintió.

—Parece razonable. ¿Entiendo que algo así está ocurriendo?

Insistí.

—Pero el satélite tiene un centrifugador. Así que necesitan algo de fuerza. Lo malo es que la gravedad de la Tierra es demasiado alta. Pero ¿y si la gravedad de la Luna fuera lo bastante baja para el proceso que están usando?

—Es una hipótesis muy específica, querida.

—Hágame el favor.

Ngugi se puso la mano en la barbilla.

—Entonces, obviamente, podrían fabricarlo aquí.

—Así pues, en su experta opinión, ¿cuál es el mejor sitio para fabricar este producto imaginario: en una órbita terrestre baja o en Artemisa?

—En Artemisa —dijo—. Sin duda. Tenemos trabajadores capacitados, una base industrial, infraestructura de transporte y naves a la Tierra y desde la Tierra.

—Sí. —Asentí—. Eso es lo que pensaba,

—Esto suena muy prometedor, Jasmine. ¿Te han ofrecido una oportunidad para invertir? ¿Por eso estás aquí? Si este invento es real, definitivamente vale la pena poner dinero en eso.

Me sequé la frente. En Conrad 19 siempre había unos agradables 22 grados Celsius, pero estaba sudando de todos modos.

La miré a los ojos.

—¿Sabe qué es extraño? No ha mencionado radio ni satélites.

Inclinó la cabeza.

—Lo siento, querida. ¿Qué?

—Cuando ha hablado de la industria de las telecomunicaciones. Ha mencionado Internet, el teléfono y la televisión, pero no ha mencionado la radio ni los satélites.

—También forman parte de la industria, desde luego.

—Sí —dije—. Pero no los ha mencionado. De hecho, solo ha hablado de las partes de la industria que se basan en la fibra óptica.

Se encogió de hombros.

—Bueno, estamos hablando de fibra óptica, así que es natural.

—Salvo que yo todavía no había sacado a relucir la fibra óptica.

—Debes de haberlo hecho.

Negué con la cabeza.

—Tengo muy buena memoria.

La administradora entrecerró los ojos ligeramente.

Saqué un cuchillo de mi funda de bota y lo preparé.

—¿Cómo encontró mi gizmo O Palácio?

Ella sacó una pistola de debajo de la mesa.

—Porque yo les dije dónde estaba.

11

—¿Una pistola? —dije—. ¿Cómo ha entrado una pistola en la ciudad? Yo nunca he hecho contrabando de armas.

—Siempre he apreciado eso —dijo ella—. No tienes que levantar las manos. Solo tienes que tirar el cuchillo.

Hice lo que me ordenó. El cuchillo flotó hasta el suelo.

Ngugi siguió apuntándome con la pistola.

—¿Puedo preguntar por qué has llegado a sospechar de mí?

—Proceso de eliminación —dije—. Rudy demostró que no me estaba vendiendo. Usted es la única otra persona con acceso a la información de posicionamiento de mi gizmo.

—Es razonable —dijo—. Pero no soy tan siniestra como crees.

—Ajá. —Le lancé una mirada dudosa—. Pero lo sabe todo de ZAFO.

—Sí.

—¿E iba a ganar toneladas de dinero con eso?

Torció el gesto.

—¿De verdad tienes tan baja opinión de mí? No ganaré ni un slug.

—Pero... entonces... ¿por qué?

Ngugi se recostó en la silla y relajó su agarre de la pistola.

—Tenías razón sobre la gravedad. ZAFO es una estructura cristalina como la del cuarzo que solo se forma a 0,216 g. Es imposible fabricarlo en la Tierra, pero pueden hacerlo aquí con una centrifugadora. Eres una chica muy inteligente, Jasmine. Si te aplicaras un poco.

—Si esto va a convertirse en un sermón de tienes mucho potencial, mejor me pega un tiro.

Ngugi sonrió. Podía tener aspecto de abuela amable hasta empuñando una pistola. Como si fuera a darme un caramelo de tofe antes de hacerme un agujero en la cabeza.

—¿Sabes de dónde saca el dinero Artemisa?

—Del turismo.

—No.

Pestañeé.

—¿Qué?

—No sacamos lo suficiente del turismo. Es una gran parte de nuestra economía, sí, pero no basta.

—Pero la economía funciona —dije—. Los turistas compran cosas de empresas locales, las empresas pagan empleados, los empleados compran comida y pagan alquiler, etcétera. Y seguimos aquí, así que tiene que estar funcionando. ¿Qué es lo que se me escapa?

—La inmigración —dijo—. Cuando la gente se traslada a Artemisa trae sus ahorros de toda la vida. Luego los gastan aquí. Mientras nuestra población siguió creciendo fue bien, pero ahora nos hemos estancado.

Giró el arma para dejar de apuntarme. Todavía la tenía bien sujeta, pero al menos no me mataría por accidente si estornudaba.

—Todo el sistema se ha convertido en un esquema Ponzi no intencionado. Ahora estamos en la cresta de la curva.

Por primera vez, mi atención se alejó del arma.

—¿Es...? ¿Estamos...? ¿Toda la ciudad está en bancarrota?

—Sí, si no tomamos medidas —dijo—. Pero ZAFO es nuestro salvador. La industria de las telecomunicaciones querrá actualizarse y ZAFO solo puede producirse a bajo coste aquí. Habrá una gran explosión de producción. Abrirán fábricas, la gente vendrá aquí por los trabajos y todo el mundo prosperará. —Levantó la mirada, pensativa—. Por fin tendremos una economía de exportación.

—Cristal —dije—. Siempre se ha tratado del cristal, ¿no?

—Sí, querida —dijo Ngugi—. ZAFO es un material asombroso, pero como todas las fibras ópticas es sobre todo cristal. Y el cristal es solo sílice y oxígeno, y las dos cosas se crean con la fundición del aluminio.

Pasó la mano por la placa de aluminio de su escritorio.

—Es interesante cómo funciona la economía, ¿no? En un año, el aluminio será un producto secundario de la industria de producción de sílice. Y ese aluminio también vendrá bien. Tendremos que construir un montón para ocuparnos del crecimiento que vamos a tener.

—Guau —dije—. De verdad se le da bien la economía.

—Me dedico a eso, querida. Y al final, es lo único que importa. La felicidad, la salud y la seguridad de la gente depende de eso.

—Maldición, es buena en esto. Creó una economía para Kenia y ahora la está creando para nosotros. Es una auténtica heroína. Debería estarle más agradecida; ah, sí, es verdad, me vendió.

—Oh, por favor. Sabía que no eras tan estúpida como para encender tu gizmo sin tomar precauciones.

—Pero le dijo a O Palácio dónde estaba mi gizmo.

—Indirectamente.

Dejó la pistola en la mesa. Estaba demasiado lejos para que me lanzara a por ella. Ngugi había crecido en una zona de guerra, no quería poner a prueba sus reflejos.

—Hace unos días —continuó—. TI informó de un intento de hackear la red de gizmos. Alguien en la tierra estaba tratando de conseguir nuestra información de localización. Pedí a TI que deliberadamente deshabilitara la seguridad y dejara entrar al hacker. De hecho, fue más complicado que eso: volvieron a una versión anterior de los drivers de la red, una versión que tenía un fallo de seguridad para que el hacker tuviera que trabajar un poco. No conozco los detalles, no se me da bien la tecnología. El caso es que el resultado final fue que el hacker instaló un programa que informaría de tu localización si encendías tu gizmo.

—¿Por qué demonios hizo eso?

—Para sacar al asesino a la luz. —Me señaló—. En cuanto encendiste tu gizmo, alerté a Rudy de tu presencia. Suponía que O Palácio se lo diría también a su hombre, Da Sousa. Confiaba en que Rudy lo atraparía.

Puse ceño.

—Rudy no parecía saber nada de eso.

Suspiró.

—Rudy y yo tenemos... una relación compleja. No aprueba las mafias ni medidas indirectas como las que he tomado. Le gustaría deshacerse de mí y, con toda sinceridad, el sentimiento es mutuo. Si le hubiera advertido de que el asesino iba a venir me habría preguntado cómo lo sabía. Luego habría investigado de dónde había salido la información y me habría causado problemas.

—Puso a Rudy en ruta de colisión con un asesino y no se lo advirtió.

Inclinó la cabeza.

—No me mires así. Me entristece. Rudy es un policía extremadamente preparado que sabía que estaba entrando en una situación potencialmente peligrosa. Y casi capturó a Da Sousa allí mismo. Tengo la conciencia tranquila. Si tuviera que volver a hacerlo, haría lo mismo. El bien mayor, Jasmine.

Crucé los brazos.

—Estaba en casa de Trond hace unas noches. ¿Ha estado metida en esto desde el principio?

—Yo no estoy metida en nada —dijo—. Él me habló de ZAFO y de sus planes para hacerse con la industria del silicio. Quería hablar del contrato de oxígeno de Sanches. Tenía razones para creer que estarían en apuros pronto y quería asegurarse de que yo sabía que él tenía oxígeno si eso ocurría.

—¿No la hizo sospechar?

—Por supuesto que sí. Pero el futuro de la ciudad estaba en juego. Una mafia estaba a punto de controlar el recurso más importante de la Luna. Trond me ofreció una solución: asumiría el contrato, pero con renovaciones semestrales. Si inflaba los precios de manera artificial o trataba de controlar demasiado la industria ZAFO, perdería el contrato. Confiaría en mí para que siguiera renovando el contrato y yo confiaría en él para que alimentara el crecimiento de ZAFO con silicio. Habría un equilibrio.

—Entonces, ¿qué falló?

Ngugi arrugó los labios.

—Jin Chu. Vino a la ciudad con un plan para ganar la mayor cantidad de dinero posible, y por Dios que lo consiguió. Le había hablado a Trond de ZAFO unos meses antes, pero Trond quería una muestra para que su gente la examinara: prueba de que ZAFO existía realmente y no era solo algún cuento de hadas.

—Así que Jin Chu le enseñó su muestra ZAFO y Trond le pagó —dije—. Y luego Jin Chu se dio la vuelta y le vendió la información a O Palácio.

—Es lo que tienen los secretos. Puedes venderlos una y otra vez.

—Cabrón baboso.

Ngugi suspiró.

—Solo imagina la clase de revelación que fue para O Palácio. De repente, su insignificante negocio de blanqueo de dinero estaba destinado a convertirse en una industria emergente de miles de millones de dólares. A partir de ahí, fueron con todo. Pero Artemisa está muy lejos de Brasil y solo tenían un matón sobre el terreno, gracias a Dios.

—Entonces, ¿qué pasa ahora?

—Ahora mismo, estoy segura de que O Palácio está comprando todos los billetes a la Luna que pueda conseguir. Dentro de un mes, Artemisa estará lleno de su gente. Serán propietarios de la producción de silicio y ese condenado contrato de oxígeno por energía les garantizará que nadie puede competir. Y ya han empezado con su siguiente fase: hacerse con la industria de producción de cristal. —Me lanzó una mirada conocedora.

—Oh, joder —dije—. El incendio de la fábrica Queensland.

Ngugi asintió.

—Casi con total seguridad el incendio lo provocó Da Sousa. Un tipo ocupado. Una vez que O Palácio instale su propia fábrica de cristal, tendrán asegurada la producción y el suministro. Y, por supuesto, matarán a cualquiera que se interponga en su camino. Esa es la clase de capitalismo que podemos esperar a partir de ahora.

—Usted es la administradora. Haga algo al respecto.

Ngugi miró al techo.

—Entre su base económica y sus matones, serán los amos de la ciudad. Piensa en Chicago en los años veinte, pero cien veces peor. No tendré ningún poder.

—Estaría bien que ayudara de alguna manera.

—He estado ayudando —dijo—. Rudy te caló enseguida como la saboteadora. Me mostró la grabación de vídeo de ese disfraz ridículo que llevaste en el Centro de Visitantes.

Bajé la cabeza.

—Quería detenerte inmediatamente. Le dije que no estaba convencida y necesitaba más pruebas. Sabía que eso te daría un poco de tiempo.

—Bien, entonces, ¿por qué se ha convertido en mi ángel de la guarda?

—Porque eres un pararrayos. Sabía que O Palácio tendría al menos un matón en la ciudad. Tú lo pondrías al descubierto. Ahora lo hemos capturado. Gracias.

—¿Yo era un cebo?

—Por supuesto. Sigues siendo un cebo. Por eso intervine ayer y conseguí que Rudy te soltara. No sé qué hará O Palácio a continuación, pero sea lo que sea te lo hará a ti.

—Es... —dije—. Es una auténtica zorra, ¿lo sabe?

Asintió.

—Cuando tengo que serlo. Construir una civilización es desagradable, Jasmine. Pero la alternativa es que no haya ninguna civilización.

La miré con absoluto desprecio. No estaba impresionada.

—Entonces, ¿qué demonios tengo que hacer ahora?

—Ni idea. —Hizo un gesto hacia la puerta—. Pero será mejor que empieces.

Volví a entrar a gatas en mi escondite y cerré el panel de detrás de mí. Me acurruqué hecha un ovillo en la oscuridad. Estaba tan exhausta que debería haberme quedado dormida ahí mismo, pero no podía.

Todo me pasaba factura. El peligro constante, la pobreza, la rabia y, lo peor de todo, una fatiga absoluta y completa. Había pasado de tener sueño a lo que mi padre llamaba estar pasada de sueño. Normalmente usaba ese término cuando tiraba de mi yo enfadado de ocho años para obligarme a dormir la siesta.

Me agité y me revolví lo más que pude en los ajustados confines. Ninguna posición era cómoda. Quería desmayarme y darle un puñetazo a alguien al mismo tiempo. No podía pensar con claridad. Tenía que salir de ahí.

Abrí el panel de una patada. ¿A quién le importa una mierda si me ven? A mí no.

—¿Y ahora adónde? —murmuré para mí.

Sentí que me caía una gota húmeda en el brazo. Miré al techo. El aire gélido de Bean -27 a menudo formaba puntos de condensación. La tensión superficial del agua contra la gravedad lunar significaba que tenía que juntarse bastante condensación antes de empezar a gotear. Pero no vi nada encima de mí.

Entonces me toqué la cara con la mano.

—Oh, maldita sea.

La fuente era yo. Estaba llorando.

Necesitaba un sitio para dormir. Dormir de verdad. Si hubiera estado pensando con claridad habría ido a un hotel. Ngugi no ayudaría a O Palácio a encontrarme otra vez.

Justo en ese momento no confiaba en nada electrónico. Pensé en ir a la casa del imán donde estaba mi padre. El imán me aceptaría y en cierto nivel animal necesitaba a mi padre.

Negué con la cabeza y me reprendí. Bajo ninguna circunstancia enredaría a mi padre en toda esta mierda.

Al cabo de quince minutos, enfilé un pasillo hacia mi destino. Llamé al timbre de la puerta. Eran más de las tres de la madrugada, pero ya estaba más allá de las normas de educación.

Al cabo de un minuto, Svoboda abrió la puerta. Llevaba un pijama completo, porque aparentemente acababa de volar a la Luna desde 1954. Me miró con ojos hinchados.

—Jazz.

—Necesito... —Se me cerró la garganta. Casi caí presa de un llanto histérico. ¡Contrólate!—. Necesito dormir, Svoboda. Oh, Dios, necesito dormir.

Abrió un poco más la puerta.

—Pasa, pasa.

Pasé a su lado.

—Estoy... Necesito... Estoy tan cansada, Svoboda. Solo... Estoy muy cansada.

—Sí, sí, está bien. —Se frotó los ojos—. Métete en la cama. Yo pondré unas mantas en el suelo para mí.

—No, no. —Mis ojos ya se habían cerrado por voluntad propia—. El suelo está bien para mí.

Se me doblaron las rodillas y caí. La Luna es un buen sitio para desmayarte. Caes al suelo con mucha suavidad.

Noté que los brazos de Svoboda me recogían. Luego noté la cama, todavía caliente de su cuerpo. Las mantas me cubrieron y me acurruqué en la burbuja de seguridad. Me quedé dormida al instante.

Me desperté con esos pocos segundos de agradable amnesia que todo el mundo experimenta por la mañana. Por desgracia, no duró mucho.

Recordé el ridículo de la noche anterior e hice una mueca. Dios. Una cosa es ser una enclenque patética y otra cosa es quedar en evidencia delante de alguien.

Me estiré en la cama de Svoboda y bostecé. No era la primera vez que me despertaba en la casa de un tipo agotada y cargada de arrepentimiento. Pero te diré una cosa, no había dormido tan bien en mucho tiempo.

No vi a Svoboda. Una almohada y una manta en el suelo mostraban que era todo un caballero. Eso era su cama, yo debería haber estado en el suelo. O deberíamos haberla compartido.

Mis botas estaban bien colocadas junto a la mesita de noche. Al parecer, Svoboda me las había quitado mientras dormía. Aparte de eso, estaba completamente vestida. No era la mejor manera de dormir, pero era mejor a que alguien desnudara mi cuerpo inconsciente por la noche.

Saqué el gizmo del bolsillo para mirar la hora.

—Cielo santo.

Era ya por la tarde. Había dormido catorce horas.

En la mesita de noche que tenía al lado había tres barras de mejunje en una bonita pila que decía: «Jazz, desayuno para ti. Hay zumo en la nevera. Svoboda.»

Mordí una barra de mejunje y abrí su neverita. No sabía de qué era el zumo, pero me lo bebí. Resulta que era un zumo de zanahoria y manzana reconstituido. Sabía a rayos. ¿Quién demonios junta esos ingredientes? Los ucranianos, aparentemente.

Sopesé distintas formas de pagarle. ¿Una bonita comida? ¿Una buena pieza de equipo de laboratorio? ¿Acostarme con él? Solo bromeo con esto último, por supuesto. Me reí de la idea. Luego paré de reírme, pero no me saqué la idea de la cabeza.

Vaya. Necesitaba terminar de despertarme.

Me di una buena ducha y me recordé para qué estaba trabajando en realidad: una ducha para mí. Es condenadamente agradable caminar tres metros y estar en una ducha privada. Condenadamente agradable.

No iba a ponerme mi ropa sucia con la que había dormido, así que hice una incursión en el armario de Svoboda. Encontré una camiseta adecuada y me la puse sobre mi ropa interior (por desgracia, Svoboda no tenía ropa interior femenina en su armario. De lo contrario le habría hecho algunas preguntas). La camisa me quedaba como un vestido corto; Svoboda es considerablemente más alto que yo.

Vale. Estaba descansada, limpia y con la cabeza despejada. Hora de sentarse y ponerse a pensar en serio. ¿Cómo saldría de ese apuro? Me senté en el escritorio y conecté mi gizmo. El monitor instalado en la mesa se elevó de su escondite y mostró los iconos de mi escritorio. Me crují los nudillos y extendí la bandeja del teclado.

Durante las siguientes horas, bebí zumo de zanahoria y manzana (te acostumbras) e investigue a Sanches Aluminium. Sus operaciones, dirección, ingresos estimados, lo que quieras. Como eran una empresa privada (propiedad de Santiago Holdings Inc. que suponía que era la traducción de O Palácio), no había mucha información disponible públicamente.

Busqué «Loretta Sanches» y encontré un artículo que había escrito sobre sus mejoras de la fundición a alta temperatura. Tuve que tomarme una pausa para aprender algo de química básica, pero lo encontré todo en Internet con facilidad. Una vez que lo entendí, tuve que reconocerlo: era una auténtica genio. Había revolucionado todo el sistema y lo había hecho práctico para usarlo en la Luna.

Igualmente le daría una paliza si la viera. No me entiendas mal.

Tuve que estar así durante un par de horas, porque Svoboda llegó finalmente de trabajar.

—Oh, eh —dijo—. ¿Cómo te sientes? Ajá.

Aparté mi atención del monitor para ver qué había causado su reinicio mental. Estaba mirándome. Bajé la vista. Todavía llevaba la camiseta que había encontrado en su armario. Estaba muy sexy, tengo que admitirlo.

—Espero que no te importe. —Hice un gesto hacia la camiseta.

—No —dijo—. No hay problema. Te queda bien. Quiero decir, cae bien, pero tu pecho hace que...

Lo observé debatirse un segundo.

—Cuando todo esto terminé, si sigo viva, voy a darte lecciones femeninas.

—¿Qué? ¿Eh?

—Solo tienes..., de verdad necesitas aprender a conocer a las mujeres y a interactuar con ellas, ¿vale?

—Oh —dijo—. Eso me ayudaría mucho, sí.

Se quitó la bata de laboratorio y la colgó de la pared. ¿Por qué se traía la bata de laboratorio a casa en lugar de dejarla en el laboratorio? Porque a los hombres también les gustan los accesorios de moda. Simplemente no lo reconocen.

—Parece que has dormido bien —dijo—. ¿En qué estás ahora?

—Investigo a Sanches Aluminium. Tengo que descubrir una forma de que dejen de producir. Es mi única esperanza de supervivencia en este punto.

Se sentó en la cama detrás de mí.

—¿Estás segura de que quieres meterte con ellos?

—¿Qué van a hacer? ¿Matarme peor? Ya vienen a por mí.

Miró la pantalla.

—Oh. ¿Eso es el proceso de fundición?

—Sí. Se llama Proceso Cambridge FFC.

Levantó la mirada.

—Oh, suena bien.

Por supuesto que sí. Svoboda es esa clase de tipo. Se inclinó para ver mejor la pantalla. Mostraba cada paso del proceso químico de fundición.

—Había oído hablar del proceso, pero nunca había aprendido los detalles.

—Están custodiando la excavadora ahora —dije—. Así que tendré que ir a por la fundición en sí.

—¿Tienes un plan? —preguntó.

—Sí. El inicio de uno. Pero significa que tengo que hacer algo que odio.

—¿Eh?

—Tengo que conseguir ayuda.

Svoboda extendió los brazos.

—Bueno, me tienes a mí. Para lo que necesites.

—Gracias, colega, te tomaré la palabra.

—No me llames, colega —murmuró.

Dudé.

—Vale, no te llamaré colega. ¿Por qué no?

—Lecciones de hombre —dijo—. Algún día te daré lecciones masculinas.

Llamé al timbre por cuarta vez. Ella estaba allí, simplemente no quería responder.

La entrada principal a Landvik Estate estaba sembrada de flores de gente que presentaba sus condolencias. La mayoría de las flores eran artificiales, pero unos pocos ramos revelaban lo verdaderamente ricos que eran algunos de los amigos de Trond.

Nunca pensé que echaría de menos ver la cara enfadada

de Irina, pero me abrumó la tristeza cuando me di cuenta de que no abriría la puerta.

Claro que tal vez no abriría nadie.

Llamé a la puerta con los nudillos.

—Lene. ¡Soy Jazz! Sé que no es un buen momento, pero tenemos que hablar.

Esperé un poco más. Estaba a punto de renunciar cuando la puerta se desbloqueó. Era lo más parecido a una invitación que iba a recibir.

Pasé por encima de los ramos de flores y entré.

El vestíbulo, que había estado brillantemente iluminado, permanecía oscuro. Solo la luz tenue de la sala de estar se filtraba para dar algo de iluminación.

Alguien había dibujado una docena o más de círculos en una pared, donde antes estaban las salpicaduras de sangre. La sangre real había desaparecido, presumiblemente limpiada por un servicio profesional después de que Rudy y la doctora Roussel terminaran con la escena.

Seguí la luz hasta el salón. También había cambiado a peor. Todos los muebles estaban arrinconados contra las paredes. La gran alfombra persa que había adornado el suelo no se veía por ninguna parte. Algunas cosas no pueden limpiarse.

Lene estaba sentada en el sofá del rincón, casi por completo en la oscuridad. Como adolescente rica por lo general dedicaba horas a su apariencia. Ese día, en cambio, llevaba un pantalón de chándal y una camiseta. Se había recogido el pelo en una cola, la señal universal de que todo te importa una mierda. Sus muletas yacían cruzadas en el suelo.

Sostenía un reloj de pulsera en las manos y lo miraba con expresión perdida.

—Eh... —dije en ese tono penoso que usa la gente cuando habla con el desconsolado—. ¿Cómo lo llevas?

—Es un Patek Philippe —dijo en voz baja—. El mejor reloj que se fabrica en la Tierra. Tiene cuerda automática, cronógrafo, zona horaria, lo que quieras. Solo lo mejor para papá.

Me senté en el sofá a su lado.

—Lo hizo modificar por los mejores relojeros de Ginebra —continuó—. Tuvieron que sustituir el mecanismo de cuerda automática por uno de tungsteno para que tuviera fuerza suficiente para funcionar en la gravedad lunar.

Se inclinó sobre mí y me mostró la esfera del reloj.

—Y les hizo cambiar el indicador de fase lunar por un indicador de fase terrestre. Eso también fue complicado, porque las fases de la Tierra van en orden inverso. Incluso modificaron la zona horaria para que dijera Artemisa en lugar de Nairobi.

Ajustó el cierre en torno a su delgada muñeca.

—Es demasiado grande para mí. Nunca podré llevarlo.

Bajó el brazo. El reloj resbaló y cayó en el sofá. Sollozó.

Yo lo recogí. No entendía nada de relojes, pero desde luego era muy bonito. Había diamantes en todos los puntos horarios, salvo el 12 que era una esmeralda.

—Rudy tiene al tipo que lo hizo —dije.

—Lo he oído.

—Se pudrirá toda la vida en una cárcel noruega o lo ejecutarán en Rusia.

—Eso no devolverá a papá ni a Irina —dijo.

Le puse una mano en el hombro.

—Lo siento.

Lene asintió.

Suspiré, solo para rellenar el silencio torpe.

—Mira, Lene, no sé cuánto te contó Trond sobre estos tratos de negocios...

—Era un estafador —dijo ella—. Lo sé. No me importa. Era mi padre.

—La gente que lo mató son dueños de Sanches Aluminium.

—O Palácio —dijo ella—. Rudy me lo contó. Nunca había oído hablar de ellos hasta ayer.

Hundió la cara en sus manos. Me esperaba un ataque de llanto; Lene tenía derecho a uno. Pero no llegó. En cambio, se volvió hacia mí y se secó las lágrimas.

—¿Saboteaste las excavadoras de Sanches? ¿Mi padre te pidió eso?

—Sí.

—¿Por qué? —preguntó.

—Quería hacerse con la industria del aluminio, bueno, en realidad con la industria del silicio. Interrumpir la producción de Sanches iba a permitirle firmar un contrato público que necesitaba para conseguirlo.

Lene miró adelante, inexpresiva, luego asintió lentamente.

—Suena propio de él. Siempre buscando el mejor ángulo.

—Mira, tengo una idea —dije—. Pero necesito tu ayuda.

—Necesitas a una huérfana tullida.

—Una huérfana tullida multimillonaria, sí. —Subí las piernas al sofá para poder mirarla de chica a chica—. Voy a seguir el plan de Trond. Voy a parar la producción de oxígeno de Sanches. Necesito que estés lista para asumir el contrato. En cuanto lo hagas, O Palácio estará dispuesto a venderte Sanches Aluminium.

—¿Por qué iban a vendérmelo?

—Porque si no lo hacen, tú crearás tu propia compañía, bajarás sus precios con tu energía gratuita y los arruinarás. Son mafiosos, pero también son hombres de negocios. Les ofrecerás una buena compensación para que se marchen cuando su alternativa sea observar el derrumbe de la empresa. Aceptarán el trato. Eres propietaria de todas las acciones de Trond, ¿no?

—Todavía no —dijo ella—. Son miles de millones de euros, dólares, yenes y todas las monedas imaginables. Además de empresas enteras, acciones... Dios sabe qué más. Está todo en fideicomiso hasta que cumpla dieciocho. La herencia tardará meses, tal vez años.

—No para sus slugs de Artemisa —dije—. Nuestra falta de regulación juega a tu favor. Sus cuentas son tuyas desde el momento en que Roussel declaró su muerte. Y he oído que convirtió un montón de dinero en slugs para preparar la compra de Sanches. Tienes el dinero para hacer esto.

Miró a la distancia.

—¿Lene?

—No es el dinero —dijo—. Soy yo. No puedo hacerlo. No soy papá. Él era un maestro de estas cosas. Yo no sé qué demonios estoy haciendo.

Giré el reloj en mis manos. El dorso de platino tenía un texto grabado en noruego. Lo sostuve delante de ella.

—Eh... ¿Qué dice?

Lene miró.

—*Himmelen er ikke grensen*. Significa «El cielo no es el límite».

—Era un hombre seguro de sí mismo —dije.

—Y eso le costó la vida.

Busqué en mi bolsillo y saqué mi navaja del ejército suizo. Con la ayuda de sus pinzas, extraje un pasador de la correa metálica. Retiré tres eslabones y volví a poner el pasador.

Tomé la mano de Lene y le coloqué el reloj en la muñeca. Ella me miró con desconcierto, pero no ofreció resistencia. Apreté el cierre.

—Mira. Ahora encaja.

Agitó el brazo y el reloj permaneció en su sitio.

—Es pesado.

—Te acostumbrarás.

Miró la esfera del reloj un buen rato. Limpió una mota de polvo del cristal.

—Supongo que tendré que hacerlo.

—¿Y...? —la insté.

—De acuerdo, lo haré. —Miró al frente—. Vamos a joder a esos cabrones.

No me había fijado antes, pero tenía los ojos de su padre.

Hola, Kelvin:

Gracias por ayudarme antes. Estaba en la mierda. Ahora la mierda es menos profunda. Básicamente estoy en guerra con una empresa llamada Sanches Aluminium. Te contaré la historia completa después. Por ahora necesito otro favor.

La fundición de Sanches Aluminium está en una mini burbuja, cerca de los reactores. El complejo reactor-fundición está a un kilómetro de la ciudad.

Investigué un poco y encontré un artículo de hace veinticuatro años sobre las negociaciones entre Sanches y la KSC. La KSC se involucró mucho en el proceso de diseño de la fundición y a Sanches no le gustó. Casi fueron a litigio en un tribunal keniano.

El argumento de Sanches era: «Es nuestra fundición. No necesitamos aprobación de nadie. A la mierda.»

La réplica de la KSC fue: «Está a doscientos metros de nuestros reactores. Necesitamos saber que no estallará. Dadnos derechos de aprobación o no os alquilaremos el espacio, capullos.»

En última instancia, la KSC ganó porque son propietarios de la miniburbuja. Nunca venden propiedad, solo alquilan.

Da igual, la conclusión es que la KSC tiene que conservar planos detallados de la fundición de Sanches en alguna parte. Como... superdetallados con todos los casos de fallos potenciales analizados y cubiertos. Necesito que consigas esos documentos. Sé que trabajas en una parte completamente distinta de la KSC, pero todavía tienes más acceso que la mayoría de la gente. Puedes gastar el dinero que necesites en el proceso. Te lo devolveré.

Querida Jazz:

Los planos se incluyen. Fueron sorprendentemente fáciles de conseguir. Ninguna parte de ellos se consideraba secreto de la compañía o proceso industrial. Sanches se guardó los detalles del procedimiento químico del horno, pero todo lo demás está ahí, en los planes arquitectónicos.

Tengo un colega en el laboratorio metalúrgico del Edificio 27. Han sido consultores como parte de la revisión de seguridad. Cargó los planos en el ordenador de su jefe (que no está protegido por contraseña). Lo único que tuve que hacer fue invitarle a una cerveza.

Así que el coste fue de dos cervezas (tuve que tomarme otra yo, claro). Ponle 50 slugs.

Hola, Kelvin:

Gracias, colega. Que sean 75 y tómate otra cerveza a mi salud.

12

CERRADO POR EVENTO PRIVADO, decía el cartel.

—No tenías que hacer eso, Billy —dije.

—Es una tontería, cielo —dijo—. Dijiste que necesitabas un espacio para reunirte, pues aquí lo tienes.

Cerré la puerta de Hartnell's detrás de mí y me senté en mi lugar habitual.

—Pero estás perdiendo ingresos.

Rio.

—Créeme, cielo, contigo he ganado mucho más de lo que perderé por cerrar una hora por la mañana.

—Bueno, gracias. —Di unos golpecitos en la mesa—. Ya que estoy aquí...

Me sirvió una pinta y me la deslizó por la barra.

—Hola —dijo Dale desde el umbral—. ¿Querías verme?

—Sí —dije. Di un trago a mi cerveza—. Pero no quiero contar la misma historia una y otra vez. Así que siéntate y espérate a que lleguen todos.

—¿En serio? —se quejó—. Tengo cosas mejores que hacer que...

—Yo pago la cerveza.

—Una pinta de la mejor, Billy. —Saltó a su taburete.

—Basura reconstituida —dijo Billy.

Lene Landvik entró despacio con sus muletas. Sí, tenía dieciséis años y Hartnell's era un bar, pero no hay edad mínima para consumir alcohol en Artemisa. Es otra de esas reglas vagas que se impone a puñetazos. Si Billy vendía alguna cerveza a adolescentes no era nada grave, pero si se pasaba demasiado con el rango de edad recibía una visita de padres enfadados.

Lene se sentó a una mesa cercana y apoyó las muletas en una silla.

—¿Cómo va, peque? —pregunté.

—Mejor —dijo—. No es que esté contenta, pero mejor.

—Paso a paso. —Levanté mi vaso hacia ella—. Sigue así.

—Gracias —dijo—. No sé cómo sacar a relucir esto, pero ¿mi padre te pagó? ¿O no tuvo ocasión?

Oh, tío, vamos. Había pensado acercarme a Lene en algún momento, pero no hasta que tuviera tiempo de llorar.

—Bueno... no. No me pagó. Pero no te preocupes por eso.

—¿Cuánto de debía?

—Lene, ya hablaremos de esto después...

—¿Cuánto?

Bueno, mierda. Supongo que la conversación iba a producirse en ese momento.

—Un millón de slugs.

—¡Joder! —exclamó Dale—. ¿Un millón de slugs?

No le hice caso.

—Pero no tengo ninguna forma de probarlo y no tienes motivos para creer mi palabra.

—Tu palabra es suficiente —dijo—. Papá siempre decía que eras la persona más honesta con la que había trabajado nunca. Te haré la transferencia hoy.

—No —dije—. No entregué. El trabajo consistía en parar la producción de oxígeno de Sanches. Si quieres, puedes pagarme después de que lo consiga. Pero sabes que esto no es cuestión de dinero, ¿verdad?

—Lo sé. Pero un trato es un trato.

—¡Billy! —dijo Dale—. Todas mis bebidas van a cuenta de Jazz a partir de ahora. ¡Es millonaria!

—Ahora mismo no —dije—. Págate tus copas.

Dale y yo tomamos otro par de cervezas y Lene jugó con su gizmo. Pasaría mucho tiempo hasta que su vida recuperara la normalidad, pero al menos por el momento podía ser una adolescente enganchada a su teléfono.

Bob Lewis apareció a las diez en punto.

—Bob —dije.

—Jazz.

—¿Cerveza?

—No.

Se sentó frente a Lene en su mesa y no dijo nada más. Los marines saben esperar.

Svoboda llegó a continuación, con una caja de dispositivos electrónicos. El muy loco había traído un proyector digital y una pantalla enrollable. Conectó su gizmo y, como de costumbre con la tecnología, no funcionó. Impertérrito, modificó la configuración. Feliz como un cerdo en el barro.

Todavía faltaba por llegar una persona. Miré a la puerta, poniéndome cada vez más nerviosa a medida que pasaban los minutos.

—¿Qué hora es? —pregunté a la sala en general.

Lene miró su reloj de pulsera.

—Diez y trece... y actualmente hay media Tierra, por cierto. Es menguante.

—Está bien saberlo.

Finalmente, se abrió la puerta y entró el último invitado. Examinó el bar hasta que su mirada se posó en mí.

Aparté mi cerveza. Nunca bebía alcohol delante de él.

—Hola, señor Bashara —dijo Lene.

Mi padre se acercó a ella y le tomó la mano.

—Señorita Landvik. Sentí mucho enterarme de lo de su padre. Lloré cuando lo supe.

—Gracias —dijo ella—. Ha sido duro. Pero estoy un poco mejor.

Bob se levantó.

—Ammar. Me alegro de verle.

—Lo mismo digo. ¿Cómo va esa escotilla del *rover*?

—De fábula. Ninguna fuga.

—Me alegro de oírlo.

Billy se echó un trapo sobre el hombro.

—Buenos días, Ammar. ¿Le apetece un zumo? Tengo unos cuantos sabores en polvo aquí. El de uva es el más popular.

—¿Tiene de arándanos? —preguntó mi padre.

—¡Sí! —Billy sacó un vaso de pinta y reconstituyó un zumo de arándanos.

Dale levantó su vaso.

—Señor Bashara.

Mi padre le lanzó una mirada fría.

—Dale.

—Lo he olvidado —dijo Dale—, ¿me odia porque soy gay o porque soy judío?

—Te odio porque le rompiste el corazón a mi hija.

—Está bien. —Dale se acabó su cerveza.

Mi padre se sentó a mi lado.

—Bueno, un musulmán entra en un bar y... —dije.

No se rio.

—Estoy aquí porque dijiste que me necesitabas. Si solo es una fiesta, prefiero volver con el imán.

—No...

—¿Señor Bashara? —Svoboda metió la cabeza entre nosotros—. Hola, no nos conocemos. Soy Martin Svoboda. Soy amigo de Jazz.

Mi padre le estrechó la mano.

—¿Uno de esos amigos con beneficios?

—Ag. —Puse mis ojos en blanco—. Yo no hago eso, papá. Podría sorprenderte, pero no he tenido sexo con nadie de toda esta sala.

—Bueno, es una sala pequeña.

—¡Fuego! —dijo Svoboda—. Bueno, solo quería decirle que hizo un buen trabajo educando a Jazz.

—¿Eso crees? —dijo mi padre.

—Muy bien —dije—. Empecemos.

Caminé hacia la pantalla blanca. Svoboda logró que funcionara, por supuesto. Siempre hace que todo funcione.

Respiré profundamente.

—Han pasado muchas cosas y algunos de vosotros tenéis preguntas. Como Bob, que quiere saber quién hizo una EVA no autorizada para hacer estallar cosas. Y papá, que quiere saber por qué le pedí que se escondiera en la casa del imán la semana pasada. Sentaos, os voy a contar todo lo que sé...

Así que expliqué todo el relato sórdido. Desde el incendio de la fábrica de cristal Queensland, cómo me contrató Trond, cómo el trabajo fue mal y cómo se relacionaba con los asesinatos. Eso condujo a O Palácio, Zurdo y Jin Chu. Les hablé del contrato del oxígeno de Sanches Aluminium y el plan de Trond para hacerse con él. Cedí la palabra a Svoboda para que explicara cómo funcionaba ZAFO. Después terminé contando al mar de caras asombradas que había decenas de mafiosos de camino a Artemisa.

Cuando dejé de hablar, un silencio general se posó en la sala.

Dale fue el primero en hablar.

—Creo que todos estamos de acuerdo en que esto está jodido. Pero un par de docenas de mafiosos no pueden hacerse con Artemisa. Quiero decir, hemos tenido peleas de bar con más gente.

—Esto no es una película de gánsteres —dije—. No van a entrar y empezar a partir cráneos. Solo custodiarán Sanches Aluminium para asegurarse de que conservan el contrato de oxígeno por energía. Tenemos una pequeña oportunidad antes de que lleguen aquí.

—Supongo que lo que sea que has tramado será ilegal —dijo mi padre.

—Mucho.

Se levantó de su taburete.

—Entonces no participaré.

—Papá, es mi única opción de seguir con vida.

—Tonterías. Podemos volver a la Tierra. Mi hermano en Tabuk nos acogería...

—No, papá. —Negué con la cabeza—. Nada de huir. Arabia Saudí es tu país, pero no es el mío. No hay nada para mí allí salvo síndrome de adaptación espacial. Artemisa es mi hogar. No voy a marcharme y desde luego no voy a dejar que lo tomen los mafiosos.

Se volvió a sentar. Me lanzó una mirada amenazadora, pero no se marchó. Ya era algo.

—¡Cuéntales el plan! —dijo Svoboda—. Tengo todas las ayudas visuales preparadas.

—Muy bien, muy bien. Abre los planos.

Svoboda manipuló su gizmo varias veces y el proyector mostró unos planos arquitectónicos. El texto de la caja de título decía BURBUJA DE FUNDICIÓN DE SANCHES ALUMINIUM: ANÁLISIS METALÚRGICO.

Señalé la pantalla.

—La burbuja de la fundición es mucho más pequeña que una burbuja municipal. Solo mide treinta metros de largo. Pero sigue teniendo la misma construcción de doble casco que cualquier otra burbuja. Allí donde hay humanos, la KSC exige doble casco.

Caminé delante de la pantalla y señalé las características mientras hablaba.

—Aquí está la sala de control. Tiene una gran ventana que da a la instalación, así que tendré que ser escurridiza.

—¿La sala de control tiene su propio compartimento de aire? —preguntó mi padre.

—No, comparte el aire con el resto de la instalación. Tienen que acceder a la planta principal con tanta frecuencia que no quieren que se interponga una puerta hermética, eso es lo que supongo. Tienen un refugio de aire en la sala de control por si algo va mal. Y si el tren está detenido también pueden ir allí.

—Vale —dijo mi padre.

Continué:

—Las muelas están fuera y la grava entra a través de esta esclusa de compresión. Luego baja al nivel inferior. El centrifugador separa la anortita de los otros minerales. Luego se sinteriza en ánodos. A partir de ahí vuelve a subir al horno. —Toqué un largo rectángulo en medio del plano—. Aquí es donde ocurre la magia. El horno reduce la anortita en sus elementos básicos usando una enorme cantidad de electricidad.

—El Proceso Cambridge FFC —intervino Svoboda—. ¡Es alucinante! El ánodo se hunde en un baño salino de cloruro cálcico, luego la electrólisis literalmente arranca los átomos. Oh, y los cátodos de carbono se erosionan, así que tienen que resinterizarlos constantemente a partir del carbono que recuperan del residuo de CO_2. Luego usan parte del polvo de aluminio resultante para hacer combustible de cohete, pero el resto...

—Cálmate —dije—. La cuestión es que voy a entrar ahí y hacer que la fundición se funda.

—¿Cómo lo harás? —preguntó Dale.

—Subiré la potencia del calefactor. El baño normalmente está a novecientos grados Celsius, pero si consigo llegar a mil cuatrocientos, el depósito de contención de acero se fundirá. Entonces el baño salino sobrecalentado escapará y destruirá todo en la burbuja.

Mi padre puso ceño.

—¿De qué servirá este penoso vandalismo?

—Para empezar, papá, no es vandalismo penoso. Es vandalismo extremo. En segundo lugar: con su fundición destruida, Sanches no podrá producir oxígeno y el contrato con Artemisa se rescindirá. Ahí es donde entra Lene.

Lene se puso nerviosa cuando todos se volvieron hacia ella.

—Ah, sí, papá tenía, eh... Tengo oxígeno suficiente para el consumo de un año de Artemisa. Ofreceré asumir el contrato en cuanto Sanches esté en quiebra.

—Y Ngugi le pondrá el sello —dije—. Quiere a O Palácio fuera de Artemisa tanto como nosotros.

Bob resopló.

—¿Por qué debería implicarme en esto?

—Maldición, Bob —dije—. No quiero perder el tiempo en la parte de «me ayudarás o no me ayudarás». Si no comprendes por qué tenemos que hacer esto, vete al rincón hasta que lo entiendas.

—Eres una estúpida —dijo Bob.

—¡Eh! —Mi padre le lanzó a Bob una mirada que hizo que el fornido marine se echara atrás.

—Tiene razón, papá. Soy una estúpida. Pero ahora mismo Artemisa necesita una estúpida y me ha tocado.

Caminé hasta el centro del bar.

—En este momento, en este preciso momento, es cuando decidimos qué clase de ciudad va a ser Artemisa. Podemos actuar ahora o dejar que nuestro hogar degenere gobernado por la mafia durante generaciones. Esto no es un escenario hipotético. Incendiaron una fábrica. Asesinaron a dos personas. Hay una enorme cantidad de dinero en juego, no van a parar.

»Esto no es nuevo. Nueva York, Chicago, Tokio, Moscú, Roma, México: todos pasaron por un infierno para controlar sus plagas mafiosas. Y esas son las historias de éxito. Grandes porciones de Sudamérica siguen bajo control de cárteles. No seamos como ellos. Ocupémonos del cáncer antes de que se extienda.

Miré a cada uno de los presentes a los ojos.

—No os estoy pidiendo que hagáis esto por mí. Os pido que lo hagáis por Artemisa. No podemos dejar que O Palácio se haga con el poder. Esta es nuestra única oportunidad. Están trayendo un ejército a la ciudad. Una vez que esos matones estén aquí, nunca podremos cortar el flujo de oxígeno a Sanches. Estará mejor custodiado que Fort Knox.

Hice una breve pausa por si acaso alguien quería cuestionar ese punto. Nadie lo hizo.

—Mirad, tenemos mucho que planificar, así que mejor cortemos la tontería. Bob: eres un marine. Has pasado la mitad de tu vida protegiendo a Estados Unidos. Ahora tu hogar es Artemisa y está en peligro. ¿La protegerás?

Eso le dio donde duele. Lo vi en su expresión.

Me acerqué a mi padre.

—Papá, hazlo porque es la única forma de salvar la vida de tu hija.

Apretó los labios.

—Es una táctica ruin, Jasmine.

Me volví hacia Dale.

—¿Tengo que explicarte por qué has de hacerlo?

Dale esquivó la pregunta haciendo un gesto a Billy para pedirle otra cerveza.

—No eres una estúpida total, Jazz. Supongo que tienes un plan para impedir que los trabajadores sufran daños.

Bob levantó la mano.

—¿Y cómo entrarás en la burbuja? Aunque no haya matones de por medio, Sanches tiene una seguridad fuerte.

—¿Y qué pasa con los sistemas de seguridad? —preguntó Svoboda—. Miré los planos que envió tu colega de la Tierra. La fundición tiene tres sistemas redundantes de control de temperatura y un conector de cobre ignífugo.

—¿Y para qué me necesitas a mí? —preguntó mi padre.

—Muy bien, muy bien. —Extendí las manos—. Puedo responder todo eso. Pero primero tengo que saber si hemos terminado con la parte de convencer. ¿Estamos todos a bordo?

El bar quedó en silencio. Incluso Billy detuvo su preparación matinal para ver el resultado.

—No estoy convencido de que tengas razón —dijo Bob—. Pero no puedo arriesgarme a que Artemisa tenga el futuro que has descrito. Y han matado a dos de los nuestros. Estoy dentro.

Mi padre asintió.

—Dentro.

—Sabes que estoy dentro —dijo Svoboda—. ¡Me encanta un buen golpe!

—Yo también —dijo Lene—. Quiero decir... que me apunto. Sobre los golpes no me he decidido.

—Esto me compra —dijo Dale—. Se acabó la culpa por Tyler. Fin de esa mierda.

Fruncí el ceño.

—No puedo dejar de estar cabreada.

—No, pero puedes dejar de regodearte en eso. Y puedes hablarme como a un ser humano normal. —Movió su cerveza sin interrumpir el contacto visual—. Ese es mi precio.

—Está bien —dije.

No estaba segura de cómo cumplirlo, pero por el bien de la ciudad tenía que tragarme mi orgullo.

Bob usó su altura y porte militar para despejar un camino a través del Puerto de Entrada. Mi padre y yo lo seguimos, empujando un carro de material para soldar.

Localicé a *Trigger* en su espacio de aparcamiento. No había tenido la oportunidad de usarlo últimamente. No había tenido tiempo para entregas en medio del caos en el que se había convertido mi vida. Echaba de menos al pequeño. Tal vez lo conduciría por mera diversión cuando todo acabara.

Bob nos condujo a un rincón de la enorme cámara. Había puesto unas mamparas. Las rodeamos y entramos en una sala de trabajo improvisada.

—Espero que sirva con esto —dijo Bob. Hizo un gesto al refugio de aire desconectado que estaba en el centro de la sala—. Es el más grande que he podido encontrar.

El depósito de presión cilíndrico tenía una sola escotilla manual y cuatro depósitos de aire. En la parte de atrás, había un sistema de baterías para alimentar ventiladores internos y un sistema químico de absorción de CO_2. En la escotilla principal había un cartel que decía CAPACIDAD MÁXIMA: 4 PERSONAS; DURACIÓN MÁXIMA: 72 HORAS.

—¿De dónde lo has sacado? —preguntó mi padre con cautela.

—De mi casa. Es el refugio de emergencia de mi familia.

—Mierda —dije—. No tenías que hacer eso, Bob.

—Sabía que Ammar no querría que robara uno. Además, tú me comprarás uno nuevo.

—Aparentemente, lo haré.

Maldición. Eso me costaría unos miles de slugs, seguro.

Mi padre inspeccionó el refugio con su ojo experimentado. Dio una vuelta a su alrededor, examinando cada detalle.

—Esto servirá.

—Muy bien. Os dejo con eso —dijo Bob—. Me avisáis si necesitáis algo.

Bob rodeó la mampara y se marchó. Eso nos dejó a mi padre y a mí mirándonos a los ojos.

Cogí una careta de soldar del carro.

—Como en los viejos tiempos, ¿eh? Ha pasado mucho desde que hicimos un proyecto juntos.

—Nueve años. —Me lanzó un mono de trabajo—. Ponte el equipo de seguridad. Todo.

—Oh, vamos. Este mono da un calor infernal y...

Me acalló con una mirada. Era como si tuviera dieciséis años otra vez. Me puse el mono a regañadientes y empecé a sudar de inmediato. Uf.

—¿Cómo lo vamos a hacer? —pregunté.

Buscó en el carro y levantó una pila de planchas finas de aluminio.

—Cortaremos el agujero atrás. Tendremos que mover los depósitos y baterías, pero eso no será problema.

Me puse la careta.

—Y luego ¿qué? ¿Cómo hacemos un punto de conexión?

Inclinó las planchas contra el recipiente de presión.

—Vamos a soldar estas planchas alrededor del nuevo agujero para hacer un faldón.

Levanté una de las planchas. Vi el logo del fabricante estampado en la esquina.

—Qué ironía. Es de Sanches Aluminium.

—Fabrican material de calidad —dijo mi padre.

—Landvik Aluminium también fabricará material de calidad. —Dejé el panel—. ¿Una soldadura de esquina aguantará en el vacío?

Sacó un rotulador y quitó la tapa.

—No tendremos ninguna esquina. Calentaremos las planchas con sopletes no centrados y las doblaremos sobre la curvatura del recipiente a presión. Las montaremos en un cilindro. —Levantó la mirada hacia mí—. ¿Y cuántos paneles harán falta?

Siempre un maldito examen.

—Bueno —dije—, no deberíamos doblar planchas de cinco milímetros en un radio de más de cincuenta centímetros. Supongo que seis para completar el arco.

—Seis serviría —dijo—. Usaremos ocho para no correr riesgos. Ahora, pásame la cinta métrica.

Hice lo que me pidió. Midió con cuidado y marcó una serie de puntos en el refugio.

—Bueno, ¿cuándo viene el sermón? —pregunté.

—Eres una persona adulta. No me corresponde darte sermones de nada.

—Pero continuarás con las pullas pasivo-agresivas, ¿no? No me gustaría perdérmelas.

Se levantó.

—Nunca simulé aprobar tus decisiones, Jasmine. No tengo ninguna obligación. Pero tampoco intento controlarte. No desde que te mudaste. Tu vida es tuya.

—Sí, claro —dije.

—Estás en una situación terrible —dijo—. Estoy eligiendo entre el menor de dos males al ayudarte. Nunca en mi vida había infringido la ley antes.

Hice una mueca y me miré los pies.

—Siento mucho haberte arrastrado a esto.

—Lo hecho, hecho está —dijo—. Ahora, ponte la careta y pásame un cabezal de corte.

Me puse la careta y le pasé la herramienta deseada de la caja. Mi padre fijó el cabezal y lo comprobó dos veces. Luego verificó meticulosamente las válvulas de mezcla de aire. Después volvió a revisar el cabezal de corte.

—¿Qué pasa, papá? Vas lento como un aprendiz hoy.

—Solo estoy siendo concienzudo.

—¿Estás de broma? Te he visto usar un soplete con una mano y controlar los niveles de una mezcla con la otra al mismo tiempo. ¿Por qué estás...?

Oh. Me callé.

No era un trabajo normal. Al día siguiente, la vida de su hija dependería de la calidad de esas soldaduras. Lentamente comprendí que, para él, era el proyecto más crítico que había hecho nunca. No aceptaría nada que no fuera lo mejor. Y si eso significaba pasarse todo el día, así sería.

Me aparté y lo dejé trabajar. Después de más irritantes dobles comprobaciones, empezó. Yo lo ayudé e hice lo que me dijo. Podríamos tener nuestras fricciones, pero, cuando se trataba de soldar, él era el maestro y yo, la aprendiza.

Poca gente tiene la oportunidad de cuantificar el amor de sus padres. Pero yo sí. Mi padre debería haber tardado cuarenta y cinco minutos en completar el trabajo, pero tardó tres horas y media. Mi padre me quiere un 366 por ciento más de lo que quiere cualquier otra cosa.

Es bueno saberlo.

Me senté en el borde de la cama de Svoboda y observé cómo se preparaba.

Había ido a por todas. Además del monitor normal en su escritorio, había montado otros cuatro monitores en la pared.

Escribió en el teclado y mágicamente los monitores cobraron vida.

—Un poco exagerado, ¿no crees? —dije.

Continuó escribiendo.

—Dos cámaras en tu traje espacial, dos en el de Dale y necesito una cámara para diagnóstico. Son cinco cámaras.

—Pero podrías haber puesto ventanas en la misma pantalla.

—Uf. Ignorante.

Me volví a tirar en la cama y suspiré,

—En una escala de uno a «invadir Rusia en invierno» ¿cómo de estúpido es este plan?

—Arriesgadísimo, pero no veo qué otra cosa puedes hacer. Además —dijo, volviéndose con una sonrisa—, tienes a tu propio Svoboda personal. ¿Cómo puedes perder?

Me reí.

—Pero ¿he cubierto todos los ángulos?

Se encogió de hombros.

—Eso no existe. Pero, por si sirve, tienes todo lo que he podido pensar.

—Eso significa mucho —admití—. Eres muy concienzudo.

—Bueno, hay una cosa...

—Mierda. ¿Qué?

—Bueno, es media cosa. —Se volvió hacia su ordenador y sacó el plano de la burbuja de Sanches—. Me preocupa el depósito de metano.

—¿Por qué? —Me acerqué y me puse detrás de él. Mi pelo le cayó un poco en la cara, pero no pareció importarle.

—Hay miles de litros de metano líquido ahí.

—¿Para qué necesitan metano?

—El combustible de cohete que fabrican tiene alrededor de un uno por ciento de metano. Se necesita como regulador de combustión. Lo importan de la Tierra en grandes depósitos.

—Vale. ¿Qué te preocupa?

—Es inflamable. Como... súper híper inflamable. —Señaló una parte diferente del plano—. Y hay un enorme depósito de oxígeno puro ahí.

—Y luego voy a añadir un montón de acero fundido a la sala —dije—. ¿Qué puede ir mal?

—Exacto, esa es mi preocupación. Pero no debería ser un problema. Cuando la fundición se funda, no habrá nadie cerca.

—Sí —dije—. Y si los depósitos tienen una fuga y explotan, mejor. ¡Más daño todavía!

—Supongo —dijo, claramente no convencido—. Es solo que me incordia, ¿sabes? No forma parte del plan. No me gustan las cosas que no encajan en un plan.

—Si eso es lo peor que se te ocurre, estoy bien.

—Supongo —dijo.

Estiré la espalda.

—Me pregunto si dormiré esta noche.

—¿Te quedas aquí?

—Eh... —dije—. Ngugi no va a venderme otra vez. ¿He mencionado que es una zorra?

—Ha surgido el tema

—Da igual, nadie va a poder localizarme a través de mi gizmo. Así que puedo pagar un hotel. Probablemente, me quedaré hasta tarde dándole vueltas. No quiero no dejarte dormir.

—Vale.

¿Había un atisbo de decepción en su voz?

Puse las manos en sus hombros. No estoy segura de por qué lo hice.

—Gracias por estar siempre en mi rincón. Significa mucho para mí.

—Claro. —Estiró el cuello para mirarme—. Siempre estaré ahí por ti, Jazz.

Nos miramos un momento.

—Eh, ¿aún no has probado mi condón? —preguntó.

—Maldita sea, Svoboda.

—¿Qué? Estoy esperando comentarios.

Levanté las manos y me alejé.

La enorme puerta a la esclusa de carga se abrió poco a poco y reveló el desolado paisaje lunar que había detrás.

Dale comprobó una información en el panel de control del *rover*.

—La presión está bien, la mezcla de aire, perfecta. Absorción de CO_2 en automático.

Miré las pantallas delante de mi asiento.

—Las baterías al ciento por ciento; diagnóstico de ruedas motrices, luz verde; mandos, cinco sobre cinco.

Cogió la palanca de control.

—Esclusa de Puerta de Entrada, solicitud de permiso de desembarco.

—Concedido —se oyó la voz de Bob en el intercomunicador—. Cuida de mi *rover*, Shapiro.

—Lo haré.

—Trata de no cagarla, Bashara —dijo Bob.

—Vete al cuerno —dije.

Dale le dio al botón de silencio y me lanzó una mirada.

—¿Sabes, Jazz? Estamos rompiendo todas las reglas del

gremio. Si nos pillan, nos echarán a Bob y a mí. Para siempre. Estamos arriesgando nuestra supervivencia. ¿Puedes ser un poquito más considerada?

Quité el silencio del micrófono.

—Eh... gracias, Bob. Por... todo esto.

—Recibido —fue la respuesta cortada.

Dale pilotó el *rover* al salir de la esclusa de aire al regolito. Esperaba que fuera un trayecto saltarín, pero la suspensión era muy suave. Eso, además de que la zona contigua a la burbuja se había aplanado y suavizado por años de uso frecuente.

El *rover* de Bob era, por decirlo simplemente, el mejor *rover* de la Luna. No era un *buggy* con asientos engorrosos para pasajeros de una EVA. Estaba completamente presurizado y tenía un interior espacioso con suministros y potencia suficientes para que durara días. Nuestros trajes espaciales estaban bien almacenados en estantes en las paredes. El *rover* incluso tenía una esclusa dividida en la parte de atrás, lo cual significaba que la cabina nunca tenía que perder presión, ni siquiera si alguien salía.

Dale miró al frente mientras conducía. Se negó incluso a lanzar una mirada de soslayo.

—¿Sabes qué? —dije—. Lo que es una amenaza para tu supervivencia es el gremio EVA y no yo. Puede que tanta mierda proteccionista no sea la mejor política.

—Seguramente tienes razón. Deberíamos dejar que todo el mundo juegue con las esclusas de aire. Estoy convencido de que podemos confiar en gente no preparada para que aniquile la ciudad apretando un botón.

—Oh, por favor. El gremio podría tener personal operando las esclusas y dejar que la gente manejara sus EVA. Son solo unos cabrones avariciosos que dirigen un cártel laboral. Los macarras pasaron de moda hace mucho, sabes.

Se rio a su pesar.

—He echado de menos nuestras discusiones políticas.

—Yo también.

Miré la hora. Teníamos un horario muy ajustado que cumplir. Hasta el momento, bien.

Giramos al sureste y nos dirigimos a la Berma, a un kilómetro de distancia. No era un trayecto largo, pero habría sido muy largo a pie, sobre todo arrastrando con nosotros el refugio de aire modificado.

El refugio resonó contra el techo cuando entramos en terreno más escarpado. Ambos levantamos la cabeza a la fuente del ruido y luego nos miramos.

—¿Está bien sujeto? —preguntó.

—Estabas allí cuando lo hemos sujetado —dije.

Clang.

Hice una mueca.

—Si cae, lo recogemos, supongo. Nos costaría un tiempo que no tenemos, pero podríamos darnos prisa.

—Y espero que no se rompa.

—No se romperá —dije—. Lo ha soldado mi padre. Aguantará hasta que se enfríe el sol.

—Sí, sobre eso —dijo—, ¿podrás ocuparte tú de las siguientes soldaduras?

—Sí.

—¿Y si no puedes?

—Moriré —dije—. Así que no me falta motivación.

Se volvió ligeramente a la izquierda.

—Espera. Estamos cruzando sobre la tubería.

La tubería de aire que llevaba oxígeno recién formado de la fundición a la Burbuja Armstrong iba por el suelo.

En la Tierra, nadie estaría tan loco de enviar oxígeno presurizado a través de una tubería. En cambio, en la superficie lunar no hay nada que pueda arder. Además, en la Tierra, normalmente entierran las tuberías para proteger el sistema del clima, animales o humanos idiotas. Aquí no hacemos eso. ¿Por qué? No tenemos ni clima ni animales y todos los humanos idiotas están confinados en la ciudad.

Dale se ocupó de los controles cuando la parte frontal del *rover* se combó arriba y abajo, luego la parte de atrás hizo lo mismo.

—¿Esto es realmente seguro? —pregunté—. Conducir así sobre un conducto de alta presión.

Dale ajustó uno de los controles de la rueda motriz.

—El grosor de las paredes de esas tuberías es de ocho centímetros. No podríamos dañarlas ni aunque lo intentáramos.

—Tengo equipo de soldadura. Yo podría dañarlas.

—Eres una mierdecilla pedante, ¿lo sabes?

—Sí.

Miré a través de la ventana del techo. La Tierra colgaba en el cielo: media Tierra, como había dicho el reloj de Lene.

Nos habíamos alejado lo suficiente de la ciudad para que el terreno se volviera completamente natural. Dale nos llevó en torno a una roca.

—Tyler te manda saludos.

—Mándale mis mejores deseos.

—De verdad se preocupa por...

—No.

Sonó mi gizmo. Lo puse en una ranura del salpicadero y lo conecté al sistema de audio del *rover*. Por supuesto, el *rover* tenía sistema de audio. Bob viajaba con estilo.

—Hola.

—Hola, Jazz —sonó la voz de Svoboda—. ¿Dónde estáis ahora? No tengo imágenes de cámara.

—Seguimos en ruta. Las cámaras de los trajes están desconectadas. ¿Está mi padre ahí?

—Sí, justo a mi lado. Salude, Ammar.

—Hola, Jasmine —dijo mi padre—. Tu amigo es... interesante.

—Te acostumbras a él —dije—. Saluda a Dale.

—No.

Dale resopló.

—Llamadme cuando estéis vestidos —dijo Svoboda.

—Lo haré. Hasta luego. —Colgué.

Dale negó con la cabeza.

—Tía, tu padre realmente me odia. Y tampoco se trata de Tyler. Me odiaba antes de eso.

—No por las razones que piensas —dije—. Todavía recuerdo cuando le conté que eras gay. Pensaba que se cabrearía, pero me di cuenta de que se sintió aliviado. Hasta sonrió.

—¿Eh? —dijo Dale.

—En cuanto descubrió que no te me estabas tirando, te cogió cariño. Pero luego, sabes, cuando vino todo el asunto de que me robaste a mi novio.

—Ya.

Subimos una pequeña cresta y vimos las tierras llanas por delante. La Berma se alzaba a un centenar de metros de distancia. Justo detrás estaría el complejo del reactor y la Burbuja Sanches.

—Quince minutos hasta que lleguemos allí —dijo Dale, aparentemente leyendo mis pensamientos—. ¿Nerviosa?

—Me estoy cagando.

—Bien —dijo—. Sé que piensas que eres impecable en EVA, pero recuerda que suspendiste el examen.

—Gracias por la arenga.

—Solo estoy diciendo que un poco de humildad nunca viene mal en una EVA.

Miré por la ventanilla lateral.

—Créeme, esta última semana ya ha sido suficientemente humillante.

13

Miré la cúpula plateada de la burbuja de la fundición de Sanches. Otra vez.

Mi anterior visita había sido solo seis días antes, pero parecía que había pasado una eternidad. Por supuesto, las cosas eran un poco diferentes esta vez. Solo habría una excavadora trabajando. Está bien, no iba a por la excavadora de todos modos. Eso era agua pasada.

Dale nos llevó al borde de la burbuja, hizo una maniobra de giro perfecta y orientó la parte posterior del *rover* a la pared.

—¿Distancia? —preguntó.

Miré mi pantalla.

—Dos coma cuatro metros.

Los sensores de proximidad son una herramienta frívola en la Tierra, pero tienen una importancia crítica para los *rovers* lunares. Aplastar tu recipiente bajo presión contra cosas es malo. Puede conducir a una muerte no programada.

Satisfecho, Dale accionó el freno físico.

—Muy bien. ¿Lista para vestirte?

—Sí.

Bajamos de nuestras sillas y nos arrastramos hasta la parte posterior del depósito.

Los dos nos quedamos en ropa interior. (¿Qué? ¿Tengo que ser recatada delante de un tío gay?) Luego nos pusimos nuestros elementos refrigerantes. La luz diurna exterior podría hervir agua: los trajes espaciales necesitan refrigeración central.

A continuación, los trajes de presión en sí. Le ayudé a ponerse el suyo y él me ayudó a ponerme el mío. Finalmente, hicimos los tests de presión, tests de depósitos, tests de lectores y un montón de rollos más.

Una vez que concluimos con las pruebas, nos preparamos para salir.

En la esclusa de aire del *rover* cabían dos, aunque era pequeña. Nos acurrucamos y cerramos la escotilla.

—¿Lista para despresurizar? —preguntó Dale por radio.

—Ya estoy más que despresurizada, sí —dije.

—No bromees con los procedimientos de esclusa.

—Chis, chupas el aire de la sala, ¿lo sabías?

—¡Jazz!

—Recibido, lista para descompresión.

Giró una manivela. El aire silbó desde la cámara al escapar al vacío exterior. No había necesidad de un sistema de bombas de alta tecnología. No había escasez de oxígeno; gracias a la fundición, Artemisa tenía tanto que no sabíamos que hacer con él...

Al menos por el momento (risa sardónica).

Dale giró la manivela, abrió la puerta y salió. Yo lo seguí.

Subió por la escalera al techo del *rover* y desenganchó los cordajes. Yo fui al otro lado e hice lo mismo. Luego, juntos, bajamos el refugio de aire modificado al suelo.

Con un peso de quinientos kilos, tuvimos que esforzarnos los dos para asegurarnos de que bajara con suavidad.

—Trata de que no caiga polvo en el faldón —dije.

—Recibido.

Mi padre había hecho una maravilla con el refugio. Apenas resultaba reconocible. Tenía un gran agujero en la parte de atrás con un faldón de aluminio de medio metro de ancho alrededor. Parecía una campana. Alguien podría decir que hacer un agujero enorme en un depósito bajo presión es mala idea. No tengo forma de refutarlo.

Trepé otra vez al techo del *rover* y recogí mi equipo de soldar.

—¿Listo para recibir?

Dale se colocó debajo de mí y levantó los brazos.

—Listo.

Le pasé los depósitos, sopletes, cinturón de herramientas y otros accesorios que necesitaría para el trabajo. Los colocó todos en el suelo. Finalmente, saqué una enorme bolsa de su contenedor.

—Aquí va el túnel inflable —dije. Lo lancé desde el techo.

Dale lo cazó y lo dejó en el suelo.

Yo salté desde el techo y caí a su lado.

—No deberías saltar desde tanta distancia —dijo.

—Tú no deberías follarte a los novios de otra gente.

—Oh, venga ya.

—Podría acostumbrarme a esta nueva relación que tenemos —dije—. Ayúdame a llevar toda esta mierda a la burbuja.

—Sí, sí.

Juntos cargamos o arrastramos todo hasta la pared.

El arco de la cúpula, dividido en triángulos de dos metros, estaba en vertical al nivel de suelo. Seleccioné un triángulo razonablemente limpio y le quité el polvo con un cepillo. No hay clima en la Luna, pero hay electricidad estática.

Un fino polvo lunar se mete por todas partes y se adhiere a cualquier cosa que tenga la más mínima carga.

—Vale, este —dije—. Ayúdame a colocar el refugio en posición.

—Recibido.

Juntos cargamos el refugio de aire y lo arrastramos hasta la cúpula. Presionamos el faldón de aluminio contra la pared brillante y luego soltamos el refugio.

—Joder, mi padre es bueno —dije.

—Y tanto —reconoció Dale.

Había hecho un trabajo absolutamente perfecto con el faldón. Quiero decir, vale, solo tenía que establecer el punto de contacto con la pared plana, pero, cielo santo. Había un hueco de menos de un milímetro entre el faldón y la pared.

Levanté el brazo a mi lector, que básicamente era solo una pantalla externa de mi gizmo. El gizmo estaba a buen recaudo dentro de mi traje (no están hechos para soportar los rigores del exterior). Pulsé unos botones e hice la llamada.

—Hola, Jazz —saludó Svoboda—. ¿Cómo va todo?

—Por ahora bien. ¿Cómo van las cámaras?

—Funcionan perfectamente. Tengo vuestras cámaras de traje en las pantallas.

—Ten cuidado —oí la voz de mi padre.

—Lo haré, papá. No te preocupes. Dale, ¿tienes el audio del teléfono?

—Afirmativo —dijo Dale.

Volví caminando al faldón y me situé frente a él para que la cámara del casco pudiera grabarlo.

—Buen alineamiento del faldón. Como... Muy muy bueno.

—Hum —dijo mi padre—. Veo algunos huecos. Pero más pequeños que la gota que harás. Debería servir.

—Papá, esto es la mejor precisión que nunca he...

—Vamos a trabajar —me interrumpió.

Arrastré los depósitos de oxígeno y acetileno a su sitio y fijé el cabezal del soplete.

—Muy bien —dijo mi padre—. ¿Sabes cómo prender una llama en el vacío?

—Claro —dije.

Bajo ningún concepto reconocería que lo había aprendido por las malas hacía solo unos días. Elevé mucho la mezcla de oxígeno, prendí la llama y la estabilicé.

Cuando había trabajado antes con las excavadoras había hecho uniones rudimentarias. Solo necesitaba que resistiera la presión el tiempo suficiente para estallar. Esta vez las uniones serían mucho más complicadas. El trabajo habría sido trivial para mi padre, pero él no sabía nada de EVA. De ahí nuestro trabajo en equipo.

—Parece una buena llama —dijo mi padre—. Empieza en la corona y deja que la gota caiga hacia abajo. La tensión superficial la mantendrá alineada con el hueco.

—¿Y la presión del flujo de aire? —pregunté—. ¿No caerán gotas en el faldón?

—Algunas, pero no muchas. No hay fuerzas de remolino en torno a la llama en el vacío. Solo está la presión de la llama en sí.

Sostuve una varilla de aluminio en lo alto del faldón y puse la llama allí. Era complicado hacerlo con el traje espacial, pero no estaba tan mal. Una gota de metal fundido se formó en la punta y cayó. Como mi padre había predicho, resbaló por el hueco y llenó la rendija.

Por costumbre, bajé la llama al sitio de relleno para sujetar la gota fundida.

—No hay necesidad de eso —dijo mi padre—. El metal permanecerá líquido más tiempo del que esperas. No hay aire para eliminar el calor. Algo se pierde a través del metal, pero el cambio de estado empapa la mayor parte de la energía. No puede irradiar demasiado lejos.

—Te creeré —dije.

Devolví la llama a la varilla de aluminio.

Dale estaba a unos metros de distancia, listo para salvarme la vida.

Y allí estaba yo otra vez. Fundiendo metal en el vacío. Si una gota fundía mi traje espacial, mi vida estaría en manos de Dale. Si causaba una fuga, él tendría que cargarme hasta la esclusa de aire del *rover*. Yo no podría hacerlo porque estaría demasiado ocupada muriendo de asfixia.

Paso a paso, fui soldando el perímetro del faldón. Mi padre me advirtió cuando fui demasiado deprisa o demasiado despacio. Al final volví al inicio de la costura.

—Uf —dije—. Es la hora de una prueba de presión.

—No —dijo mi padre—. Traza otra línea. A lo largo de todo el perímetro. Asegúrate de que cubres toda la primera soldadura.

—¿Estás de broma? —protesté—. Papá, esta soldadura es sólida.

—Haz otra línea, Jasmine —dijo con firmeza—. No tienes prisa. Solo estás impaciente.

—En realidad, sí que tengo prisa. He de hacer esto antes de que cambie el turno de Sanches.

—Haz otra línea.

Gruñí como una adolescente (mi padre realmente sacaba eso de mí).

—Dale, pásame más varillas.

—No —dijo Dale.

—¿Qué?

—Mientras tengas ese soplete en la mano, no apartaré

mis ojos de ti, no estaré a más de tres metros de distancia y no tendré nada en las manos.

Gruñí más alto.

Tardé otros veinte minutos, pero hice otra soldadura en torno al faldón bajo la mirada atenta de mi padre.

—Bien hecho —dijo.

—Gracias, papá.

Tenía razón. Había hecho un buen trabajo. Ahora tenía un refugio de aire perfectamente soldado al casco de la burbuja de la fundición. Lo único que tenía que hacer era cortar un agujero en la pared desde dentro del refugio y tendría mi esclusa de aire propio.

Dejé el soplete en una roca cercana y extendí mis manos ante Dale. Ahora que yo cumplía con sus estrictas medidas de seguridad, Dale caminó hacia el inflable.

El inflable era del mismo tipo que el que yo había ayudado a instalar durante el incendio de la fábrica de cristal Queensland: un tubo en acordeón con un conector de esclusa rígido en cada extremo. Él y yo agarramos un aro cada uno y nos separamos caminando hacia atrás. Me dirigí hacia el refugio de aire recién soldado mientras Dale iba al *rover*.

Cargué todo mi material de soldadura y los depósitos en el túnel, luego conecté mi extremo con el refugio de aire. Entonces me uní a Dale y los dos subimos a la esclusa del *rover*. Juntos colocamos en su lugar el otro conector del túnel.

Miré por el tubo hacia la escotilla todavía hermética del refugio de aire.

—Hora de probarlo, supongo —dije.

Dale se estiró hacia la válvula.

—Sigue alerta. Solo porque llevemos un traje espacial no significa que estemos a salvo. Si conectamos mal el túnel, podría haber una explosión por descompresión.

—Gracias por el consejo —dije—. Estaré lista para apartarme de un salto si una ola de presión viene hacia mí a la velocidad de la luz.

—Puedes ser menos imbécil.

—Podría —dije—. Pero no es probable.

Dale giró la válvula y un penacho de aire turbio se elevó del compartimento presurizado del *rover*. Comprobé los indicadores de mi traje y vi que estábamos a 2kPa; alrededor de un 10 por ciento de la presión normal de Artemisa.

Atronó una alarma desde el interior del *rover*.

—¿Qué coño es eso? —pregunté.

—Aviso de fuga —dijo Dale—. El *rover* sabe cuánto aire necesita para llenar la esclusa, y nos hemos pasado mucho. Estamos llenando todo este túnel.

—¿Problema?

—No —dijo—. Tenemos un montón en los depósitos. Mucho más de lo que necesitamos. Bob se encargó de eso.

—Bien.

Poco a poco, el túnel se infló. Contuvo la presión a la perfección, por supuesto. Estaba diseñado exactamente para hacer eso, conectar una escotilla con otra.

—Tiene buena pinta —dijo Dale.

Giró la manivela de la escotilla y abrió la puerta interior de la esclusa de aire del *rover*. Trepó al compartimento principal y se acomodó en el asiento del conductor. El *rover* estaba diseñado para acomodar a un conductor con o sin traje espacial.

Miró el panel de control.

—Veinte coma cuatro kPa, cien por cien de oxígeno. Listo.

Abrí los respiraderos de mi traje espacial. Tomé unas cuantas inspiraciones.

—El aire está bien.

Dale se me unió en el conector y me ayudó a quitarme el traje.

—Joder. —Temblé.

Cuando sueltas gas presurizado, se enfría. Al llenar el túnel desde los depósitos de alta presión del *rover*, habíamos hecho una maldita cámara frigorífica.

—Toma. —Dale me pasó mi mono.

Nunca me había vestido tan deprisa en mi vida. Bueno... una vez (los padres de mi novio del instituto llegaron a casa antes de lo esperado).

Entonces, Dale me pasó su propio mono. Era lo bastante grande para que su ropa me cupiera encima de la mía con facilidad. Ni siquiera discutí. Me lo puse. Al cabo de un minuto, entré un poco en calor. Hasta un nivel soportable.

—¿Estás bien? —preguntó—. Tienes los labios azules.

—Estoy bien —dije, pero me castañeteaban los dientes—. Una vez que encienda el soplete habrá mucho calor aquí.

Saqué el gizmo del bolsillo del traje espacial y me puse un auricular en el oído.

—¿Seguís ahí, chicos?

—¡Aquí estamos! —dijo Svoboda.

Se me ocurrió algo.

—¿Me has visto desnudarme en el vídeo de Dale?

—Sí. Gracias por el *show*.

—Ejem —dijo la voz de mi padre.

—Oh, calma, señor Bashara —dijo Svoboda—. Se ha quedado en ropa interior.

—Aun así... —protestó mi padre.

—Muy bien, muy bien —dije—. Svoboda, considera eso un pago por todos los favores que me has estado haciendo. A ver, papá: ¿algún consejo preliminar sobre este corte?

—Vamos a echar un vistazo al material.

Caminé por el túnel hacia el refugio de aire y Dale me siguió de cerca. Lo miré.

—¿Vas a estar encima de mí durante todo el proceso?

—Desde luego —dijo Dale—. Si hay una fuga. Tendré que coger tu cuerpo sin traje espacial por el túnel y llevarte hasta el *rover*. Tendré tres o cuatro minutos antes de que sufras daños cerebrales permanentes. Así que sí. Voy a quedarme cerca.

—Bueno, no te acerques demasiado. Necesito espacio para trabajar y no querrás que la llama toque tu traje.

—De acuerdo.

Abrí la válvula del refugio de aire y dejé que el aire del túnel entrara en el refugio. Escuchamos el silbido con atención. Si se detenía significaba que el faldón soldado era estanco. Si continuaba silbando significaba que había una fuga y tendríamos que volver a salir y encontrarla.

El silbido se fue apagando y finalmente se detuvo. Abrí la válvula del todo y no hubo ningún cambio.

—El cierre es hermético —dije.

—¡Bien hecho! —exclamó mi padre en la radio.

—Gracias.

—No, en serio —dijo—. Has hecho una soldadura estanca de tres metros de longitud con un traje espacial. Realmente podrías dedicarte.

—Papá... —dije, con una nota de advertencia en la voz.

—Muy bien, muy bien.

Aunque él no podía ver mi sonrisa. De verdad era una soldadura de puta madre.

Abrí la escotilla y entré. El tubo metálico estaba congelado. El agua se condensaba en las paredes. Hice un gesto a Dale para que avanzara. Él encendió las luces de su casco y se acercó al sitio de soldadura para que mi padre pudiera ver a través de la cámara.

—El borde interior de la soldadura me parece correcto —dije.

—De acuerdo —dijo mi padre—. Pero asegúrate de que el señor Shapiro se queda cerca.

—Estaré justo detrás de ella —dijo Dale. Dio un paso atrás en el conector.

Estiré la cabeza hacia Dale.

—¿Estamos seguros de que la presión aquí dentro es exactamente veinte coma cuatro kPa?

Dale verificó sus indicadores.

—Sí. Veinte coma cuatro kPa.

Habíamos presurizado a 20,4 kPa en lugar del estándar 21 de Artemisa. ¿Por qué? Por cómo funcionan los sistemas de doble casco.

Entre los dos cascos hay un montón de roca aplastada (eso ya lo sabías). Pero también hay aire. Y ese aire está a 20,4 kPA; alrededor del 97 por ciento de la presión de Artemisa. Además, el espacio entre los cascos no es un cascarón vacío gigante. Está particionado en centenares de triángulos equiláteros, de dos metros de lado. Cada uno de esos compartimentos tiene un sensor de presión dentro.

Así que fuera hay vacío, entre los cascos hay un 97 por ciento de la presión de Artemisa y dentro de la burbuja la presión es igual que la de Artemisa.

Si hay una fuga en el casco externo, el aire del compartimento se filtrará al vacío exterior. En cambio, si hay una fuga en el casco interno, el compartimento se inundará con aire a mayor presión del interior de la burbuja.

Es un sistema elegante. Si la presión del compartimento baja, sabes que hay una fuga en el casco externo. Si sube, sabes que hay una fuga en el casco interno.

Pero no quería que una alarma de filtración en el casco se disparara en medio de mi operación, así que nos aseguramos bien de que nuestra presión de aire coincidía con la presión interior del casco.

Hice una rápida inspección de la boquilla de mi soplete para asegurarme de que no se había combado con los cambios de temperatura a los que acababa de exponerlo. No vi ningún problema.

—Papá, según las especificaciones, esto sería igual que un casco de burbuja de la ciudad: seis centímetros de aluminio, un metro de regolito aplastado, luego otros seis centímetros de aluminio.

—Exacto —dijo mi padre—. Atravesar la primera parte será complicado por el grosor del material. Mantente firme y trata de no oscilar. Cuanto más firme tengas la mano, antes se romperá.

Llevé los depósitos de oxígeno y acetileno al refugio y preparé el soplete.

—No olvides la mascarilla de respiración —dijo mi padre.

—Lo sé, lo sé.

Lo había olvidado por completo. El oxiacetileno llena el aire de humo tóxico. Por lo general no importa, pero si estás confinado en un depósito bajo presión necesitarás tu propio aparato de respiración. Eh, lo habría recordado en cuanto hubiera empezado a toser de manera incontrolada.

Busqué en mi mochila y saqué una mascarilla. El depósito de aire adjunto tenía una pequeña mochila para mantenerla apartada. Me la puse e hice unas cuantas respiraciones solo para asegurarme de que funcionaba.

—Lista para empezar. ¿Algún consejo más?

—Sí —dijo—. El regolito tiene un alto contenido en hierro. Trata de no entretenerte en un sitio demasiado tiempo o podría acumularse en el punto de corte. Si se acumula demasiado te costará mucho sacarlo.

—Entendido —dije.

Me puse la careta de soldador y encendí el soplete. Dale dio un paso atrás. Por más valientes que sean los patrones EVA, los humanos siguen teniendo un instinto profundo para evitar el fuego.

Sonreí. Por fin tendría mi venganza. Hora de abrir un boquete en las tripas de Sanches.

14

Ajusté la mezcla de gas hasta que obtuve una llama larga. Elegí un punto en la pared, perforé y sostuve el soplete lo más quieto que pude. El enorme calor junto con el suministro continuado de oxígeno perforó el metal, taladrando un agujero cada vez más profundo.

Finalmente, lo atravesé. No puedo decirte cómo lo supe exactamente. Simplemente lo supe. ¿Tal vez por el sonido? ¿El chisporroteo de la llama? No estoy segura. En todo caso, el corte había empezado.

—No hay flujo de aire ni hacia dentro ni hacia fuera —dije—. Parece que la presión coincide. Buen trabajo, Dale.

—Gracias.

Moví el soplete a un ritmo pausado y corté un círculo de un metro de diámetro. Biselé los bordes para que la pieza cayera con un poco más de facilidad cuando completara el corte.

—Llevas un poco de retraso ahora —informó Dale.

—Recibido —dije.

Pero no aceleré. Ya estaba yendo lo más deprisa que podía. Tratar de ir más deprisa solo estropearía el corte y terminaría costándome más tiempo.

Por fin, completé el círculo y la pieza se inclinó adelante. Apagué el soplete y salté atrás al tiempo que una avalancha de regolito gris fluía en la cámara.

Me quité la careta de soldador y volví a presionar el respirador contra mi cara. Por nada del mundo quería respirar ese polvo. Me gustan mis pulmones sin partículas punzantes letales, gracias.

Noté un fuerte picor en los ojos y se me llenaron de lágrimas. Hice una mueca de dolor.

—¿Estás bien? —preguntó Dale.

La mascarilla puso sordina a mi voz.

—Debería haberme puesto gafas —dije.

Levanté la mano para frotarme los ojos, pero Dale me sujetó el brazo.

—¡No!

—Está bien —dije.

¿Sabes qué es peor que tener polvo punzante en los ojos? Frotarte polvo punzante en los ojos. Contuve el impulso, aunque a duras penas.

Esperé a que el polvo se aposentara. Luego, con picor en los ojos y la visión nublada, di un paso hacia el agujero. Y fue entonces cuando saltaron chispas eléctricas de mi cuerpo.

Grité, más por sorpresa que por dolor.

Dale comprobó los valores.

—Cuidado. La humedad es casi cero.

—¿Por qué?

—Ni idea.

Di otro paso y recibí otra salva de descargas de electricidad estática.

—Maldita sea.

—¿No aprendes? —dijo Dale.

—Ah, mierda —dije. Señalé la pila de regolito que poco

a poco iba creciendo delante del agujero—. Es el material de relleno. El aire de Artemisa está humidificado, pero el aire de los compartimentos del casco es seco del todo.

—¿Por qué?

—El agua es corrosiva y cara. ¿Por qué ibas a ponerla en tu casco? Ese polvo ha actuado como desecante y ha eliminado toda la humedad del aire.

Dale desconectó la unidad de almacenamiento de agua de su traje, abrió el contenedor y sacó una bolsa de plástico de un cuarto. Cortó la esquina de la bolsa y la pellizcó con los dedos. Es asombrosa la destreza que puede tener un patrón EVA con esos engorrosos guantes puestos.

Me salpicó la cara con agua.

—¿Qué co...?

—No cierres los ojos. Y mira al chorro.

Hice lo que me pidió. Fue difícil al principio, pero el puro alivio de que el polvo saliera de mis ojos me hizo seguir. Luego roció mi ropa, brazos y piernas.

—¿Mejor? —preguntó.

Sacudí la cabeza para sacarme el agua de la cara.

—Sí, mejor.

Nuestro particular concurso de camisetas mojadas me protegería de más descargas. Al menos durante un rato. Por supuesto, el polvo se acumuló en mí y se convirtió en un desagradable barro gris. No iba a ganar ningún concurso de belleza, pero al menos estaba cómoda.

Siguiente paso: tenía que extraer el material de relleno para dejar expuesto el sensor de presión y, más importante, acceder al casco interno.

Me apreté el auricular con el dedo.

—Svoboda, papá: voy a estar cavando un rato. Volveré a llamar pronto.

—Aquí estaremos —dijo Svoboda.

Corté la conexión.

—Échame una mano para sacar todo esto —dije.

Dale levantó una pala.

—Hay dos clases de personas en este mundo: los que llevan trajes espaciales y los que cavan.

Resoplé.

—Vale, para empezar, si estamos jugando a *El bueno, el feo y el malo*, yo seré Clint Eastwood y no tú. En segundo lugar, ¡ponte a trabajar y ayúdame!

—Tengo que estar listo para sacarte y llevarte al *rover* si las cosas van mal. —Me entregó la pala otra vez—. Acepta el Eli Wallach que llevas dentro y ponte a cavar.

Gruñí y cogí la pala que me ofrecía. Iba a tardar un rato.

—Llevamos retraso, ¿sabes? —dijo.

—Lo sé.

Justo entonces, Bob estaba siendo un incordio, como siempre. Pero esta vez no me incordiaba a mí, sino que incordiaba por mí. No estuve presente en nada de eso. Yo estaba ocupada sacando polvo de una pared. Pero me enteré después.

Sanches Aluminium poseía vías de tren que iban desde el Puerto de Entrada en Aldrin hasta su fundición. Tres veces al día, el tren cargaba a veinticuatro empleados y los dirigía a la instalación. El breve trayecto de un kilómetro solo duraba unos minutos. Cambiaban de turno, y el grupo anterior regresaba a Artemisa en el mismo tren.

Yo había programado mi pequeño golpe para que coincidiera con el cambio de turno. Pero me estaba retrasando. Necesitaba estar dentro de la instalación antes de que el tren llegara allí. Y todavía no había cortado el casco interno.

Los trabajadores de Sanches se reunieron en la estación de tren. El tren ya estaba preparado y su escotilla, abierta. La revisora sacó su escáner gizmo preparado para cobrar los billetes. Sí, Sanches Aluminium cobraba a los empleados de Sanches Aluminium para ir en un tren de Sanches Aluminium a la fundición de Sanches Aluminium. Al estilo del siglo XIX.

Bob se acercó a la revisora y puso la mano en su escáner.

—Espera, Mirza.

—¿Algún problema, Bob? —preguntó.

—Estamos haciendo una inspección de fugas de la esclusa de carga. El protocolo dice que nadie puede operar otra esclusa de aire en el puerto mientras eso está en marcha.

—¿Estás de broma? —dijo Mirza—. ¿Tiene que ser justo ahora?

—Lo siento. Hemos detectado una anomalía y tenemos que hacer el test antes de que llegue la nave mañana.

—Por el amor de Dios, Bob. —Hizo un gesto hacia la gente reunida—. Tengo aquí a veinticuatro personas que necesitan ir a trabajar. Y a veinticuatro más en la fundición esperando para volver a casa.

—Sí, lo siento. El test se está alargando. Pensábamos que ya habríamos terminado.

—¿Cuánto tiempo más?

—No estoy seguro. Diez o quince minutos tal vez. No puedo prometerte nada.

Mirza se volvió hacia la gente.

—Lo siento, amigos. Tenemos un retraso. Poneos cómodos, serán unos quince minutos.

Un gruñido colectivo se alzó del grupo.

—No pienso quedarme a recuperar tiempo —murmuró uno de los trabajadores a otro.

—Lo siento —dijo Bob—. Deja que te compense. Tengo tres entradas para el espectáculo de los Acróbatas de Artemisa en el Playhouse. Son tuyas. Lleva a tus maridos y pasadlo bien.

La cara de Mirza se iluminó.

—Guau. Muy bien. Todo perdonado.

Un pago ridículamente excesivo, en mi opinión. Esas entradas costaban 3.000 slugs cada una. Oh, bueno. Dinero de Bob, no mío.

Después de una eternidad de cavar y de proferir muchas obscenidades, finalmente saqué todo el polvo del compartimento del casco. Me tumbé de espaldas y resoplé.

—Me ha parecido que inventabas nuevas obscenidades —dijo Dale—. Como... ¿qué es *joño*?

—Creo que queda muy claro por el contexto —dije.

Se acercó a mí.

—Levántate. Llevamos mucho retraso y Bob no puede demorar el tren mucho más.

Le hice una peineta.

Me dio una patada.

—Levanta, vaga.

Gruñí y me puse en pie.

Había encontrado el sensor de presión del compartimento durante la fase de la operación «haz un agujero hasta la China». (Sí, esa frase también se usa en la Luna. Sentía que acababa de cavar un agujero de 384.000 kilómetros.)

Nuestro jueguecito de engañar al sensor de presión había funcionado hasta el momento, pero en cuanto perforara el casco interno, la presión de nuestro lado subiría al estándar de Artemisa. Entonces el sensor diría: «Joder. Veintiún kPa de aire. ¡Hay un agujero en el casco interno!»

Saltaría la alarma, la gente saldría y los patrones EVA vendrían a echar un vistazo y nos atraparían. Dale y Bob serían expulsados del gremio, pero yo no viviría lo suficiente para verlo, porque la gente leal de Sanches me habría apuñalado en la cara.

¿Oh? ¿No crees que unos cuantos perdedores de la sala de control harían algo así? Piénsalo otra vez. Alguien en Sanches trató de matarme con una excavadora, ¿recuerdas?

El sensor en sí era un cilindro metálico conectado a un par de cables. Los cables tenían un poco de juego, lo cual venía bien. Saqué de la mochila una lata de acero con tapón de rosca. La había modificado antes solo con ese propósito poniéndole una pequeña muesca en la tapa.

Puse el sensor en la lata y pasé el cable por la muesca. Entonces, atornillé la tapa. A continuación, puse seis capas de cinta aislante sobre el punto donde los cables entraban en la tapa. No me sentí muy bien respecto a esa parte. Solo un idiota confía en la cinta aislante para mantener la presión, pero no tenía elección. Al menos, la presión más alta estaría en el exterior y empujaría la cinta contra el agujero.

—¿Crees que servirá? —preguntó Dale.

—Lo sabremos enseguida. Súbenos al estándar de Artemisa.

Dale utilizó los controles de su brazo. Por supuesto, el *rover* de Bob podía controlarse remotamente. Si existía un equipamiento de lujo, el *rover* de Bob lo tenía.

Aire fresco llenó el túnel hinchable, y me zumbaron los oídos con el ligero cambio de presión.

Observé la lata con intensidad. La cinta de encima del agujero se combó ligeramente, pero aguantó. Apoyé la oreja en la pared del casco interno.

—Ninguna alarma —dije. Llamé otra vez a Svoboda.

—¡Hola! —me saludó Svoboda—. Equipo de Respaldo Criminal listo y esperando.

—No estoy seguro de que me guste ese título —dijo mi padre.

—Estoy a punto de hacer el corte del casco interno —dije—. ¿Algún consejo de última hora, papá?

—Que no te pillen.

Me bajé la careta.

—Todo el mundo es un cómico.

Me puse a cortar. El casco interno era igual que el casco externo: seis centímetros de aluminio. Y como con el casco externo solo tarde un par de minutos en cortarlo. Esta vez biselé el corte para que la pieza cayera hacia fuera en lugar de hacia dentro. No tenía elección con el casco externo, pero, por norma, prefiero que el metal candente que te ampollaría la piel caiga lejos de mí.

Esperé a que la pieza terminara su lenta caída al suelo, luego miré al interior.

El suelo de la fábrica era un largo hemisferio lleno de maquinaria industrial. El horno dominaba el centro de la sala. Se alzaba unos diez metros de alto, rodeado por tuberías, líneas de tensión y sistemas de monitorización.

No podía ver la sala de control desde mi punto privilegiado. El horno estaba en medio. No era coincidencia, por cierto. Había elegido esa parte del casco en concreto porque se encontraba en un punto ciego. Por más absorto en el trabajo que esté el personal, no hay forma de que alguna de las veinticuatro personas no repare en un agujero en llamas en la pared.

Asomé la cabeza por el agujero para mirar alrededor. Sin pensarlo, puse la mano en el borde para equilibrarme.

—¡Mierda! —Retiré otra vez la mano y la agité.

—Los sopletes dejan las cosas calientes —dijo Dale.

Hice una mueca de dolor y evalué los daños. Tenía la palma de la mano un poco colorada, pero nada grave.

—¿Estás bien?

—Sí —dije—. Ojalá no me hubieras visto hacer eso.

—Nosotros también lo hemos visto —dijo la voz de Svoboda.

—Genial —dije—. Y respecto a esto último, voy a colgar. Os avisaré cuando esté hecho.

Corté la conexión.

Pasé a través de la abertura, con mucho cuidado de no volver a tocar los bordes. Dale me pasó la mochila, pero, cuando traté de cogerla, la sujetó.

—Mira —dijo—. Este agujero no es lo bastante grande para que yo pase con mi traje espacial. Si algo va mal, no podré ayudarte.

—Lo sé —dije.

—Ten cuidado.

Asentí y tiré de la mochila. Él observó desde el agujero mientras yo me colaba hacia la fundición.

La unidad en sí no era gran cosa. Solo un gran bloque con tuberías pesadas de metal que entraban y salían. Un elevador de cangilones ascendía a través de un agujero en el suelo y alimentaba mineral de anortita en una tolva situada encima del horno. Dentro, una vorágine de calor, electricidad y procesos químicos convertían las rocas en metales. Pero por fuera permanecía en calma, ligeramente caliente al contacto y con un ligero zumbido.

Me senté en el suelo y miré en torno a la esquina.

La sala de control daba a la instalación. A través de las grandes ventanas de cristal vi al personal ocupado en su jornada laboral. Algunos se sentaban ante los ordenadores mientras que otros caminaban con tabletas. La pared del fondo estaba cubierta de lado a lado con monitores que mostraban todos los detalles de la instalación y su proceso.

Una mujer estaba claramente al mando. La gente acudía a hablar con ella brevemente y ella respondía con rapidez. Eso era una jefa. Calculé que rondaría los cincuenta años y tenía la tez latina. Se volvió para hablar con alguien y finalmente le vi la cara: era Loretta Sanches. La reconocí por las imágenes que había visto en Internet mientras investigaba la empresa.

Ella era quien había diseñado la fundición. Había fundado Sanches Aluminium. Y estaba tan controlada por O Palácio que lo mismo podría haber llevado un collar. Era interesante que alguien como ella estuviera en las trincheras con los empleados en lugar de en una cómoda oficina de Aldrin.

Los otros empleados eran solo… gente. Ni cuernos ni capas negras. Ni risas juntando las yemas de los dedos. Solo un puñado de trabajadores tarados.

Me arrastré hasta el otro extremo del horno, pero era lo más lejos que podía llegar. Los sistemas de control térmico eran visibles desde la sala de control. Llamé a Bob en mi gizmo.

—Di —dijo Bob.

—Estoy en posición. Que salga el tren.

—Afirmativo. —Colgó.

Esperé detrás del horno. Al cabo de diez minutos de nerviosismo e impaciencia, oí por fin un eco metálico a través de las paredes. El tren había llegado. En ese momento, el turno que salía estaba poniendo al día al turno que entraba. Tenía una pequeña ventana de oportunidad —tal vez diez minutos— antes de que el tren cargara y se marchara.

Todavía tenía la mascarilla de respiración y el suministro de oxígeno portátil. Pero en ese momento me puse unas gafas de protección que llevaba en la mochila. Serían importantes para lo que vendría a continuación. Me ajusté la mascarilla y las gafas a la cara con cinta aislante: necesitaba un cierre hermético esta vez.

Así pues, era una loca cubierta de barro con cosas pegadas a la cara. Probablemente parecería salida de una peli de terror. Oh, bueno. Estaba a punto de ser terrorífica.

Saqué un cilindro de gas de la mochila. Agarré la válvula, pero me detuve y comprobé una vez más mis cierres de cinta aislante. Vale, todo estaba en orden. Otra vez a la válvula. Le di un cuarto de giro.

La bombona soltó gas de cloro puro en el aire.

El gas de cloro es peligroso para los pulmones. Se utilizó como arma en la Primera Guerra Mundial, y funcionó muy bien. ¿De dónde saqué un tanque de muerte comprimida? Tenía que dar las gracias a mi colega Svoboda por eso. Lo robó del laboratorio de química de la ESA.

El Proceso Cambridge FFC necesitaba un montón de cloruro de calcio fundido. En teoría, estaba todo contenido a la perfección en el horno hermético y extraordinariamente caliente. Pero por si acaso el horno tenía un fallo, la instalación contaba con detectores de gas de cloro en todas partes. Y muy sensibles. Estaban diseñados para hacer saltar la alarma mucho antes de que el gas tóxico pudiera hacer daño a la gente.

Dejé la válvula abierta un momento y la cerré otra vez. En cuestión de segundos, saltó la alarma de cloro. Y, vaya, ¡menudo espectáculo!

Se encendieron luces amarillas en veinte lugares distintos. Una alarma increíblemente ruidosa atronó a través de la instalación. Sentí una brisa. Los respiraderos de emergencia habían cobrado vida. Sustituirían todo el aire del complejo con oxígeno limpio de una reserva de emergencia.

En la sala de control, los empleados se apiñaron en busca de seguridad. Normalmente, su procedimiento habría sido meterse en el refugio de aire de la parte de atrás de la sala. Pero ¿por qué hacer eso cuando tienes un tren allí mismo? Es mucho mejor estar en un tren que puede volver a la ciudad que cagarte de miedo en un refugio de aire esperando el rescate. No tardaron mucho en tomar su decisión: se apiñaron en el tren y cerraron su escotilla.

Probablemente no había mucho sitio allí. Los dos turnos compartían el tren: un total de cuarenta y ocho personas.

Hurté una mirada a la sala de control y cerré el puño al verla vacía. Habían hecho exactamente lo que quería.

Desde luego, tenía que sacar a todo el mundo de allí antes de fundir la fundición. Podría haber dejado que saltara la alarma de presión cuando estaba cortando el casco interno: eso habría provocado que la gente se dispersara. Pero una filtración de presión habría llevado equipos de emergencia al agujero en la pared. Eso habría planteado algunos problemas una vez que vieran el *rover*, la esclusa de aire improvisada, un torpemente ruborizado Dale, etcétera. Una filtración de gas tóxico era mucho mejor. Era una cuestión puramente interna.

Abrí la válvula del depósito de cloro otra vez, solo un poquito. De esa manera el sistema de ventilación no podría eliminarlo. Y mientras sonara la alerta de cloro, los trabajadores permanecerían en el tren.

Ya no tenía que seguir escondiéndome. Rodeé el horno hasta la parte frontal. Después me contoneé para meterme debajo, en la cuenca de recogida.

Como última trinchera de defensa contra las fusiones, el horno tenía un tapón de cobre en el fondo de su depósito. El cobre tiene un punto de fusión más alto que la temperatura de funcionamiento del baño, pero un punto de fusión más bajo que el acero. Así que si las cosas se calentaran demasiado (a 1.085 °C para ser exactos), el cobre se fundiría. El baño salino sobrecalentado se escurriría en la cuenca de cemento de abajo. Limpiar sería un desastre, pero la fundición en sí se salvaría.

¡No podía permitirlo!

Me llevé el equipo de soldar y mi mochila conmigo. Una vez más, soldaría boca arriba. Vaya. Y esta vez iba a unir acero con acero con varillas de acero como medio. Por si no ha quedado claro: acero. Sí. Bueno, al menos esta vez no llevaba un traje espacial. Cualquier acero fundido que me tocara solo me desfiguraría de por vida en lugar de matarme. Así que tenía esa ventaja.

Me puse a trabajar. Me quedé pegada a un lado mientras unía la plancha a la cara inferior del fondo de la cuba. Reconozco que perdí el hilo un par de veces, enviando una gota de muerte ardiente al suelo. Pero no pasó de ahí. Al cabo de quince minutos tenía una plancha de acero sólida cubriendo el tapón de cobre.

Desconocía el tipo de acero con el que estaban hechas las paredes del horno, pero casi todos funden a 1.450 °C o por debajo. Así pues, para estar segura, mi plancha y varillas eran de grado 416 con un punto de fusión de 1.530 °C. El horno se fundiría antes que mi parche.

El parche era fino, de modo que pensarías que se fundiría primero, pero la física no funciona así. Antes de que la temperatura pudiera alcanzar el punto de fusión del parche de 1.530 °C, todo lo que pudiera fundirse a una temperatura inferior se fundiría antes. Y el punto de fusión de las paredes del horno era de 1.450 °C. Así pues, aunque el parche era fino y el horno era grueso, el fondo del horno cedería antes de que el parche se acercara a su punto de fusión.

¿No me crees? Pon agua helada en una olla y caliéntala.

La temperatura del agua permanecerá a 0 °C hasta que se funda el último cubito.

Salí reptando de debajo de la cuba y miré la sala de control. Seguía vacía. Pero no por mucho tiempo. El tren había partido.

Con todo ese cloro en el aire, tenía sentido enviar a los trabajadores a la ciudad. Pero en cuanto llegaran allí, un puñado de ingenieros con trajes NBQ subirían al tren y vendrían enseguida. Contaba con diez minutos hasta que el tren llegara a la ciudad, cuenta otros cinco para el cambio y luego diez más hasta que llegara la caballería enemiga. Veinticinco minutos.

Me apresuré hasta la caja de control térmico. Desenrosqué cuatro tornillos y retiré el panel de acceso. Arranqué la placa de control del termopar y saqué una de recambio de la mochila. Svoboda había pasado la tarde anterior montándola. Muy sencillo, en realidad. Actuaba como la placa normal, pero mentiría al ordenador sobre la temperatura del baño, informando siempre de una temperatura inferior. La inserté en la ranura.

Con fines de verificación, la placa de sustitución de Svoboda tenía indicadores LCD que mostraban la temperatura real y la informada. La temperatura real era de 900 °C y la temperatura informada, de 825 °C. El ordenador, creyendo que la temperatura era demasiado baja, activó el calefactor principal.

Sonó un clic audible, aunque no había ningún relé. El cable eléctrico —el cable de tensión más grande que había visto nunca, por cierto— se retorció un momento cuando se inició el paso de corriente. Fluyó tanta electricidad por el cable que el campo magnético resultante la hizo sacudirse al redoblar la potencia. Se asentó una vez que la corriente alcanzó el amperaje máximo.

Observé la placa de Svoboda. Enseguida la temperatura real subió a 901 grados. Entonces, en mucho menos tiempo, subió a 902. Luego directamente a 904. Luego 909.

—Mierda —dije.

Iba mucho más deprisa de lo que esperaba. Resulta que un enorme cable de tensión que transmite la carga de salida de dos reactores nucleares puede calentar las cosas muy deprisa.

Dejé el panel de acceso en el suelo y corrí a mi entrada privada.

Dale me esperaba en el conector inflable.

—¿Qué tal? —preguntó.

Cerré la puerta del refugio de aire detrás de mí.

—Misión cumplida. El horno se está calentando muy deprisa. Larguémonos de aquí.

—¡Muy bien! —Dale levantó su mano enguantada.

Le choqué los cinco (no puedo dejar colgado a un colega). Él bajó por el túnel hacia el *rover*.

Eché una última mirada a la escotilla del refugio de aire para asegurarme de que se había cerrado correctamente. Después me volví otra vez y empecé a recorrer el túnel. Espera un momento.

Miré otra vez hacia la escotilla. Habría jurado que había visto movimiento detrás de mí.

La escotilla tenía una ventanita redonda. Me acerqué y miré a través de ella. Allí, inspeccionando el equipo en la pared del fondo de la burbuja de la fundición estaba Loretta Sanches.

Me llevé las dos manos a la cabeza.

—Dale, tenemos un problema.

15

Sanches estaba observando el sistema de aire de emergencia. Llevaba gafas y una mascarilla de respirar. Aparentemente, un poco de cloro no la asustaba.

Dale, a medio camino del inflable, hizo un gesto hacia el *rover*.

—¡Venga, Jazz! ¡Vámonos!

—¡Loretta Sanches está ahí!

—¿Qué?

Señalé a la ventana de la esclusa de aire.

—Está paseando como si fuera la dueña de la casa.

—Es la dueña —dijo Dale—. Salgamos de aquí.

—No podemos dejarla ahí.

—Es una mujer lista. Cuando empiece la fusión se largará.

—¿Adónde irá? —pregunté.

—Al tren.

—El tren se ha ido.

—Al refugio de aire, pues.

—Eso no la protegerá del acero fundido. —Me volví hacia la escotilla—. Tengo que ir a buscarla.

Dale tropezó hacia mí.

—¿Te has vuelto loca? Esta gente trató de matarte, Jazz.

—Da igual. —Verifiqué la cinta en la máscara y los guantes—. Ve al *rover*. Prepárate para una salida rápida.

—Jazz...

—Ve —solté.

Dale dudó un segundo, probablemente para decidir si podía forzarme físicamente a meterme en el *rover*. Sabiamente decidió que no y avanzó por el inflable.

Giré la válvula de la escotilla y entré otra vez en el recinto. Sanches no se fijó en mí al principio: su atención estaba puesta en el sistema de aire de emergencia. Lo más probable es que estuviera tratando de descubrir por qué no se estaba limpiando el aire.

¿Cómo se presenta una en una situación así? No creo que Emily Post en sus libros de etiqueta incluyera «salvar la vida de un enemigo durante un sabotaje industrial».

—Eh —grité.

Se volvió y se abrazó el pecho.

—¡Cielos!

Jadeó un par de veces y recuperó la compostura. Estaba un poco más avejentada que en las fotos que había visto de ella. Aun así, era vivaz y de aspecto sano para una persona de cincuenta años.

—¿Quién diablos eres tú?

—Eso no es importante —dije—. No es seguro estar aquí. Venga conmigo.

No se movió.

—No eres una de mis empleadas. ¿Cómo has llegado aquí?

—Hice un agujero en la pared.

—¿Qué? —Ella examinó las paredes sin que sirviera de nada. El agujero estaba en el otro lado de la fundición—. ¿Has hecho un agujero? ¿En mi fábrica?

—¿Por qué no está en el tren? —pregunté—. ¡Debería estar en el tren!

—Quería ver si podía solucionar el problema. Envié a los otros a un lugar seguro y... —Se detuvo y levantó un dedo—. Espera un momento. No tengo que darte explicaciones. Eres tú la que tiene que dar explicaciones.

Di un paso hacia ella.

—Escuche, estúpida. Todo este complejo está a punto de fundirse. Tiene que venir conmigo ahora mismo, joder.

—Menuda boquita. Espera... te reconozco. Eres Jasmine Bashara. —Me señaló con un dedo acusador—. Tú eres la gamberra que destrozó mis excavadoras.

—Sí —dije—. Y soy la gamberra que ha saboteado su fundición. Se está tornando crítico mientras hablamos.

—Es una estupidez. La diseñé yo misma. Es infaliblemente segura.

—El calentador está a tope, el sistema térmico está hackeado y he soldado una placa de acero en el tapón de seguridad.

Se quedó boquiabierta.

—¡Hemos de salir! —dije—. Vamos.

Miró la fundición y luego a mí.

—O... podría arreglarlo.

—Eso no va a pasar —dije.

—¿Piensas impedírmelo?

Mantuve mi posición.

—Será mejor que no juegue conmigo, abuela. Tengo la mitad de su edad y me he criado en esta gravedad. Puedo cargarla y sacarla de aquí si es necesario.

—Interesante —dijo—. Yo me crie en las calles de Manaus. Y me peleaba con hombres que eran el doble de grandes que tú.

Vale, no esperaba eso.

Se lanzó hacia mí.

Tampoco esperaba eso.

Me agaché y la vi pasar por encima de mi cabeza. La gente de la Tierra siempre subestima lo mucho que pueden saltar. Así que fue fácil...

Estiró el brazo, me agarró del pelo y me golpeó la cabeza en el suelo al caer. Entonces se puso a horcajadas sobre mi pecho y echó el brazo atrás para golpearme en la cara. Di una patada, me la quité de encima, y me puse en pie.

Antes de que pudiera orientarme, la tenía encima otra vez. En esta ocasión me atacó desde atrás y trató de estrangularme.

Tengo muchos defectos, pero el orgullo de macho no es uno de ellos. Sé cuándo me superan. Resulta que Manaus es una ciudad mucho más dura que Artemisa. Esa mujer podía destrozarme en una pelea justa.

Por eso evito las peleas justas.

Pasé un brazo por encima del hombro y le arranqué la mascarilla de oxígeno. Ella me soltó de inmediato y retrocedió. Contuvo la respiración y buscó a tientas la mascarilla que le colgaba. Eso me dio una oportunidad.

Me revolví, me agaché y la agarré de las piernas. Entonces la levanté en el aire con todas mis fuerzas. Voló unos cuatro metros hacia arriba.

—¿Puede hacer esto en Manaus? —grité.

Aleteó en el aire y alcanzó la cima de su arco. Agarré mi depósito de acetileno del suelo cuando empezaba a caer. Sanches no tenía forma de evitar lo que ocurrió a continuación.

Giré lo más fuerte que pude y me aseguré de no golpearla en la cabeza: no quería matarla. Terminé dándole en la espinilla izquierda. Ella gritó de dolor y cayó al suelo hecha un guiñapo. Pero, hay que reconocérselo, se levantó otra vez enseguida. Empezó a venir hacia mí.

—¡Basta! —Levanté la mano—. Esto es ridículo. El horno se está calentando cada vez más. Es química. Haga el cálculo. ¿Va a venir conmigo?

—No puedes... —Se detuvo. Se volvió lentamente hacia el horno. La mitad inferior brillaba de un rojo oscuro—. Oh... Dios mío...

Se volvió otra vez hacia mí.

—¿Dónde está esa salida?

—Por aquí. —Señalé.

Juntas corrimos por el agujero. Ella un poco más lenta que yo porque acababa de machacarle la espinilla.

Se agachó para pasar y yo la seguí. Gateamos por el refugio de aire hasta el túnel conector. Cerré la escotilla detrás de nosotras.

—¿Adónde lleva esto? —preguntó.

—Lejos de aquí —dije.

Corrimos por el conector.

Dale asomó la cabeza en la esclusa de aire del *rover*. Se había quitado su traje espacial.

Sanches saltó al *rover* y yo la seguí de inmediato. Cerré la escotilla del *rover*.

—¡Todavía tenemos que desconectar el inflable! —dijo Dale.

—No hay tiempo —dije—. Tendríamos que vestirnos para hacer eso. Conduce a toda potencia para arrancar el túnel.

—Espera —dijo Dale. Puso la marcha.

El *rover* se propulsó hacia delante. Sanches cayó de su asiento. Yo mantuve la posición en la ventanilla posterior.

El *rover* tenía una potencia descomunal, pero no se puede tener mucha tracción en el regolito lunar. Solo avanzamos un metro hasta que el túnel nos detuvo de golpe. Sanches, que acababa de levantarse, cayó adelante sobre Dale. Lo agarró por los hombros para buscar apoyo.

—Hemos de salir de aquí —dijo Sanches—. Hay depósitos de metano y oxígeno ahí dentro...

—¡Lo sé! —dije. Eché un vistazo por la ventanilla lateral. Una roca muy inclinada captó mi atención. Salté al frente del *rover* y me puse en el segundo asiento delantero—. Tengo un plan. Tardaré demasiado en explicarlo. Dame el control.

Dale accionó un interruptor de la columna central para dar prioridad a mi lado. Sin discusiones, sin preguntas, simplemente lo hizo. Los patrones EVA saben ser muy racionales en una crisis.

Puse el *rover* en marcha atrás y retrocedí cuatro metros.

—Por ahí no —dijo Sanches.

—¡Cállese! —Giré hacia la roca inclinada y puse la marcha del *rover*—. Agárrese a algo.

Ella y Dale se agarraron uno al otro. Aceleré al máximo.

Nos precipitamos hacia la roca. Giré la rueda delantera derecha sobre ella y todo el *rover* rebotó hacia arriba en ángulo. Golpeamos el suelo con el lado izquierdo del *rover* y rodamos. Le dimos un buen tute a la jaula de seguridad. La cabina era como una secadora: traté de no vomitar.

Esto es lo que pensaba que ocurriría: el inflable se retorcería y no estaba diseñado para eso, así que se desgarraría. Luego usaría los movimientos atrás y adelante para arrancarlo del todo. Y nos liberaríamos.

Esto es lo que ocurrió realmente: el inflable resistió como un campeón. Estaba diseñado para ocupantes humanos, así que por Dios que los protegería pasara lo que pasara.

No se desgarró. Pero el punto de conexión de la esclusa de aire del *rover* no era tan fuerte. La torsión del giro arrancó los tornillos.

El aire en el interior del túnel estalló, propulsando el *rover* adelante (nota: los *rovers* lunares no están diseñados para ser aerodinámicos). Resbalamos sobre nuestro costado otro metro, luego caímos poderosamente sobre nuestras ruedas.

Estábamos libres.

—¡Joder! —dijo Dale—. ¡Ha sido genial!

—Eh, sí. —Conduje para alejarnos.

¡Bum!

El rugido ahogado duró una fracción de segundo. Fue uno de esos sonidos que sientes más que oyes.

—Eso ha sonado fuerte —dijo Sanches.

—No. —Dale abrió los brazos de sus hombros—. Casi no lo he oído.

—Tiene razón ella. —Mantuve la mirada en el terreno que tenía por delante mientras conducía—. Ese sonido ha viajado a través del suelo suelto, ha subido a través de las ruedas y ha entrado en la cabina. El hecho de que hayamos oído algo significa que ha sido atronador.

Comprobé las imágenes de la cámara posterior. La burbuja estaba intacta, por supuesto. Haría falta una explosión nuclear para abrirla. La parte sorprendente era mi refugio de aire. Estaba justo donde lo había dejado.

Pisé los frenos.

—¡Joder! ¡Mira eso! Mi soldadura ha resistido la explosión.

Sanches torció el gesto.

—Perdona que no te dé una palmadita en la espalda.

—¿En serio? —dijo Dale—. ¿Vas a ponerte a presumir ahora?

—Solo decía que es una soldadura de puta madre.

—Maldita sea, Jazz. —Dale cambió el interruptor de control otra vez a su lado y puso rumbo a la ciudad—. Deberías llamar a Svoboda y a tu padre para que sepan que estás bien.

—Y tú deberías llamar a un abogado —dijo Sanches—. Me encargaré de que os deporten a Brasil con cargos.

—¿Eso cree? —Saqué mi gizmo y llamé a Svoboda.

No respondió, fue al buzón de voz.

—Ajá —dije.

—¿Problemas? —preguntó Dale.

—Svobo no responde. —Llamé otra vez. Otra vez buzón de voz.

—¿Tal vez alguien ha llegado a él? —dijo Dale.

Me volví a Sanches.

—¿Tienen más matones en Artemisa?

—No veo ninguna razón para cooperar contigo.

—No me joda con esto. Si mi padre o mi amigo salen heridos la enviaré de vuelta a Brasil por piezas.

—Yo no tengo matones. Esa gente no responde ante mí.

—Claro —dije—. Está metida en O Palácio hasta las trancas.

Frunció el ceño.

—Ellos son los propietarios. Yo no soy uno de ellos.

—¡Son socios!

—El mercado del aluminio se desplomó cuando Artemisa dejó de construir nuevas burbujas. Necesitaba fondos para continuar. Ofrecieron rescate financiero. Lo acepté. Van a lo suyo y no se meten conmigo mientras yo dirijo mi fundición. Una fundición a la que me dediqué en cuerpo y alma y que acabas de destruir, grano de pus.

—No crea que no investigaré eso.

Marqué el número de mi padre y me acerqué el gizmo

al oído. Cada llamada sucesiva sin respuesta aumentaba mi presión sanguínea.

—Mi padre no responde. —Tamborileé con los dedos en la consola de control.

Dale condujo con una mano y sacó su gizmo.

—Prueba con Lene, yo probaré con Bob.

Llamé al número de Lene. Colgué al oír el buzón de voz.

—Nada —dije.

—Bob tampoco responde —dijo Dale.

Intercambiamos miradas de nerviosismo.

—Tal vez Rudy se ha enterado y los ha detenido a todos... —sopesé.

Pasé mis pulgares sobre el gizmo y apreté los labios. Llamar a la policía en medio de un golpe no era el mejor plan. Lógicamente debería haber esperado hasta que estuviéramos otra vez en la ciudad: estarían igual de detenidos entonces. Pero no podía esperar.

Llamé a su número. Cuatro tonos y fuera. Colgué.

—Joder —exclamé.

—¿En serio? —dijo Dale—. ¿Ni siquiera Rudy responde? ¿Qué demonios está pasando?

Sanches sacó su propio gizmo y marcó en la pantalla.

—Eh. —Traté de quitarle el gizmo, pero ella lo apartó antes de que pudiera arrebatárselo—. Deme eso.

—No —dijo cortante—. Tengo que saber si mi gente ha vuelto sana y salva.

—Mentira. ¡Está pidiendo ayuda! —Me lancé hacia ella, que nos arrastró a las dos al suelo.

—Basta ya —dijo Dale.

Sanches trató de golpearme, pero solo tenía una mano con la que trabajar, con la otra mano sujetaba el gizmo con todas sus fuerzas. Paré el golpe y le di un bofetón. Oh, Dios, qué gusto darle una.

—¡Basta con eso! —gritó Dale—. Si tocáis el botón que no debéis moriremos, idiotas.

—Le dijiste a esa excavadora que me matara. Reconócelo.

Traté de pegarle.

Ella se apartó a un lado y me atenazó el brazo.

—¡Claro que sí! ¡Cómo te atreves a destruir el trabajo de mi vida!

—Maldita sea. —Dale frenó y el *rover* se deslizó hasta detenerse.

Se metió en la refriega y nos separó a Sanches y a mí. A pesar de lo que ves en películas de acción y cómics, más grande es mejor. Un hombre de metro ochenta tiene demasiada ventaja sobre dos mujeres delgadas.

—Escuchad, idiotas —dijo—. Soy demasiado gay para disfrutar de esta pelea de gatas. Terminad si no queréis que os aplaste una cabeza con la otra.

—Cuida ese lenguaje. —Sanches volvió a llamar en su gizmo.

—¿Puedes pararla, por favor? —le dije a Dale.

—Si puede contactar con alguien estaré feliz.

Dale nos soltó a las dos, pero mantuvo una mirada vigilante en mí. De alguna manera suponía que la agresora era yo. Solo porque quería arrancarle los ojos a esa zorra y metérselos hasta la uretra.

Sanches escuchó el gizmo. Su expresión fue mostrándose más temerosa a cada segundo que pasaba sin respuesta. Colgó.

Dale me miró.

—Ahora ¿qué?

—¿Desde cuándo soy la líder?

—Todo esto es cosa tuya. ¿Qué hacemos ahora?

—Eh... —Cambié la frecuencia de radio a principal—.

Soy Jazz Bashara llamando a cualquier patrón EVA. ¿Me reciben?

—¡Sí! —llegó la respuesta inmediata—. Soy Sarah Gottlieb. Estoy aquí con Arun Gosal. No podemos contactar con nadie más. ¿Qué está pasando?

Los conocía a los dos. Sarah era patrona y Arun estaba en formación. Habíamos apagado juntos ese incendio en Queensland unos días antes.

—Desconocido, Sarah. Estoy en un *rover* fuera y no puedo conseguir ninguna respuesta de la ciudad. ¿Cuál es tu ubicación?

—Terreno de recolección de las colinas Moltke —dijo.

Puse el micrófono en silencio.

—Oh, claro, están custodiando la excavadora.

—Eso es irrelevante ahora —dijo Sanches—. Pero está bien saber que el gremio EVA se toma en serio el contrato.

Volví a conectar el micrófono.

—¿Puedes volver a la ciudad?

—Habíamos planeado llevar la excavadora otra vez a la fundición y caminar desde allí. Pero no podemos contactar con Sanches Aluminium para pedirles que manden la máquina a casa.

—Probablemente es mejor empezar a caminar —dije. Traté de rehuir la mirada de odio de Sanches.

—Negativo —dijo Sarah—. Podría ser una distracción para alejarnos. Nos quedamos aquí.

—Recibido.

—Eh... sigues estando en formación —dijo ella—. No deberías estar fuera sola. ¿Hay un patrón contigo? ¿Quién está contigo?

—Eh... se ierde... —Cambié otra vez la radio a la frecuencia privada.

—Habrá que dar explicaciones después —dijo Dale.

—Paso a paso —dije—. Vamos al Puerto de Entrada a ver qué está pasando allí.

—Sí —dijo Sanches—. Allí estará el tren, allí estará mi gente.

Dale tomó el asiento del conductor y arrancó otra vez. Sanches y yo nos sentamos en silencio, evitando el contacto visual durante el resto del trayecto.

Dale condujo a toda velocidad a la ciudad. Cuando nos acercamos al Puerto de Entrada, vimos el tren detenido en su esclusa de aire.

Sanches se asomó.

—¿Cómo entramos?

—Normalmente llamamos por radio al patrón EVA de guardia en la esclusa de carga —dijo Dale—. Pero como no están respondiendo tendría que vestirme y usar las válvulas manuales del exterior.

—Miremos el tren —dije—. Podremos ver el puerto a través de las ventanillas del tren.

Dale asintió y nos llevó por el terreno bien conocido. Pasamos la esclusa de carga y nos detuvimos junto al tren estacionado. Las ventanillas eran considerablemente más altas que las nuestras. Lo único que podíamos ver desde nuestro punto privilegiado era el techo interior.

—Espera, conseguiré una mejor vista. —Dale manipuló los controles y la cabina empezó a elevarse.

Resultó que el *rover* de Bob también tenía un ascensor de tijera. Por supuesto. ¿Por qué no iba a tenerlo? Tenía todos los chismes que pudieras desear.

Nos situamos al nivel de las ventanillas del tren y Sanches soltó un suspiro. Yo también lo habría hecho, pero no quería que ella me viera hacerlo.

Los cuerpos estaban desperdigados, algunos en sus asientos, otros apilados unos sobre otros en el pasillo. Uno tenía un charco de vómito en torno a la boca.

—Qué... —logró decir Dale.

—¡Mi gente! —Sanches se movió frenéticamente para mirar desde ángulos diferentes.

Yo apoyé la nariz contra el cristal para tener una mejor visión.

—Siguen respirando.

—¿Sí? —preguntó ella—. ¿Estás segura?

—Sí —dije—. Mire al tipo de la camisa azul. ¿Ve su estómago?

—Miguel Mendes. —Se relajó un poco—. Vale, sí. Veo movimiento.

—Han caído donde estaban —dije—. No se han apilado en la esclusa de aire ni nada.

Dale señaló la escotilla que conectaba el tren con el puerto.

—La esclusa del tren está abierta. ¿Ves la bandera keniana en la estación?

Arrugué el entrecejo.

—El aire —dije.

Sanches y Dale me miraron.

—Está en el aire. Algo va mal en el aire. Todo el mundo estaba bien en el tren hasta que el revisor abrió la escotilla. Entonces se desmayaron.

Dale retorció las manos.

—Justo cuando jodimos la fundición. No puede ser una coincidencia.

—Por supuesto que no es una coincidencia —dijo Sanches—. Mi fundición tiene una tubería de aire conectada directamente con Soporte Vital en la Burbuja Armstrong. ¿De dónde crees que sale tu aire?

La agarré de los hombros.

—Pero su suministro tiene medidas de seguridad, ¿no? ¿Válvulas y cosas?

Ella me apartó las manos de una palmada.

—Están hechas para parar fugas, no para resistir una explosión masiva.

—Oh, mierda, mierda, mierda —protestó Dale—. La explosión se contuvo en la burbuja de la fundición. No tenía ningún sitio al que ventilar. Hiciste la soldadura demasiado bien. La tubería de aire era la única vía de escape de la presión.

—Espera, no —dije—. No, no, no. No puede ser. Soporte Vital tiene sensores de seguridad para el aire que entra. No lo bombean directamente a la ciudad, ¿no?

—Sí, tienes razón —dijo Sanches, calmándose un poco—. Verifican el dióxido de carbono y el monóxido de carbono. También comprueban el cloro y el metano por si hay una fuga en mi fundición.

—¿Cómo lo verifican? —pregunté.

Sanches se acercó a otra ventanilla para tener una mejor visión de sus empleados caídos.

—Tienen compuestos líquidos que cambian de color en presencia de moléculas no deseadas. Y monitorización informatizada para reaccionar al instante.

—Entonces es química —dije—. Es su especialidad. Usted es química, ¿no? ¿Y si la explosión en la fundición hizo algo más? ¿Algo que Soporte Vital no pudiera detectar?

—Bueno... —Pensó—. Había calcio, cloro, aluminio, silicio...

—Metano —añadí.

—Vale, añade eso, y podría haber clorometano, diclorometano, clor... Oh, Dios mío.

—¿Qué? ¿Qué?

Se llevó las manos a la cabeza.

—Metano, cloro y calor generan varios compuestos, la mayoría inofensivos. Pero también producen cloroformo.

Dale suspiró aliviado.

—Oh, gracias a Dios.

—Van a morir. ¡Van a morir todos!

—¿De qué está hablando? —pregunté—. Es solo cloroformo. Te duerme, ¿no?

Ella negó con la cabeza.

—Has visto demasiadas películas. El cloroformo no es un anestésico inocuo. Es muy muy letal.

—Pero siguen respirando.

Sanches se secó las lágrimas con una mano temblorosa.

—Se han desmayado al instante. Eso significa que la concentración es de al menos quince mil partes por millón. A esa concentración estarán todos muertos en una hora. En el mejor de los casos.

Sus palabras me golpearon como martillos. Me quedé atónita, como si me hubiera convertido en hielo. Me agité en la silla y contuve el impulso de vomitar. El mundo se puso turbio. Traté de respirar profundamente. Me salió un sollozo.

Mi mente se aceleró.

—Vale... eh... vale... espera...

Activos: Dale, yo y una zorra que me caía mal. Un *rover*. Dos trajes espaciales. Mucho aire de sobra, aunque no el suficiente para alimentar una ciudad. Equipo de soldadura. Había también una patrona EVA adicional y unos aprendices (Sarah y Arun), pero estaban demasiado lejos para servir de algo. Teníamos una hora para resolver ese problema, y ellos no podían regresar a tiempo.

Dale y Sanches me miraron con desesperación.

Valor adicional: la ciudad completa de Artemisa, menos la gente que estaba dentro.

—Va-vale —tartamudeé—. Soporte Vital está en Armstrong Planta. Está justo al fondo del pasillo de agencias espaciales. Dale, llévanos a la esclusa de la ISRO.

—Recibido. —Puso la marcha más rápida. Rebotamos sobre el terreno y trazamos el arco de la Burbuja Aldrin.

Trepé a la esclusa de aire de la parte de atrás.

—Una vez que esté dentro, correré a Soporte Vital. Tienen toneladas de aire de reserva en los depósitos de emergencia. Los abriré todos.

—No puedes simplemente diluir el cloroformo —dijo Sanches—. La molaridad en el aire será la misma.

—Lo sé —dije—. Pero las burbujas tienen válvulas de alivio de exceso de presión. Cuando abra los depósitos de reserva, la presión del aire de la ciudad se elevará y las válvulas de emergencia empezarán a ventilar. El aire bueno desplazará al malo.

Sanches lo pensó y asintió.

—Sí, eso podría funcionar.

Nos detuvimos justo delante de la esclusa ISRO. Dale puso el *rover* en marcha atrás y llevó a cabo el procedimiento de amarre más rápido y más capacitado que había visto nunca. Apenas frenó para encajar las dos esclusas.

—Joder, eres bueno en esto —dije.

—Corre —imploró.

Me puse la mascarilla de respiración.

—Quedaos aquí. Dale, si la cago y me pilla el cloroformo, has de ocupar mi lugar.

Abrí la manivela de la esclusa. El silbido de ecualización del aire llenó la cabina.

—Sanches, si Dale la caga, es la siguiente. Con suerte eso no... —Incliné la cabeza—. ¿Ese silbido suena extraño?

Dale lanzó una mirada a la puerta de la esclusa.

—¡Mierda! La esclusa de aire del *rover* está dañada de

arrancar el túnel inflable. Cierra la válvula, necesitamos...

El silbido se hizo tan alto que no pude oír más a Dale. La esclusa de aire estaba fallando.

Mi mente se aceleró: si cerraba la válvula, ¿qué haríamos a continuación? Dale y yo teníamos trajes espaciales, así que podríamos caminar a la esclusa ISRO y usarla normalmente. Pero eso requeriría salir *rover*, lo cual significaría matar a Sanches. La única solución sería meter el *rover* en la ciudad a través de la esclusa de carga en el Puerto de Entrada. Pero no había nadie despierto dentro para dejarnos entrar. Tendríamos que abrir la esclusa manualmente, lo cual significaría dejar el *rover*, lo cual mataría a Sanches.

Tomé una decisión instantánea y abrí la válvula del todo.

—¿Qué demonios estás...? —empezó Dale.

El *rover* resonó por la fuerza del aire que escapaba. Me zumbaron los oídos. Mala señal: el aire estaba escapando más deprisa de lo que el *rover* podía sustituirlo.

—¡Cierra la escotilla cuando salga! —grité.

Cuatro puertas. Tenía que atravesar cuatro putas puertas para entrar en Artemisa. La esclusa de aire del *rover* tenía dos y la esclusa ISRO tenía dos más. Hasta que pasara la última, estaría en peligro. Dale y Sanches estarían bien en cuanto él cerrara la primera puerta detrás de mí.

Abrí la puerta número uno y salté a la esclusa de aire del *rover*. La puerta número dos era la que estaba tratando de matarnos. El hielo se condensaba en los bordes, por donde escapaba un flujo constante de aire. Como había predicho Dale, la apertura estaba combada donde se había conectado el túnel inflable.

Giré la manivela y tiré de la escotilla. ¿Iba a abrirse la puerta en el estado en el que se encontraba? Recé a Alá, Yahvé y Cristo que lo hiciera. Uno o más de ellos debieron escucharme, porque la escotilla se abrió un par de centímetros. Usé toda mi fuerza para ensanchar la abertura lo suficiente para pasar. En ocasiones ser pequeña es fantástico. Había llegado al engaste, el túnel de un metro entre las dos esclusas.

Tanto la puerta exterior del *rover* como el engaste estaban muy combados. En ambos se filtraba el aire como en un cedazo. Pero al menos no había agujeros enormes. Los depósitos de aire del *rover* estaban manteniéndolo presurizado por el momento, aunque estaban perdiendo la batalla. Y si te estás preguntando por mi mascarilla de respiración, no, no me ayudaría en el vacío. Solo lanzaría oxígeno a mi cara muerta.

Agarré la escotilla exterior de la ISRO y la abrí. Caí en la esclusa de la ISRO y miré atrás para ver a los demás.

Había supuesto que Dale estaría cerrando la escotilla interior del *rover*. Había supuesto mal. Si hubiera cerrado la escotilla, me habría quedado sin aire hasta que llegara a Artemisa. ¿Tenía eso en mente? ¿Ese idiota estaba siendo noble?

—¡Cierra la puta escotilla! —grité por encima del viento.

Entonces los vi. Los dos parecían pálidos y atontados. Dale cayó al suelo. Mierda. La esclusa ISRO tenía cloroformo en el aire. En el fragor del momento y en toda mi profunda planificación había olvidado ese pequeño detalle.

Muy bien. Paso a paso. Primero, abrir la última puerta. El *rover* tenía aire limitado, pero Artemisa tenía mucho. Giré la manivela de la última escotilla y traté de abrirla. No cedió.

Por supuesto que no. El *rover* estaba a una presión inferior a la de la ciudad por la constante fuga.

—Mierda —dije.

Abrí la válvula central de la escotilla para ecualizar la

esclusa con el aire del otro lado. La válvula de ecualización ISRO se enfrentó a la fuga. ¿Cuál tenía una tasa de flujo de aire más alta? No esperé a descubrirlo.

Apoyé la espalda contra la pared exterior de la esclusa y usé las dos piernas para empujar la escotilla. Los dos primeros intentos la sacudieron, pero no rompieron el cierre. A la tercera fue la vencida.

La escotilla se abrió. Una ráfaga de aire corrió hacia la esclusa de aire y el *rover*. Metí un pie en la abertura para impedir que la escotilla se cerrara contra el flujo del aire.

Dale y Sanches estaban a salvo... más o menos. Si consideras que respirar aire envenenado en un depósito bajo presión con una fuga es estar «a salvo».

Me dolía la espalda una barbaridad. Pagaría por eso al día siguiente, si es que había un día siguiente.

Me quité el zapato y lo dejé allí para mantener la escotilla abierta. Regresé al *rover*. Dale y Sanches estaban completamente inconscientes en ese punto. Maldición. Nota para mí: no te quites la mascarilla.

Los dos estaban respirando acompasadamente. Cerré la escotilla de la esclusa interna del *rover* para dejarlos encerrados dentro, luego regresé a la puerta interna de la ISRO. La empujé para abrirla otra vez (mucho más fácil porque mi zapato había impedido que volviera a cerrarse herméticamente) y caí en el laboratorio.

Recuperé mi zapato y la escotilla se cerró automáticamente contra la corriente de aire.

Estaba dentro.

Me senté en el suelo y volví a ponerme el zapato. Luego verifiqué el ajuste de mi mascarilla de aire. Parecía en orden. Y no estaba vomitando ni desmayándome, lo cual suponía que era una buena señal.

El laboratorio ISRO estaba sembrado de científicos inconscientes. Era un espectáculo siniestro. Cuatro de ellos se habían desmayado en sus escritorios, mientras que otro yacía en el suelo. Pasé por encima del que estaba en el suelo y me dirigí al pasillo.

Consulté mi gizmo. Habían pasado veinte minutos desde que había empezado a filtrarse el cloroformo. Así pues, si el cálculo de Sanches era correcto. Tenía cuarenta minutos para arreglar el aire de la ciudad o todo el mundo moriría.

Y sería por mi culpa.

16

Necesitaba a Rudy. O, más concretamente, necesitaba el gizmo de Rudy.

Recuerda que Soporte Vital es una zona segura. Tienes que trabajar allí para entrar: las puertas no se abrirán a menos que reconozcan tu gizmo. Pero el gizmo de Rudy abre cualquier puerta de la ciudad. Zonas seguras, hogares, cuartos de baño, no importa. No hay ningún sitio al que Rudy no pueda acceder.

Su oficina está en Armstrong 4, a solo unos pocos minutos corriendo desde el laboratorio ISRO. Y menudo viaje surrealista. Cuerpos caídos por los pasillos y los umbrales. Era como una escena del Apocalipsis.

No están muertos. No están muertos. No están muertos... Me repetí el mantra para no perder el juicio.

Tomé las rampas para pasar de un nivel a otro. Los ascensores probablemente tendrían cuerpos bloqueando las puertas.

Armstrong 4 cuenta con un espacio abierto justo al lado de las rampas llamado Parque Boulder. ¿Por qué se llama así? Ni idea. Mientras pasaba, tropecé con un tipo caído de costado y con la cara plantada en una turista que sostenía a su hijo pequeño inconsciente. Ella había curvado su cuerpo en torno al niño: la última línea de defensa de una madre. Me levanté otra vez y seguí corriendo.

Resbalé hasta detenerme delante de la puerta de la oficina de Rudy e irrumpí. Rudy estaba caído sobre su mesa. De alguna manera parecía preparado incluso inconsciente. Le registré los bolsillos. El gizmo tenía que estar en alguna parte.

Algo captó mi atención y me inquietó. No podía determinar qué era. Es una de esas advertencias que tienes de que hay algo que no va bien. Pero, cielos, todo iba mal en ese momento. No tenía tiempo para mierdas del inconsciente. Tenía que salvar una ciudad.

Encontré el gizmo de Rudy y me lo guardé en el bolsillo. Mi Jazz interior me hizo otro llamamiento, esta vez con más urgencia: «Algo va mal, maldición», gritó.

Perdí un segundo mirando por la sala. Nada raro. La pequeña oficina espartana estaba justo donde siempre había estado. Conocía el lugar muy bien: había estado allí decenas de veces cuando era una adolescente estúpida, y tengo muy buena memoria. No había nada fuera de lugar. Nada en absoluto.

Pero, entonces, al salir de la oficina, me golpeó... Me golpeó un objeto contundente en la nuca.

Me quedé aturdida y se me nubló la vista, pero me mantuve consciente. Había sido un golpe de refilón. Unos pocos centímetros a la izquierda y estaría perdiendo los sesos. Trastabillé adelante y me volví para enfrentarme a mi agresor.

Da Sousa sostenía una larga tubería en una mano y un depósito de oxígeno en la otra. Una manguera iba directamente del depósito a su boca.

—¿Estás de broma? —dije—. Solo hay una persona despierta y eres tú.

Intentó golpearme otra vez. Lo esquivé.

Por supuesto, era Da Sousa. Eso era lo que mi subconsciente trataba de decirme. La oficina de Rudy estaba igual que la recordaba. Pero se suponía que tenía que estar Da Sousa encerrado en el refugio de aire.

Toda la secuencia de hechos se desarrolló en mi mente. El refugio había protegido a Da Sousa del cloroformo. Una vez que Rudy se quedó dormido, el asesino sin vigilancia había arrancado una tubería de un metro de largo y la había usado para forzar la manivela de la escotilla. La cerradura y la cadena del otro lado no tenían ninguna opción contra esa palanca.

Da Sousa podría no ser ingeniero químico, pero no hacía falta ser un genio para darse cuenta de que algo iba mal con el aire. O eso o había gastado un segundo casi desmayándose antes de darse cuenta. En todo caso, el refugio tenía depósitos de aire y mangueras. Así que se preparó un sistema de supervivencia.

Y, eh, como bono añadido, la tubería tenía un borde afilado y recortado allí donde la había roto. Maravilloso. No solo tenía una porra. Tenía una lanza.

—Hay una fuga de gas —dije—. Todo el mundo en la ciudad morirá si no lo arreglo.

Se abalanzó sin dudarlo. Era un asesino con una misión. Tenía que admirar su profesionalismo.

—Oh, jódete —dije.

Era más grande, más fuerte y mucho mejor luchador que yo e iba armado con un palo de metal puntiagudo.

Me volví como para echar a correr y di una patada hacia atrás. Supuse que eso repelería su ataque y tenía razón. Da Sousa terminó colocando la tubería en torno a mí en lugar de golpearme con ella en la cabeza. Ahora tenía su mano delante de mí y mi espalda contra su pecho. Nunca tendría una mejor oportunidad que esa para desarmarlo.

Le agarré la mano con las dos mías y se la retorcí hacia fuera. Movimiento de desarme clásico, y debería haber funcionado, pero no funcionó. Da Sousa pasó otra mano en torno a mí y tiró de la cañería hacia mi garganta.

Era fuerte. Muy fuerte. Incluso con la lesión de su brazo me superó con facilidad. Puse mis dos manos entre la tubería y mi cuello, pero siguió clavándoseme. No podía respirar. Hay una clase de pánico especial que te supera cuando eso ocurre. Me debatí con impotencia durante unos segundos, luego usé hasta el último gramo de fuerza de voluntad para controlarme.

Iba a romperme el cuello o bien me asfixiaría y luego me partiría el cuello. La mascarilla de respiración era inútil; no podía respirar con la garganta cerrada. Pero el depósito de aire en mi cadera podía ayudar. Un objeto metálico sólido. Mejor que nada. Fui a por él.

¡Dolor!

Sacar la mano de la tubería fue una idea terrible. Perdí la mitad de mi resistencia. Da Sousa me clavó más profundamente la tubería en la garganta. Mis piernas cedieron y caí de rodillas. Él me siguió al suelo y mantuvo la tubería perfectamente colocada.

La oscuridad se cerró en torno a mí. Si al menos tuviera otra mano.

Otra mano...

La idea resonó en mi mente cada vez más nublada.

Otra mano.

Otra mano.

Demasiadas manos.

Da Sousa tenía demasiadas manos.

¿Qué?

Mis ojos se abrieron otra vez. Da Sousa tenía demasiadas manos.

Un segundo antes tenía la tubería en una mano y un depósito de aire en la otra. Pero ahora tenía las dos manos en la tubería. Eso significaba que había dejado el depósito en el suelo.

Reuní las escasas fuerzas que me quedaban, flexioné las piernas y me propulsé adelante. La tubería se clavó en mi garganta todavía más, pero eso estaba bien: el dolor me ayudó a mantenerme despierta. Volví a apretar, con más fuerza esta vez, y finalmente lo desequilibré. Los dos caímos adelante, yo debajo, el tumbado encima de mí.

Entonces oí el sonido más dulce que he escuchado nunca. Tosió.

Su presa se relajó ligeramente y tosió otra vez. Puse mi barbilla bajo la tubería y, finalmente, tenía la garganta libre. Resoplé y tomé grandes bocanadas de aire de mi mascarilla. La niebla negra a mi alrededor se disipó.

Me agarré a la tubería con ambas manos y empujé adelante, arrastrando a Da Sousa conmigo. Él se sujetó, pero su agarre se fue debilitando con cada segundo que pasaba.

Me retorcí de debajo de él y, finalmente, me volví para encararlo. Yacía arrugado en el suelo y tosía violentamente.

Tal y como yo había esperado, había dejado el depósito para estrangularme. Cuando lo arrastré adelante, el tubo de aire se le había caído de la boca. Podía agarrar la tubería o agarrar la entrada de aire. Había elegido la tubería. Probablemente esperaba que podría ahogarme y luego coger el aire otra vez antes de quedar inconsciente.

Buscó atrás con una mano el tubo de aire, pero lo agarré del cuello y lo arrastré por el suelo. Boqueó otra vez y se puso lívido. Me estiré y le arranqué la tubería de las manos de una vez por todas.

Da Sousa cayó de bruces al suelo, por fin estaba noqueado. Jadeé unos segundos y me levanté.

La rabia hirvió en mi interior. Avancé un paso con el extremo afilado de la tubería por delante. Da Sousa yacía impotente en el suelo y era un asesino conocido que acababa de intentar matarme. Una estocada entre la cuarta y la quinta costillas... directa al corazón... Me lo pensé. En serio que lo pensé. No es algo de lo que me sienta orgullosa.

Le pisé el brazo derecho con mi talón. Noté crujir el hueso.

Eso era más de mi estilo.

No tenía tiempo que perder, pero no podía dejar que ese capullo escapara otra vez. Arrastré su cuerpo inconsciente a la oficina de Rudy. Aparté a Rudy y busqué en su escritorio hasta que encontré unas esposas. Esposé el brazo bueno de Da Sousa a la manivela del refugio de aire y lancé la llave al pasillo. De nada, Rudy.

Miré el gizmo para ver cuánto tiempo tenía. Me quedaban treinta y cinco minutos. Y no era que tuviera hasta 0.00. Era solo un cálculo. Con suerte, un poco conservador. Sin embargo, con más de dos mil personas en la ciudad, seguro que algunos morían antes de lo previsto.

Me «envainé» la tubería, deslizándola entre mi cinturón y mi mono. Da Sousa estaba fuera de combate, respirando cloroformo, con un brazo roto y esposado. Pero, aun así, no iba a correr riesgos. Ni una puta emboscada más.

Corrí hacia Soporte Vital. Jadeaba cada vez más y se me hinchaba la garganta: todavía tocada por la reciente estrangulación. Probablemente tenía un buen morado allí, pero no se me había cerrado la tráquea. Era lo único que contaba.

Noté el gusto a bilis en mi respiración, pero no tenía tiempo para descansar. Continué en una carrera de obstáculos de cuerpos. Subí el flujo de mi depósito de aire para que llegara más oxígeno a mis pulmones doloridos. No ayudó mucho (ese truco no sirve cuando toda la atmósfera ya es oxígeno). Pero al menos el ligero aumento de presión impidió que se colara aire con cloroformo por los bordes. Algo es algo.

Alcancé Soporte Vital y pasé el gizmo de Rudy sobre la puerta. Se abrió.

Había vietnamitas inconscientes por todas partes. Miré las pantallas de estado a lo largo de la pared. En lo que a sistemas automatizados respecta, todo iba sobre ruedas. Buena presión, mucho oxígeno, separación de CO_2 funcionando a la perfección... ¿Qué más podía pedir un ordenador?

El asiento del señor Đoàn en el panel principal estaba vacío. Me subí a él de un salto y examiné los controles de gestión del aire. Estaba escrito en vietnamita, pero capté la idea general. Sobre todo porque en una pared había un mapa que mostraba todas las tuberías y líneas de aire del sistema. Como puedes imaginar, era un esquema muy grande.

Lo examiné a conciencia. Enseguida localicé el sistema de aire de emergencia. Todas sus líneas estaban marcadas en rojo.

—Vale... ¿dónde está la válvula de activación? —dije.

Pasé un dedo a lo largo de diversas líneas rojas hasta que encontré una que entraba en Soporte Vital. Luego encontré algo que parecía el icono de una válvula.

—Esquina noroeste...

La sala era un laberinto de tuberías, depósitos y válvulas. Pero sabía cuál necesitaba en ese momento. La tercera por la izquierda en la esquina noroeste. De camino allí, pasé sobre el cuerpo tendido en el suelo del señor Đoàn. Daba la impresión de que había tratado de alcanzar la válvula él mismo, pero no había llegado.

Agarré la válvula con las dos manos y la giré. El rugido grave de presión liberada resonó en toda la sala.

Mi gizmo sonó en mi bolsillo. Fue tan inesperado que saqué el trozo de tubería lista para una pelea. Negué con la cabeza por el movimiento estúpido y volví a enfundar el arma.

—¿Jazz? —oí la voz de Dale—. ¿Estás bien? Nos hemos desmayado un minuto.

—Dale —dije—. Sí, estoy bien. Estoy en Soporte Vital y acabo de abrir la válvula de flujo. ¿Estáis bien?

—Estamos despiertos. Pero me siento fatal. Ni idea de por qué nos hemos despertado.

Sanches habló en el fondo.

—Nuestros pulmones han absorbido el cloroformo del aire del *rover*. Una vez que la concentración ha bajado por debajo de dos mil quinientos ppm ha dejado de funcionar como anestésico.

—Estás en el altavoz, por cierto —dijo Dale.

—Sanches —dije sin emoción—. Me alegro de que esté bien.

Ella no hizo caso de mi mala leche.

—¿Funciona, el flujo?

Volví a las pantallas de estatus. Ahora cada pantalla tenía múltiples luces amarillas parpadeantes que no había antes.

—Eso creo —dije—. Hay luces de precaución y advertencia por todas partes. Si lo interpreto bien, probablemente son las válvulas de alivio. Está ventilando.

Le di un golpecito a un técnico que tenía en la silla de al lado. No se movió. Por supuesto, incluso con aire en perfectas condiciones, esos tipos tardarían un rato en despertarse. Habían estado media hora respirando un anestésico del siglo XIX.

—Espera —dije—. Voy a oler un momento.

Me aparté la mascarilla de la cara un segundo y tomé una

respiración muy somera. Caí al suelo de inmediato. Estaba demasiado débil para mantenerme en pie. Quería vomitar pero me contuve. Me sujeté la mascarilla contra la cara otra vez.

—... no es bueno... —murmuré— ... el aire sigue siendo malo...

—¿Jazz? —dijo Dale—. Jazz. No te desmayes.

—Estoy bien —dije, al tiempo que me ponía de rodillas. Cada respiración de aire enlatado me hacía sentir mejor—. Estoy... bien... Creo que solo tenemos que esperar. Tardará un rato en sustituirse todo este aire. Estamos bien. Lo estamos haciendo bien.

Supongo que los dioses oyeron eso y se partieron la caja. En cuanto lo hube dicho, el sonido del aire en las tuberías se interrumpió y se hizo el silencio.

—Eh... chicos... el aire se ha parado.

—¿Por qué? —preguntó Dale.

—¡Estoy en ello!

Eché una mirada a las pantallas de estatus. Nada obvio allí. Luego volví al esquema de líneas de la pared. La válvula principal estaba allí mismo en Soporte Vital y conducía a un depósito de almacenamiento en esa sala. Decía que estaba vacío.

—Uf —resoplé—. ¡Nos hemos quedado sin aire! ¡No hay suficiente!

—¿Qué? —se extrañó Dale—. ¿Cómo puede ser? Soporte Vital tiene reservas de aire para meses.

—Ya no —dije—. Tienen aire suficiente para rellenar una o dos burbujas y tienen potencia de batería para convertir CO_2 en oxígeno durante meses. Pero no tienen todo el aire que se necesita para inundar la ciudad entera. Nadie había pensado en esto.

—Oh, Dios... —dijo Dale.

—Tenemos una oportunidad —dije—. Trond Landvik acumuló grandes cantidades de oxígeno. Está en los depósitos de fuera.

—Ese cabrón —dijo Sanches—. Sabía que iba a por mi contrato de oxígeno por energía.

Miré otra vez el panel de control. Gracias a Dios los vietnamitas usaban un alfabeto latino. Una sección del esquema tenía la etiqueta LANDVIK.

—¡Los depósitos de Trond están en el esquema! —dije.

—Por supuesto que están —dijo Sanches—. Trond tenía que estar conchabado con Soporte Vital para asegurarse de que su sistema de aire podía interactuar con el de ellos.

Pasé el dedo por el plano.

—Según esto, los depósitos de Trond ya están conectados al sistema. Hay un conjunto de válvulas en el camino, pero hay un camino.

—¡Pues hazlo! —dijo Dale.

—Las válvulas son volantes manuales y están fuera —le expliqué.

—¿Qué? ¿Por qué hay válvulas manuales en la superficie?

—Seguridad —dije—. Trond me lo había explicado. No importa. Acabo de memorizar la disposición de las tuberías. Es muy complicado y no sé en qué estado estarán las subválvulas. Me ocuparé de eso cuando llegué allí.

Salí corriendo de Soporte Vital a los pasillos de Armstrong.

—Espera. ¿Vas a salir? —preguntó Dale—. ¿Con qué? Tu traje espacial está aquí.

—Voy de camino a la esclusa de Conrad y tengo una tubería grande. Reventaré la taquilla de Bob y me pondré su equipo.

—Esas taquillas tienen aluminio de un centímetro de grosor —dijo Dale—. No llegarás a tiempo.

—Vale, buen dato. Eh... —Corrí a través del túnel de conexión Armstrong-Conrad y verifiqué mi gizmo. Nos quedaban veinticinco minutos—. Usaré una bola de hámster de turista.

—¿Cómo girarás los volantes?

Cierto otra vez. Las bolas de hámster no tenían brazos, guantes ni ningún punto de articulación. No tendría forma de agarrar nada en el exterior.

—Supongo que tendréis que ser mis manos. Los depósitos están en el triángulo entre Armstrong, Shepard y Bean. Nos encontramos en el Conector Bean-Shepard. Necesitaré vuestra ayuda para llegar al triángulo.

—Recibido. Nos dirigimos al conector. Me acercaré todo lo que pueda y caminaré el resto del camino.

—¿Cómo saldrás del *rover* sin matar a Sanches?

—A mí también me gustaría saber —añadió Sanches.

—Se pondrá tu traje antes de que abra la esclusa —dije.

—¿Mi traje?

—¡Jazz!

—Está bien. Lo siento.

Corrí a través de Conrad Planta lo más deprisa que pude. La burbuja en la que vivo tiene algunos de los pasajes más enrevesados de la ciudad. Cuando pones a un puñado de artesanos en un sitio sin reglas zonales, sus talleres se expanden hasta llenar todos los huecos y rendijas. Pero me lo conocía todo de memoria.

Naturalmente, la esclusa de turistas era el punto más alejado del túnel de conexión de Armstrong. Quiero decir, ¿en qué otro sitio iba a estar?

Finalmente, llegué allí. Había dos patrones EVA en el suelo delante de dieciséis turistas que se habían desmayado en sus sillas. La filtración los había pillado en medio de la orientación.

—Dale, estoy en la esclusa.

—Recibido —oí su voz. Estaba lejos del micrófono de su gizmo—. Tardaré un rato en vestir a Sanches con tu equipo. Es alta...

—Disculpa —dijo—, mido metro sesenta y cuatro, que es el promedio de una mujer. No soy alta, tu saboteadora es bajita.

—No me estire el traje —dije.

—Me cagaré en tu traje.

—Eh...

—Sanches, calle —ordenó Dale—. Jazz, salva la ciudad.

Entré en tromba en la gran esclusa de aire y saqué una bola de hámster desinflada de su cubo.

—Te avisaré cuando esté fuera.

Extendí el plástico flácido en el suelo con la cremallera hacia arriba, cogí un paquete de emergencia de la pared y lo conecté. Momento para un poco de la magia con el gizmo de Rudy. Cerré la puerta interior de la esclusa, pasé el gizmo por el panel de control y me concedí acceso.

Siguiente problema: las esclusas de aire están hechas para que las manejen patrones EVA con trajes y guantes. Iba a requerir cierta finura.

Desactivé los controles del ordenador y pasé a manual. Lo primero que hice fue girar la manivela de la puerta exterior. La puerta (como todas las escotillas de la esclusa) era una puerta de empuje: la presión de aire detrás de ella provocaba el cierre hermético. Así pues, aunque había hecho posible que la puerta se abriera, tendrías que ser Superman para abrirla contra la presión. Al menos había solucionado el problema de los cerrojos físicos.

Muy despacio, giré la válvula de ventilación. En cuanto oí el silbido del aire que escapaba, dejé de girarla. Abierta del todo, la válvula dejaría que todo el aire de la esclusa se ventilara en el espacio en menos de un minuto. Pero a ese ritmo tardaría un poco más: tiempo suficiente para que no me matara, con suerte.

Me apresuré hacia la bola de hámster y me metí dentro. Era engorroso, como meterse en una tienda derrumbada, pero así era como funcionaban esas cosas.

Cerré las cremalleras (hay tres capas de seguridad), luego giré la válvula de flujo de aire del sistema de emergencia durante unos segundos. La bola se hinchó lo suficiente para que pudiera moverme.

Normalmente haces esto cuando la esclusa no está ventilando. Te tomas tu tiempo, inflas y esperas a que el patrón EVA compruebe el hermetismo del cierre. No podía darme ese lujo.

La presión en la esclusa de aire decreció, con lo cual mi bola se hinchó como un globo en una cámara de vacío. No es una analogía. Era literalmente un globo en una cámara de vacío.

Repté adelante (es difícil moverse en una bola parcialmente inflada) y busqué el mango de la escotilla. Como mi bola no era completamente rígida, pude doblar la piel lo suficiente para agarrar la manivela. La sujeté con las dos manos contra la presión.

La bola se ponía cada vez más rígida a medida que la esclusa ventilaba, de manera que resultaba cada vez más difícil sujetarme a ella. Esa goma realmente quería ser una esfera. No aprobaba que yo la envolviera en torno a una manivela.

Casi se me escapó un par de veces, pero logré sujetarme. Por fin, la presión de la esclusa bajó lo suficiente para que lograra abrir la puerta.

El aire que quedaba salió silbando y mi bola alcanzó su plena rigidez. Me apartó las manos del borde con tanta fuerza que caí de culo. Pero no importaba. Estaba a salvo en mi bola de hámster y la esclusa de aire estaba abierta.

Volví a levantarme y algo me rascó la pierna. Era la tubería que le había confiscado a Zurdo. Con toda la excitación había olvidado incluso que la llevaba. Por lo general no es buena idea llevar un palo puntiagudo en tu sistema de soporte vital inflable, pero era demasiado tarde para hacer algo al respecto. Me apreté el cinturón para asegurarme de que la tubería no se movía. No quería que se resbalara.

Verifiqué mi sistema de emergencia. Todo estaba en orden. Recuerda, están diseñados para que se los pongan turistas. Se ocupan de todo por sí solos.

Me aventuré a la superficie lunar.

Pese a todas sus limitaciones, una bola de hámster es genial para correr. Nada de botas macizas, ninguna pernera de traje gruesa que mover, nada de cargar con unos cien kilos de equipo. Nada de eso. Solo yo con ropa normal con una mochila no demasiado pesada.

Cogí velocidad y rodé por el terreno. Cuando pillaba un bache rebotaba en el aire (bueno, no es «aire», pero ya me entiendes). Había una razón por la que los turistas pagaban miles de slugs. En otras circunstancias habría sido la mar de divertido.

Corrí por el arco de la Burbuja Conrad hasta que divisé Bean. Fui en línea recta hasta Bean y luego seguí su perímetro.

Me toqué el auricular para asegurarme de que estaba encendido.

—¿Cómo va, Dale?

—Sanches está vestida y estoy conduciendo hacia el Conector Shepard-Bean. A punto de bajar del *rover*. ¿Tú?

—Casi llego.

Doblé la esquina de Bean y vi que aparecía Shepard. Seguí el muro de Bean hasta el túnel conector. Dale, en la pared del conector, me localizó y me saludó. El *rover* de Bob estaba aparcado cerca. A través de la ventana vi a Sanches sentada con torpeza vestida con mi traje. Corrí al conector y verifiqué mi gizmo. Quedaban quince minutos.

Dale se agachó y puso los brazos bajo mi burbuja.

—A la de tres —dijo.

Me agaché, lista para saltar.

—Una... dos... ¡tres!

Lo sincronizamos a la perfección. Salté una fracción de segundo antes de que él lanzara la burbuja hacia arriba con todas sus fuerzas. Así que pateé contra el suelo, volé y Dale lanzó la bola para que me siguiera. Mi bola y yo pasamos sobre el conector con facilidad. Por supuesto, reboté como una idiota al caer del otro lado.

Dale trepó por encima del conector con la facilidad que da la práctica, usando sus muchos pasamanos. Se posó junto a mí justo cuando yo me levantaba.

Con Bean y Shepard detrás de nosotros, estábamos frente a la pequeña cúpula de Armstrong. Los depósitos exteriores se alzaban a un lado, parcialmente ocultos por su complicada red de tuberías y válvulas.

—Me pica la cara —dijo Sanches por la radio.

—Qué pena —dije.

Dale y yo nos dirigimos a los depósitos.

—Este traje es muy incómodo —continuó Sanches—. ¿No puedo cerrar la escotilla del *rover*, presurizarlo y esperaros cómodamente?

—No —dijo Dale—. Siempre hay que tener el *rover* listo para una entrada rápida. Así hacemos las cosas.

Ella gruñó para sus adentros, pero no insistió.

Rodé hasta la primera línea de tuberías. Tres depósitos de presión enormes se alzaban dominando la estructura. Cada uno de ellos decía LANDVIK en el costado.

Señalé a una de las cuatro válvulas de la tubería más cercana.

—Cierra esta válvula del todo.

—¿Del todo? —preguntó Dale.

—Sí, del todo. Confía en mí. Estas tuberías tienen un montón de mecanismos que son un engorro.

—Entendido. —Agarró la manivela con sus guantes gruesos y la cerró con fuerza.

Señalé otra válvula, esta en una tubería situada tres metros sobre el suelo.

—Ahora abre esa a tope.

Dale saltó y cogió la tubería con ambas manos. Trepó a la válvula, metió los pies en un par de tuberías inferiores y giró el volante. Gruñó por el esfuerzo.

—Estas válvulas están duras.

—Literalmente nunca han cambiado de estado —dije—. Las estamos usando por primera vez.

El volante de la válvula cedió por fin y Dale boqueó aliviado.

—¡Ya está!

—Vale, aquí abajo. —Hice un gesto a un lío de tuberías que tenía cuatro válvulas—. Ciérralas todas salvo la tercera. Esa tiene que estar abierta del todo.

Consulté mi gizmo mientras Dale trabajaba. Diez minutos.

—Sanches, ¿qué precisión tiene ese cálculo de una hora de la toxicidad del cloroformo?

—Es bastante preciso —dijo—. Alguna gente ya estará en estado crítico.

Dale redobló su ritmo.

—Hecho. Siguiente.

—Solo una más —dije. Lo alejé del laberinto de tuberías a una tubería de flujo de salida de medio metro de diámetro y señalé la válvula que la controlaba—. Abre ésta del todo y hemos terminado.

Dale trató de abrirla. No se movió.

—Dale, tienes que girar el volante —dije.

—¿Qué coño crees que estoy intentando?

—¡Inténtalo más!

Se volvió, agarró con las dos manos y empujó contra el suelo con las piernas. El volante siguió negándose a moverse.

—¡Maldita sea! —dijo Dale.

El corazón casi se me salió del pecho. Miré mis manos inútiles. Con la bola de hámster rodeándome no tenía forma de agarrar la válvula. Lo único que podía hacer era mirar.

Dale se tensó todo lo que pudo.

—Dios... maldita sea.

—¿Hay una caja de herramientas en el *rover*? —pregunté—. ¿Una llave inglesa o algo?

—No —dijo entre dientes apretados—. La saqué para dejar más espacio para el inflable.

Eso significaba que la llave más cercana estaba en la ciudad. Tardaría demasiado en conseguir una.

—¿Y yo? —dijo Sanches en la radio—. Puedo ayudar.

—No mucho —dijo Dale—. Se tarda horas en aprender a trepar en un traje espacial. Debería ir a buscarla y traerla aquí. Eso nos llevaría mucho tiempo y, aun así, no es muy fuerte. No serviría de mucho.

Eso era todo. Era lo más lejos que llegaríamos. A una válvula de la victoria, pero no más. Dos mil personas morirían. ¿Tal vez podríamos volver a la ciudad y salvar a unas pocas arrastrándolas a refugios de aire? Probablemente, no. Para cuando llegáramos, todo el mundo estaría muerto.

Miré alrededor en busca de cualquier cosa que pudiera ayudar. Pero la superficie lunar alrededor de Artemisa es la definición de nada. Montones de regolito y polvo. Ni siquiera una roca amable con la que golpear la válvula. Nada.

Dale cayó de rodillas. No podía verle la cara a través de la visera, pero oía sus sollozos en la radio.

Se me había hecho un nudo en el estómago. Estaba a punto de vomitar. Me llené de lágrimas, a punto de llorar. Eso hizo que me doliera la garganta todavía más. Esa tubería me había hecho mucho daño y...

Y...

Y entonces supe lo que tenía que hacer.

Comprenderlo debería haberme infundido pánico. No sé por qué no fue así. En cambio, sentí una gran calma. El problema estaba resuelto.

—Dale —dije en voz baja.

—Oh, Dios... —Dale tosió.

—Dale, necesito que hagas algo por mí.

—¿Qué?

Saqué la tubería de mi cinturón.

—Necesito que les digas a todos que lo siento. Que siento mucho todo lo que hice.

—¿De qué estás hablando?

—Y necesito que le digas a mi padre que lo quiero. Vale, eso es lo más importante. Dile a mi padre que lo quiero.

—Jazz. —Se levantó—. ¿Qué estás haciendo con esa tubería?

—Necesitamos palanca. —Agarré la tubería con las dos manos y puse la punta afilada delante—. Y la tengo. Si esto no lo gira, nada lo hará.

Hice rodar mi bola hasta la manija.

—Pero la tubería está dentro de la bola de háms... ¡No!

—Probablemente no duraré lo suficiente para girar el volante. Tú has de agarrar la tubería y hacerlo por mí.

—¡Jazz! —Se estiró hacia mí.

Era en ese momento o nunca. Dale había perdido concentración. No puedo culparlo. Es difícil ver morir a tu mejor amiga, aunque sea por un bien mayor.

—Te perdono, colega. Por todo. Adiós.

Impulsé el extremo afilado de la tubería hacia el borde de mi bola. El aire silbó a través de la tubería: solo había dado al vacío una pajita para chupar. La tubería se enfrió en mis manos. Empujé más fuerte y metí la tubería en los radios del volante.

Mi bola de hámster se extendió y se desgarró cerca del lugar de la punción. Tenía una fracción de segundo, a lo sumo.

Con todas mis fuerzas, empujé la tubería hacia un lado y noté que el volante cedía.

Luego la física se ensañó.

La bola se desgarró. Un segundo estaba empujando la tubería y al siguiente estaba volando en el vacío.

Todo el ruido se detuvo de inmediato. La luz cegadora del sol asaltó mis pupilas: entrecerré los ojos, dolorida. El aire se vaciaba de mis pulmones. Boqueé en busca de más: podía expandir mi pecho pero no entró aire. Una sensación rara.

Caí de morros al suelo. Me quemaban manos y cuello mientras que el resto de mi cuerpo, protegido por la ropa, se cocinaba más despacio. Me dolía la cara por la arremetida de luz ardiente. La boca y los ojos me burbujeaban: los fluidos hirviendo en el vacío.

El mundo se puso negro y perdí la conciencia. El dolor se detuvo.

Querida Jazz:

Según las noticias algo va muy mal en Artemisa. Dicen que toda la ciudad se ha desconectado. No ha habido ningún contacto. No sé por qué mi mensaje de correo iba a ser la excepción, pero tengo que intentarlo.

¿Estás ahí? ¿Estás bien? ¿Qué ha ocurrido?

Me desperté en la oscuridad.

Espera un momento. ¿Me desperté?

¿Cómo es que no estoy muerta?, traté de decir.

—¿*Cm esq nstoy eta?* —dije en realidad.

—¿Hija? —Era la voz de mi padre—. ¿Puedes oírme?

—*Mmf*.

Me tomó la mano. Pero la sensación no era normal, sino amortiguada.

—No... puedo... ver...

—Tienes los ojos vendados.

Traté de sostenerle la mano, pero dolía.

—No. No uses las manos —dijo mi padre—. También están heridas.

—No debería estar despierta —dijo una voz de mujer. Era la doctora Roussel—. Jazz, ¿puedes oírme?

—¿*Ha sido muy grave?* —le pregunté.

—Estás hablando árabe —dijo ella—. No te entiendo.

—Ha preguntado si ha sido muy grave —dijo mi padre.

—Será una recuperación dolorosa, pero sobrevivirás.

—No... Yo no... La ciudad... ¿Ha sido muy grave?

Sentí un pinchazo en el brazo.

—¿Qué estás haciendo? —preguntó mi padre.

—No debería estar despierta —dijo Roussel.

Y, entonces, dejé de estarlo.

Fui recuperando la conciencia por momentos durante un día entero. Recuerdo retazos aquí y allá. Tests de reflejos, alguien cambiándome los vendajes, inyecciones, etcétera. Pero solo estaba semialerta hasta que dejaban de tocarme, luego regresaba al vacío.

—¿Jazz?

—¿Eh?

—Jazz, ¿estás despierta? —Era la doctora Roussel.

—¿... sí?

—Voy a quitarte las vendas de los ojos.

—Vale.

Noté sus manos en mi cabeza. Me desenvolvieron las gasas de la cara y, finalmente, pude ver. Hice un gesto de dolor por la luz. Cuando mis pupilas se adaptaron, vi una parte más amplia de la habitación.

Estaba en una pequeña habitación como de hospital. Digo como de hospital porque no hay hospital en Artemisa. Solo el consultorio de la doctora Roussel. Eso era una habitación en la parte de atrás de algún sitio.

Todavía tenía las manos vendadas. La sensación era horrible. Me dolían, pero no demasiado.

La doctora, una mujer de sesenta y tantos años con el cabello gris, me iluminó cada una de mis pupilas con una linterna. Luego levantó tres dedos.

—¿Cuántos dedos?

—¿La ciudad está bien?

Retorció la mano.

—Vamos por pasos. ¿Cuántos dedos?

—¿Tres?

—Muy bien. ¿Qué recuerdas?

Bajé la mirada a mi cuerpo. Todo parecía estar en su lugar. Llevaba una bata de hospital y me habían metido en la cama. Todavía tenía las manos vendadas.

—Recuerdo que reventé una bola de hámster. Esperaba morir.

—Desde luego, deberías haber muerto —dijo—. Pero Dale Shapiro y Loretta Sanches te salvaron. Por lo que he oído, él lanzó tu cuerpo por encima del Conector Armstrong-Shepard. Sanches estaba al otro lado. Te arrastró al *rover* y lo presurizó. Estuviste en el vacío un total de tres minutos.

Miré mis mitones de gasa.

—¿Y eso no me mató?

—El ser humano puede sobrevivir unos minutos en el vacío. La presión de aire de Artemisa es lo bastante baja para que no sufrieras descompresión. La principal amenaza es la privación de oxígeno: lo mismo que ahogarse. Te salvaron justo a tiempo. Un minuto más y estarías muerta.

La doctora me puso los dedos en la vena del cuello y observó un reloj de la pared.

—Tienes quemaduras de segundo grado en las manos y en la parte de atrás del cuello. Supongo que contactaron directamente con la superficie lunar. Y tienes una quemadura por el sol muy fea en la cara. Tendremos que hacerte pruebas de cáncer de piel una vez al mes durante un tiempo, pero estarás bien.

—¿Y la ciudad? —pregunté.

—Deberías hablar con Rudy de eso. Está aquí fuera... Iré a buscarlo.

La agarré de la manga.

—Pero...

—Jazz, soy tu doctora, así que cuidaré bien de ti. Pero no somos amigas. Suéltame.

La solté. Ella abrió la puerta y salió.

Atisbé a Svoboda en la habitación de atrás. Estiró el cuello para mirar, pero la impresionante corpulencia de Rudy me lo ocultó.

—Hola, Jazz —dijo Rudy—. ¿Cómo te encuentras?

—¿Ha muerto alguien?

Cerró la puerta tras de sí.

—No. Nadie ha muerto.

Solté aire aliviada y mi cabeza cayó sobre la almohada. Solo entonces me di cuenta de lo tensa que estaba.

—Gracias a Dios.

—Sigues metida en un problema enorme.

—Me lo imagino.

—Si esto hubiera ocurrido en algún otro sitio, habría habido muertes. —Entrelazó los brazos detrás de su espalda—. Tal y como ha ido, todo funcionó a nuestro favor. No tenemos coches, así que nadie estaba conduciendo ningún vehículo. Gracias a nuestra gravedad baja, nadie resultó herido al caer al suelo. Unos pocos arañazos y moretones, nada más.

—No hay pena sin delito.

Me fulminó con la mirada.

—Tres personas tuvieron una parada cardíaca por el envenenamiento por cloroformo. Los tres eran ancianos con enfermedades pulmonares preexistentes.

—Pero ¿están bien?

—Sí, pero solo por suerte. Una vez que la gente se despertó fue a ver cómo estaban sus vecinos. Si no hubiera sido por nuestros lazos estrechos, eso no habría ocurrido. Además, es más fácil cargar a una persona inconsciente en nuestra gravedad. Y ninguna parte de la ciudad está lejos de la doctora Roussel. —Rudy ladeó la cabeza hacia el umbral—. No está encantada contigo, por cierto.

—Me he fijado.

—Se toma muy en serio la salud pública.

—Sí.

Rudy se quedó de pie en silencio un momento.

—¿Te importa decirme quién estaba en esto contigo?

—No.

—Sé que Dale Shapiro estuvo implicado.

—No sabes de qué estás hablando —dije—. Dale solo estaba en una salida entonces.

—¿En el *rover* de Bob Lewis?

—Son colegas. Se prestan cosas.

—¿Con Loretta Sanches?

—A lo mejor están saliendo —dije.

—Shapiro es gay.

—A lo mejor no lo tiene muy claro.

—Ya veo. ¿Puedes explicar por qué Lene Landvik ha transferido un millón de slugs a tu cuenta esta mañana?

¡Estaba bien saberlo! Pero puse cara de póquer.

—Un pequeño préstamo de negocio. Está invirtiendo en mi compañía de excursiones EVA.

—Suspendiste el examen EVA.

—Una inversión a largo plazo.

—Eso es una mentira atómica.

—Lo que tú digas. Estoy cansada.

—Te dejaré descansar. —Volvió caminando a la puerta—. La administradora quiere verte en cuanto puedas ponerte en pie. Será mejor que prepares ropa ligera, es verano en Arabia Saudí ahora mismo.

Svoboda se coló por la puerta en cuanto Rudy salió.

—Hola, Jazz. —Acercó una silla y se sentó junto a la cama—. ¡La doctora dice que te recuperas muy bien!

—Hola, Svobo. Siento lo del cloroformo.

—Eh, nada grave. —Se encogió de hombros.

—¿Supongo que el resto de la ciudad no está tan dispuesto a perdonar?

—La gente no está tan cabreada. Bueno, algunos sí. Pero lo mayoría no.

—¿En serio? —dije—. Dormí a toda la ciudad.

Retorció la mano.

—No fuiste solo tú. Hubo un montón de fallos de ingeniería. Como: ¿por qué no hay detectores de toxinas complejas en los conductos de aire? ¿Por qué Sanches almacena metano, oxígeno y cloro en una sala con un horno? ¿Por qué Soporte Vital no tiene su propia partición de aire para asegurarse de que se mantienen despiertos si el resto de la ciudad tiene un problema? ¿Por qué Soporte Vital está centralizado en lugar de tener una zona separada para cada burbuja? Estas son las preguntas que la gente está planteando.

Dejó su mano en mi brazo.

—Me alegro de que estés bien.

Puse mi mano en la suya. El efecto se perdió bastante con todo el vendaje.

—Además —dijo—, todo esto me dio la oportunidad de establecer un vínculo con tu padre.

—¿En serio?

—¡Sí! —dijo—. Después de que nos despertáramos formamos un equipo de dos personas para ver cómo estaban mis vecinos. Estuvo bien. Cuando todo acabó me invitó a una cerveza.

Puse los ojos como platos.

—¿Mi padre te invitó a una cerveza?

—Sí. Él tomó un zumo. Pasamos una hora hablando de metalurgia. Es un hombre asombroso.

Traté de imaginar a mi padre y Svoboda charlando. No lo conseguí.

—Un hombre asombroso —repitió Svoboda, en voz un poco más baja esta vez. Su sonrisa se diluyó.

—¿Svobo?

Me miró.

—¿Te marchas, Jazz? ¿Van a deportarte? No me gustaría nada.

Puse mi mano vendada en su hombro.

—Estaré bien. No voy a ninguna parte.

—¿Estás segura?

—Sí, tengo un plan.

—¿Un plan? —Parecía preocupado—. Tus planes son... Eh... ¿Tengo que esconderme en algún sitio?

Reí.

—Esta vez no.

—Vale... —Desde luego no estaba convencido—. Pero ¿cómo vas a salir de esta? Quiero decir... tumbaste a toda la población.

Le sonreí.

—No te preocupes. Lo controlo.

—Vale, bien.

Se inclinó y me besó en la mejilla, casi como una idea de última hora. No tenía ni idea de qué lo poseyó para hacer eso; sinceramente no creía que tuviera valor. Aunque su valentía no duró mucho. Una vez que se dio cuenta de lo que había hecho, su cara se convirtió en una máscara de terror.

—¿Oh, mierda! ¡Lo siento! No estaba pensando...

Reí. La expresión en la mirada del pobre... No pude evitarlo.

—Calma, Svobo. Es solo un beso en la mejilla. No hay por qué preocuparse.

—Va... vale. Sí.

Puse mi mano en su nuca, atraje su cabeza hacia la mía y le di un buen beso en los labios. Un beso largo, sin ninguna ambigüedad. Cuando nos separamos parecía irremediablemente confundido.

—Esto sí —dije—. Por esto puedes preocuparte.

Esperé en un pasillo blanco y anodino junto a una puerta con la etiqueta C-2/5186. Conrad -2 tenía un poco más de clase que otras plantas subterráneas de Conrad, pero no mucha más. Estrictamente para obreros, pero sin ese tufo a desesperación de las plantas inferiores.

Abrí y cerré las manos varias veces. Ya no llevaba vendajes, pero tenía las dos manos cubiertas de ampollas rojas. Parecía una leprosa. O una puta que solo hacía pajas a leprosos.

Mi padre dobló la esquina, siguiendo las indicaciones de su gizmo. Finalmente, se fijó en mí.

—Ah. Aquí estás.

—Gracias por venir, papá.

Tomó mi mano derecha y la inspeccionó. Hizo un gesto de dolor al ver las heridas.

—¿Cómo te sientes? ¿Duele? Si duele, deberías ir a ver a la doctora Roussel.

—Está bien. Parece peor de lo que es. —Ahí estaba, mintiendo a mi padre otra vez.

—Bueno, aquí estoy. —Señaló la puerta—. C-2/5186. ¿Qué es?

Pasé mi gizmo por el panel y abrí la puerta.

—Entra.

El gran taller estaba casi vacío y tenía paredes metálicas muy gruesas. Nuestras pisadas resonaban al caminar. En el centro había una mesa de trabajo cubierta de material industrial. Más allá, cilindros de gas montados a lo largo de la pared alimentaban tuberías que conducían por toda la sala. En el rincón había un refugio de aire estándar.

—Ciento cuarenta y un metros cuadrados —dije—. Era una panadería. Completamente ignífugo y con certificado municipal para uso de alta temperatura. Sistema de filtración de aire autocontenido, y en el refugio de aire caben cuatro personas.

Me acerqué a los depósitos.

—Solo he instalado estos. Acetileno central, oxígeno y líneas de neón accesibles desde cualquier punto del taller. Depósitos llenos, por supuesto.

Señalé la mesa de trabajo.

—Cinco cabezales de soplete, veinte metros de cable, cuatro chisqueros. Además, tres juegos completos de equipo de protección, cinco máscaras y tres equipos de filtros.

—Jasmine —dijo mi padre—. Yo...

—Debajo de la mesa: veintitrés varillas de aluminio, cinco varillas de acero y una varilla de cobre. No sé por qué tenías esa varilla de cobre entonces, pero tenías una, así que aquí está. El alquiler está prepagado durante un año, y el panel de la puerta ya está preparado para aceptar tu gizmo. —Me encogí de hombros y dejé que mis brazos cayeran a los costados—. Así que sí. Todo lo que destruí aquel día.

—Fue el idiota de tu novio el que lo destruyó.

—Soy responsable —dije.

—Sí, lo eres. —Pasó la mano por la mesa de trabajo—. Esto tiene que ser muy caro.

—Cuatrocientos dieciséis mil novecientos veintidós slugs.

Frunció el ceño.

—Jasmine... Has comprado esto con dinero que...

—Papá... por favor, solo... —Me dejé caer y me senté en el suelo—. Sé que no te gusta de dónde sale el dinero, pero...

Mi padre cruzó las manos a su espalda.

—Mi padre, tu abuelo, tenía depresión grave. Se suicidó cuando yo tenía ocho años.

Asentí. Un rincón oscuro de nuestra historia familiar de la que apenas se hablaba.

—Hasta cuando estaba vivo, no estaba verdaderamente «vivo». No crecí con un padre. Ni siquiera sé lo que es. Así que he intentado lo mejor...

—Papá, no eres un mal padre. Solo soy una hija penosa...

—Déjame terminar. —Se puso de rodillas y se sentó en sus talones. Había rezado en esa posición cinco veces al día durante sesenta años: sabía cómo ponerse cómodo—. He estado improvisando, sabes. Como padre. No tenía nada con lo que trabajar. Ningún proyecto. Y elegí una vida dura para nosotros. Una vida de inmigrante en una ciudad de frontera.

—No me quejo por eso —dije—. Prefiero ser pobre y trabajar mucho en Artemisa que ser una mujer rica en la Tierra. Este es mi hogar...

Levantó la mano para silenciarme.

—Traté de prepararte para el mundo. Nunca fue fácil contigo, porque la vida desde luego no fue fácil contigo y quería que estuvieras preparada. Hemos peleado a veces, por supuesto, encuéntrame un padre y un hijo que no lo hayan hecho. Y hay determinados aspectos de tu vida que ojalá fueran diferentes. Pero en líneas generales, te convertiste en una mujer fuerte e independiente y estoy orgulloso de ti. Y, por extensión, orgulloso de haberte criado.

Me tembló un poco el labio.

—He vivido mi vida según las enseñanzas de Mahoma —continuó mi padre—. Trato de ser honesto y sincero en todas mis decisiones. Pero, como cualquier hombre, tengo defectos. Peco. Si tu paz mental llega a costa de una pequeña mancha en mi alma, que así sea. Solo espero que Alá me perdone.

Me tomó ambas manos.

—Jasmine, acepto tu recompensa, aunque sé que la fuente es deshonesta. Y te perdono.

Le di un fuerte apretón de manos y punto final.

En realidad, no. Me desplomé en sus brazos y lloré como una niña. No quiero hablar de ello.

La hora de la verdad. Esperaba a la puerta de Ngugi. Los siguientes minutos determinarían si me quedaba o tenía que irme.

Lene Landvik salió con sus muletas.

—¡Oh! Hola, Jazz. Transferí el dinero a tu cuenta hace unos días.

—Lo vi. Gracias.

—O Palácio me ha vendido Sanches Aluminium esta mañana. Harán falta semanas para arreglar el papeleo, pero hemos acordado un precio y estamos de acuerdo. Loretta ya está diseñando la próxima fundición. Tiene algunas mejoras en mente. La nueva priorizará la extracción de silicio y...

—¿Vas a quedarte a Loretta Sanches?

—Ah —dijo—. Sí.

—¿Estás loca?

—Acabo de pagar quinientos millones de slugs por una empresa de fundición que no puede fundir. Necesito a alguien que la reconstruya.

—¡Pero es el enemigo!

—Cualquiera que te haga ganar dinero es un amigo —dijo Lene—. Lo aprendí de papá. Además, ayudó a salvarte la vida hace cuatro días. ¿Tal vez estáis en paz?

Crucé los brazos.

—Esto te morderá el culo, Lene. No puedes confiar en ella.

—Oh, no confío en ella. Solo la necesito. Hay una gran diferencia. —Inclinó la cabeza hacia el umbral—. Ngugi dice que la KSC está ansiosa por restablecer la producción de oxígeno. La ciudad no será demasiado estricta con regulaciones de seguridad. Raro, ¿no? Pensarías que serían más quisquillosos y no menos.

—Sanches al mando... —Suspiré—. Esto no es lo que tenía en mente cuando se me ocurrió el plan.

—Bueno, tampoco pensabas noquear a toda la ciudad. Los planes cambian. —Miró su reloj—. Tengo una multiconferencia. Buena suerte aquí. Avísame si te puedo ayudar.

Respiré profundamente y entré en la oficina de Ngugi.

Ngugi estaba sentada detrás de su escritorio. Me miró por encima de sus gafas.

—Siéntate.

Cerré la puerta y me senté frente a ella.

—Creo que sabes lo que tengo que hacer, Jasmine. Y no es fácil para mí.

Deslizó un papel por encima de la mesa. Reconocí el formulario. Lo había visto unos días antes en la oficina de Rudy. Era una orden formal de deportación.

—Sí, sé lo que tiene que hacer —dije—. Tiene que darme las gracias.

—Estás de broma.

—Gracias, Jazz —dije—. Gracias por impedir que O Palácio tomara el mando. Gracias por eliminar un contrato desfasado que se habría interpuesto en el camino de un masivo progreso económico. Gracias por sacrificarte por salvar Artemisa. Aquí tienes un trofeo.

—Jasmine, vas a volver a Arabia Saudí. —Dio unos golpecitos en la orden de deportación—. No presentaremos cargos y cubriremos tus gastos vitales hasta que te adaptes a la gravedad de la Tierra. Pero es lo mejor que puedo hacer.

—¿Después de todo lo que acabo de hacer por usted? ¿Solo me tira con la basura de ayer?

—No es algo que quiera hacer, Jasmine. Tengo que hacerlo. Necesitamos presentarnos como una comunidad que vive bajo el imperio de la ley. Ahora es más importante que nunca, porque la industria ZAFO está en camino. Si la gente cree que sus inversiones pueden estallar por los aires sin que el responsable se enfrente a la justicia, no invertirá.

—No tienen elección —dije—. Somos la única ciudad de la Luna.

—No somos insustituibles. Solo somos convenientes —dijo—. Si las empresas ZAFO creen que no se puede confiar en nosotros, construirán su propia ciudad lunar. Una que proteja sus negocios. Estoy agradecida por lo que has hecho, pero tengo que sacrificarte por el bien de la ciudad.

Saqué mi propio papel y se lo entregué.

—¿Qué es esto? —preguntó.

—Mi confesión —dije—. Fíjese en que no la menciono a usted ni a los Landvik ni a nadie. Solo a mí. La he firmado al pie.

Me miró con desconcierto.

—¿Vas a ayudarme a deportarte?

—No. Le doy una carta de «Deporte gratis a Jazz». Va a

meterla en un cajón y la guardará para un caso de emergencia.

—Pero te voy a deportar ahora mismo.

—No. —Me recosté en la silla y crucé las piernas.

—¿Por qué no?

—Todo el mundo parece olvidar esto, pero soy contrabandista. No saboteadora ni héroe de acción ni planificadora municipal. Soy contrabandista. He trabajado mucho para preparar mis operaciones y funcionan a la perfección. Al principio tenía competencia. Pero ya no. Saqué a los competidores del negocio ofreciendo precios más bajos, mejor servicio y la reputación de cumplir con mi palabra.

Ngugi entrecerró los ojos.

—Quieres llegar a algún sitio con esto, pero no veo adónde.

—¿Alguna vez ha visto pistolas en Artemisa? Aparte de la que tiene en su escritorio, quiero decir.

La administradora negó con la cabeza.

—No.

—¿Y drogas duras? ¿Heroína? ¿Opio? ¿Esas cosas?

—En ninguna escala —dijo—. En ocasiones Rudy pilla a algún turista con un alijo para consumo propio, pero es raro.

—¿Se ha preguntado alguna vez por qué esa mierda no entra en la ciudad? —Me señalé el pecho—. Porque yo no lo permito. Ni drogas ni armas. Y tengo unas cuantas reglas más. Reduzco los inflamables a un mínimo. Y nada de plantas vivas. Lo último que necesitamos es alguna infestación de hongos extraña.

—Sí, eres muy ética, pero...

—¿Qué ocurrirá cuando yo no esté? —pregunté—. ¿Cree que el contrabando se detendrá? No. Habrá un breve vacío de poder y luego alguien ocupará el lugar. No tengo ni idea de quién será. Pero ¿tendrá tanta conciencia cívica como yo? Probablemente, no.

La administradora alzó una ceja.

Insistí.

—Esta ciudad está a punto de vivir el bum de ZAFO. Habrá un montón de empleos, construcción y una gran afluencia de trabajadores. Habrá nuevos clientes para todos los negocios de la ciudad. Abrirán nuevas empresas para estar al día con la demanda. La población se disparará. Ya tiene estimaciones, ¿verdad?

Ella me miró un momento.

—Creo que tendremos diez mil personas en un año.

—Ahí estamos —dije—. Más gente significa más demanda de contrabando. Miles de personas que podrían querer drogas. Montones de dinero en circulación, lo cual significa más crimen. Esos criminales querrán pistolas. Tratarán de colarlas por el sistema de contrabando y mercado negro que exista. ¿Es esa la clase de ciudad que quiere que sea Artemisa?

Se pellizcó la barbilla.

—Es... un muy buen argumento.

—Muy bien. Ya tiene una confesión. Que me impedirá pasarme de la raya. Separación de poderes y todo eso.

Ngugi pensó en ello durante un rato incómodamente largo. Sin romper el contacto visual, cogió la orden de deportación de su escritorio y la guardó en un cajón. Suspiró aliviada.

—Todavía tenemos el problema del castigo... —Se inclinó adelante sobre su anticuado teclado de ordenador y empezó a escribir. Pasó su dedo por la pantalla—. Según esto, el saldo de tu cuenta es de quinientos ochenta y cinco mil novecientos sesenta y seis slugs.

—Sí... ¿Por qué?

—Pensaba que Lene te había pagado un millón.

—¿Cómo sab...? No importa. He pagado una deuda recientemente. ¿Qué relevancia tiene esto?

—Creo que corresponde cierta restitución. Una multa, si lo prefieres.

—¿Qué? —Me senté muy erguida—. No hay multas en Artemisa.

—Llámalo contribución voluntaria a las arcas municipales.

—No hay nada voluntario en esto.

—Claro que sí. —Se acomodó otra vez en su silla—. Puedes quedarte todo el dinero y ser deportada.

Arg. Bueno, era una victoria para mí. Siempre podía ganar más dinero, pero no podía revertir una deportación. Y Ngugi tenía razón, si no me castigaba, cualquier capullo podía intentar lo que yo había hecho e irse de rositas. Tenía que darme una colleja.

—Vale. ¿Cuánto?

—Quinientos cincuenta mil slugs bastarán.

Suspiré.

—¿Está de broma?

Hizo una mueca.

—Como has dicho. Necesito que controles el contrabando. Si tienes un montón de dinero, podrías retirarte. Y, entonces, ¿dónde estaría yo? Es mejor que sigas hambrienta.

Lógicamente el resultado era bueno. Había limpiado mi conciencia. Pero, aun así, la perspectiva de que el saldo de mi cuenta pasara de siete dígitos a cinco me dolía físicamente.

—Oh. —Ngugi sonrió al darse cuenta de algo—. Y gracias por presentarte voluntaria como cuerpo de regulación no pagado, no oficial y no remunerado de Artemisa. Por supuesto, te haré responsable de cualquier contrabando en la ciudad, llegue como llegue aquí. Así pues, si algún otro contrabandista se mete y deja entrar armas o drogas, puedes esperar una charla conmigo.

La miré, inexpresiva. Ella me devolvió la mirada.

—Espero esa transferencia de slugs antes del final del día —dijo la administradora.

Mis bravatas habían terminado por completo. Me levanté de la silla y me acerqué a la puerta. Cuando alcancé la manija, hice una pausa.

—¿Cuál es el final del juego aquí? —pregunté—. Una vez que las compañías ZAFO empiecen, ¿qué ocurrirá?

—El siguiente gran paso son los impuestos.

—¿Impuestos? —Resoplé—. La gente viene aquí porque no paga impuestos.

—Ya pagan impuestos, en forma de alquiler a la KSC. Necesitamos cambiar a un modelo impositivo basado en la propiedad para que la riqueza de la ciudad esté directamente ligada a la economía. Pero eso tardará un tiempo.

Ngugi se quitó las gafas.

—Todo forma parte del ciclo vital de una economía. Primero es capitalismo sin ley hasta que eso empieza a impedir el crecimiento. Después llega la regulación, la policía y los impuestos. Después de eso: beneficios públicos y derechos. Luego, finalmente, gastos excesivos y colapso.

—Espere. ¿Colapso?

—Sí, colapso. Una economía es un ente vivo. Nace llena de vitalidad y muere una vez que está rígida y gastada. Luego, por necesidad, la gente se divide en grupos económicos más pequeños y el ciclo empieza de nuevo, pero con más economías. Economías bebé, como Artemisa ahora mismo.

—Eh —dije—. Y si quieres hacer bebés hay que joder a alguien.

Ngugi rio.

—Tú y yo nos llevaremos bien, Jasmine.

Me fui sin más comentario. No quería pasar más tiempo dentro de la mente de una economista. Era un lugar oscuro e inquietante.

Necesitaba una cerveza.

No era la chica más popular de la ciudad. Recibí algunas miradas desagradables en los pasillos. Pero también localicé unos pocos pulgares levantados de mis partidarios. Esperaba que la excitación se apagara con el tiempo. No quiero fama. Quiero que la gente no se fije en mí.

Entré en Hartnell's sin estar segura de qué esperar. La gente habitual en sus sitios habituales, incluso Dale.

—Hola, es Jazz —anunció Billy en voz alta.

De repente, todo el mundo se desmayó. Cada cliente trató de superar a los otros con ridículas muestras de estar inconsciente. Algunos sacaron la lengua, otros roncaron con un silbido cómico al exhalar y unos pocos se tiraron al suelo, abiertos de brazos y piernas.

—Ja, ja —dije—, muy gracioso.

Con mi reconocimiento, la broma terminó. Volvieron a beber en silencio con unas pocas risitas ahogadas.

—Hola —dijo Dale—. Como me has perdonado, he supuesto que podía venir a pasar un rato contigo en cualquier momento.

—Solo te perdoné porque pensaba que iba a morirme —dije—. Pero sí. Sin rencores.

Billy puso una nueva cerveza helada delante de mí.

—Los clientes han votado y han decidido que esta ronda la pagas tú. Sabes, por casi matarlos a todos.

—Oh, ¿es así? —Examiné el bar con la mirada—. No puedo evitarlo, supongo. Ponlas todas en mi cuenta.

Billy también se sirvió media pinta y la levantó en el aire.

—Por Jazz, por salvar la ciudad.

—Por Jazz —dijeron los clientes, y levantaron sus copas.

Estaban encantados de brindar por mí si pagaba la cerveza. Supongo que era un comienzo.

—¿Cómo tienes las manos? —preguntó Dale.

—Quemadas, ampolladas y duelen como su puta madre. —Di un sorbo—. Gracias por salvarme la vida, por cierto.

—No hay problema. También podrías darle las gracias a Sanches.

—Nah.

Se encogió de hombros y dio otro sorbo.

—Tyler estaba realmente preocupado por ti.

—Hum.

—Le gustaría verte alguna vez. Podríamos ir a cenar los tres. Yo invito, claro.

Me mordí el comentario mordaz que se me ocurrió. Eso también iba a ser raro. En cambio, me oí decir:

—Sí, vale.

Dale no esperaba esa respuesta, desde luego.

—¿En serio? Porque... Espera, ¿en serio?

—Sí. —Lo miré y asentí—. Sí. Podemos hacerlo.

—Guau —dijo—. Genial. Eh, ¿quieres traer a ese Svoboda?

—¿Svobo? ¿Por qué iba a traerlo?

—Sois un pack, ¿no? Está claro que está loco por ti y tú parecías un poco...

—¡No! Quiero decir... ¡No es así!

—Oh, solo sois amigos, ¿pues?

—Eh...

Dale sonrió.

—Ya veo.

Bebimos en silencio un momento. Entonces dijo:

—Seguro que te zumbas a ese chico.

—Oh, ¡calla!

—Mil slugs a que los dos estáis follando como dioses en un mes.

Lo fulminé con la mirada. Él respondió con otra.

—¿Y? —dijo.

Me terminé la pinta.

—No apuesto.

—¡Ja!

Querido Kelvin:

Perdona que haya tardado en responder. Estoy seguro de que has leído lo de la filtración de cloroformo en las noticias. Aquí la gente lo llama la Siesta. No hubo muertes ni heridos graves, pero te mando un mail para que sepas que estoy bien.

Pasé tres minutos cociéndome en la superficie lunar sin traje espacial. Eso es una putada. Además, todo el mundo sabe que soy responsable de la Siesta.

Lo cual me lleva a mi siguiente problema: estoy arruinada. Otra vez. Para resumir una larga historia, la ciudad se quedó la mayoría de mi dinero para darme un bofetón por mis indiscreciones. Por desgracia, no había transferido tu parte de nuestros beneficios de este mes, así que voy a debértelo. Te lo pagaré en cuanto pueda, tienes mi palabra.

Tengo un poco de trabajo para ti: hay un tipo llamado Jin Chu (podría ser un alias) que viaja con destino a la Tierra ahora mismo. Asegura que es de Hong Kong y probablemente es cierto. Trabaja para una empresa de investigación de materiales china. No sé cuál.

Lo enviaron a casa desde Artemisa por mala conducta. Lo mandaron hace unos días, así que irá a bordo del *Gordon*. Eso significa que tienes cuatro días antes de que llegue a la KSC. Contrata un detective o lo que sea para descubrir dónde trabaja. Necesitamos el nombre de la empresa.

Porque, Kelvin, viejo amigo, es la oportunidad de una vida. Esa empresa está a punto de ganar miles de millones. Voy a invertir todo lo que pueda en ella y te aconsejo que hagas lo mismo. Es una larga historia, te enviaré un mensaje más detallado después.

Aparte de eso, hemos vuelto al trabajo como de costumbre. Que siga llegando mercancía. Además, pronto aumentaremos el volumen de contrabando. Artemisa va a tener un *boom* de población. Más clientes vienen hacia aquí.

Vamos a ser ricos, colega. Asquerosamente ricos.

Y, eh, en cuanto eso ocurra, deberías venir a visitarme. He aprendido mucho sobre el valor de la amistad últimamente y eres uno de los mejores amigos que tengo. Me gustaría conocerte en persona. Y, además, ¿quién no quiere venir a Artemisa?

Es la más grande de las ciudades pequeñas de los mundos.

Agradecimientos

Gente a la que quiero dar las gracias:

David Fugate, mi agente, sin el cual todavía estaría blogueando mis historias por las noches y en fines de semana.

Julian Pavia, mi editor, por ser un incordio en el momento justo.

Todo el equipo de Crown y el equipo de ventas de Random House por su trabajo y apoyo. Sois un ejército demasiado numeroso para que os nombre individualmente, pero, por favor, sabed que estoy increíblemente agradecido de haber contado con tanta gente lista que creyó en mi trabajo y lo dio a conocer al mundo.

Un reconocimiento especial a mi publicista de hace mucho tiempo, Sarah Breivogel, cuyos esfuerzos han sido fundamentales para mantenerme cuerdo durante los últimos años.

Por sus inteligentes comentarios en diversas áreas, pero sobre todo por ayudarme a superar el reto de escribir con un narrador femenino, quiero dar las gracias a Molly Stern (editora), Angeline Rodriguez (ayudante de Julian), Gillian Green (mi editora en el Reino Unido), Ashley (mi novia), Mahvash Siddiqui (amiga, que también me ayudó a asegurarme de que la imagen del islam era precisa) y Janet Tuer (mi madre).